아그리젠트 황가 계보

† 아리아드나 공주의 어머니는 공식적으로 기록되어 있지 않다.
카이텔 1세는 30여 년의 통치를 끝내고 공식적으로 아리아드나 공주의 첫째 아들인 아스카 1세에게 왕위를 양도한다.
카이텔 1세는 이때 '공주에게 내 모든 것을 주려 했으나 공주가 거절하기에 그 아들에게 내린다'라고 천명했다.

아그리젠트
황가 계보

황궁의
여록담

황궁의 여록담

윤슬 장편소설

파피루스

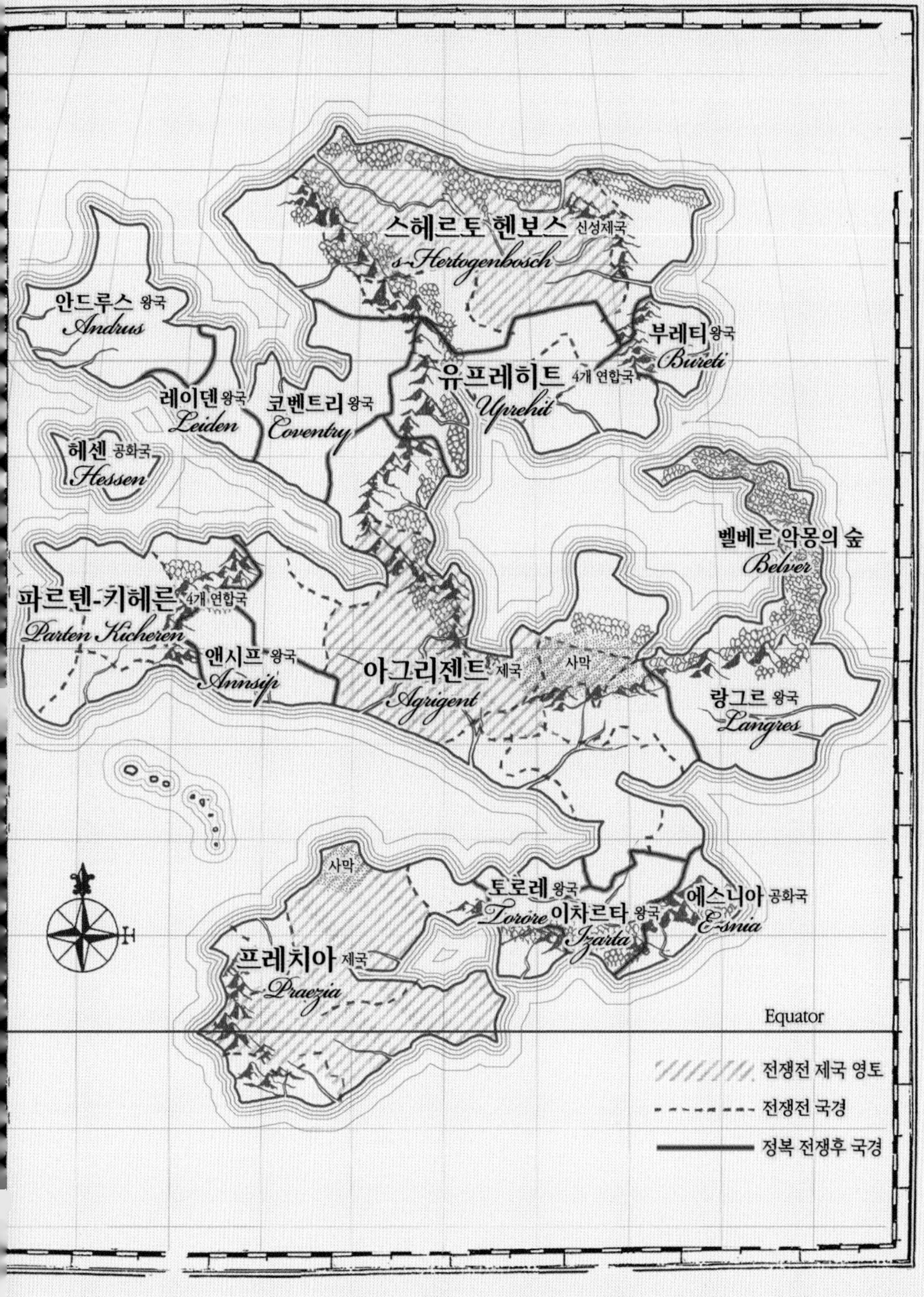

스헤르토 헨보스 신성제국
s-Hertogenbosch
안드루스 왕국
Andrus
부레티 왕국
Bureti
유프레히트 4개 연합국
Uprehit
레이덴 왕국
Leiden
코벤트리 왕국
Coventry
헤센 공화국
Hessen
벨베르 악몽의 숲
Belver
파르텐-키헤른 4개 연합국
Parten Kicheren
앤시프 왕국
Annsip
아그리젠트 제국
Agrigent
사막
랑그르 왕국
Langres
사막
토로레 왕국
Torore
이차르타 왕국
Izarta
에스니아 공화국
E-snia
프레치아 제국
Praezia
Equator
전쟁전 제국 영토
전쟁전 국경
정복 전쟁후 국경

공주 아리아드나 레르그 일레스트리 프레 아그리젠트
_ 공주의 열아홉의 생일을 기념하며.

화가 : 데그리언 로믹
종류 : 유화
기법 : 캔버스에 유채Oil on canvas
크기 : 77 x 53 cm
소장처 : 루나레 궁 박물관

황제 카이텔 1세

_ 프레치아와 전쟁에서 대승을 거두고 남긴 초상화.

화가 : 이글레타 로비스

종류 : 유화

기법 : 캔버스에 유채Oil on canvas

크기 : 77 x 53 cm

소장처 : 루나레 궁 박물관

겨울달의 기사, 아시시 자바이칼
_ 제 54대 겨울달의 기사단장

화가 : 이글레타 로바스, 지블린 엘렌
종류 : 유화
기법 : 캔버스에 유채Oil on canvas
크기 : 77 x 53 cm
소장처 : 루나레 궁 박물관

드란스테

화가 : 지브린 엘렌
종류 : 유화
기법 : 캔버스에 유채Oil on canvas
크기 : 77 x 53 cm
소장처 : 루나레 궁 박물관

황제와 그의 외동딸

화가 : 베릭 허트
종류 : 유화
기법 : 캔버스에 유채Oil on canvas
크기 : 316 x 276 cm
소장처 : 루나레 궁 박물관

† 카이텔 1세 시대, 미술사적으로도 아그리젠트의 미술과 예술이 가장 꽃핀 시기. 그럼에도 불구하고 막상 그 시대를 살았던 인물들에 대한 그림은 희귀할 정도로 부족하다. 루나레 궁에 소장되어 있는 그림이 그 시대에 그려진 초상화의 전부라니, 믿을 수 없는 사실이지만 어쩔 수 없는 진실이기도 했다.

아리아드나 공주가 수많은 화가와 작가들, 가수와 연주가들을 후원하며 천문학적인 돈을 쏟아부었다는 사실은 예술에 뜻을 둔 예술학도라면 누구라도 한 번쯤은 들어 봤음 직하다. 지금 우리가 이렇듯 풍요로운 문화를 만끽할 수 있는 것도 다 그 시절부터 이어 내려온 예술과 문화에 대한 사랑 덕이 아닌가 한다. 아리아드나 공주는 그림과 음악, 그리고 이야기가 더 많은 사람들에게 행복을 주었으면 하고 바랐다. 그 정신을 이어받아 설립된 아리아드나 재단은 그 정신을 앞으로도 계속 이어 나갈 것이다.

아직 아그리젠트 황실에서 공개하진 않았지만 황궁엔 아리아드나 공주가 직접 캔버스에다 그린 황궁의 풍경이 존재한다고 한다. 약 52점. 미술사적으로 치면 그리 엄청난 그림은 아니지만 황실에선 공주가 직접 그렸다는 것에 큰 의미가 있다며, 그 시대를 연구하는 학자가 아닌 한 대중에게 공개하기를 꺼렸다. 그것이 단순히 공주의 실력이 부족하다는 이유 때문만은 아니리라.

그 그림에 무슨 비화가 숨겨진 것인지는 아직 알 수 없으나 언젠가 그 그림들이 공개된다고 해도 아그리젠트 황가의 위상이 떨어질 일은 없을 거라는 걸 굳게 믿는다.

– 아그리젠트 역사학자, 시엘로 A. 아퀼레이아 자작 –

주요 등장인물 소개

아리아드나 : 아그리젠트의 공주. 피의 황제 카이텔의 하나뿐인 무남독녀.

카이텔 : 아그리젠트의 21대 황제. 형제들을 죽이고 황제가 되어 제국을 부흥시킨다.

아시시 : 자바이칼 백작. 검은 기사라는 별칭을 가질 정도로 유명한 아그리젠트의 기사.

페르델 : 비테르보 후작. 대대로 기사 가문인 후작가에서 천재로 태어나 카이텔의 재상이 된다.

시르비아 : 아퀼레이아가의 후계자와 전대 공주 사이에 태어나 페르델과 결혼했다. 아리아드나 공주의 친구.

아힌 : 신성 제국 황제. 사제의 능력을 가지고 태어나 신성 제국의 황제가 되었다. 어머니가 비테르보가의 사람이라 아그리젠트에는 어릴 때부터 익숙하다.

하벨 : 프레치아의 황제. 사막 제국인 프레치아의 황제로 레기온의 수좌. 카이텔과는 원수 사이.

세르이라 : 아리아드나의 유모 겸 측근 시녀장.

일린 : 아리아드나의 시녀. 거의 친구이자 언니 같은 관계.

그 밖의 등장인물

헤르멘 : 카이텔의 집사 장관.

리비 : 일린이 혼인한 후 들어온 아리아드나의 시녀.

그레시토 : 세르이라의 아들.

이블린 : 세스쿨로 백작의 손녀.

지블리테 : 페르델의 누나. 아힌의 어머니.

발르 : 페르델과 시르비아의 아들.

산세 : 페르델과 시르비아의 아들. 발르의 쌍둥이 형제.

1. 시린 겨울의 소년

1. 시린 겨울의 소년

아시시를 내 수호 기사로 맞이한 건 내가 세 살이 된 봄이었다.

수호 기사라니.

그런 게 있다고 들어 보긴 했지만 실제로 가진 건 처음이라 무척이나 얼떨떨했다. 그도 그럴 게 난 소시민이라고.

다른 보통 사람들처럼 간이 무척이나 작은 사람이었다.

게다가 카이텔은 아무렇지 않게 던져 주었지만 사실 아시시는 그렇게 쉽게 던져 주고 그럴 수 있는 사람이 아니었다.

그래, 우리 애비가 비범해서 그런 거지 다른 왕이었다면 이렇게 쉽게 넘겨주진 않았을걸?

무려 아그리젠트의 검은 기사.

카이텔 황제의 검이자 제국에서 제일가는 기사. 기사로서 받을 수 있는 최고의 칭호를 한 몸의 받는 명실상부 최고의 기사님.

물론 실물을 본다면 그 말을 쉽게 믿을 수 없지만. 나도 처음에 아시시를 봤을 땐 믿을 수 없었다. 실력 또한 그에 못지않게 출중하다지만 단 한 번도 전쟁터에서 날뛰는 꼴을 보지 못해서인지 믿지 않았다.

"그렇게 대단한 기사야?"

심드렁하게 되물으니 일린이 당치도 않다는 듯 목에 핏대까지 세우면서 외친다. 흥분한 일린은 자주 봤지만 그렇게 흥분한 모습은 드물었다.

"당연하죠, 공주님! 검은 기사예요, 검은 기사! 폐하께서 치른 전쟁이란 전쟁은 모조리 참여했고, 그 전쟁터에서 모조리 공을 세우며 아그리젠트 역사상 가장 단기간에 제국 제일의 기사라는 명예를 거머쥔 기사라고요."

그런 거 설명해 봤자 알아들을 리가 없는데.

주스를 바닥까지 단번에 마시고서 나는 대충 고개를 끄덕였다. 어쨌든 결론은 아시시가 대단하다는 거잖아? 막상 본인을 보면 그런 생각이 들지 않지만…….

아니, 나쁜 의미가 아니라 진짜 그랬다. 누구라도 아시시의 외모만 놓고 본다면 아무도 그 흉학한 검은 기사라고 생각할 수 없을 테니까.

뭐라고 해야 할까.

카이텔은 정말 미친 듯이 잘생겼지만 아시시는 그 궤를 달리했다. 어떻게 그런 사람이 있을 수 있는 걸까 싶을 정도로 아시시는 아름다웠다.

아름답다니. 남자한테 이런 표현을 붙이긴 좀 그렇지만.

"생긴 건 정말 유약하게 생겼는데."

말 그대로 나뭇가지 하나 못 부러뜨릴 것처럼 생겼다. 지나가는 벌레조차 쉽게 죽일 수 없을 것 같은 여린 생김새.

깊게 내려앉은 속눈썹이나 금을 녹인 것처럼 반짝이는 녹금안, 심지어 푸른빛이 어리는 은발까지. 뭐 하나 섬세하지 않은 곳이 없었다.

여자로 태어났으면 세계를 족히 제 발아래 둘 수 있을 것 같은 미모라고 해야 할까.

물론 조금만 건드려도 부러질 것 같은 유약한 외모와 달리 아시시가 내뿜는 기세는 흉흉하기 그지없었다.

어린아이조차 명령이라면 벤다는 무자비한 검은 기사.

직접 마주한 아시시에겐 그런 소문의 그늘 따위는 찾아볼 수 없었지만 그 소문이 거짓일 거란 생각은 들지 않았다. 그건 아시시가 은연중에 풍기는 살기만으로도 충분히 짐작할 수 있는 일이었다.

괜히 애들이 우는 게 아니라지.

“근데 아시시, 어디 갔어?”

이제 아시시가 내 수호 기사가 된 지 고작 사나흘 남짓.

그러나 놀랍게도 나는 아시시의 목소리는커녕 발끝 자락도 마주할 수 없었다.

직무 유기인 건가, 이거.

어떻게 이럴 수 있는 거지? 원래 이러는 건가?!

다른 사람들에게 물어보고 싶었지만 아무도 아시시에 대한 의문을 품지 않아서 더 놀라웠다.

뭐야. 이 상황이 지금 나만 이해가 안 가는 거냐고.

깊게 고민하는 자신에게 또 다른 주스를 건네며 세르이라가 우아하게 대꾸했다.

“공주님, 지켜 주고 계시잖아요.”

“응? 뭔 헛소리여?”

고개를 들고 쳐다보니 이해할 수 없다는 자신의 시선을 곧게 마주하며 세르이라가 웃었다. 그리고 눈치를 주는 방향으로 고개를 돌리니 약간 열린 방 밖의 복도에 시선에 닿는다.

그 너머에 한 남자가 서 있었다.

그건 누구인지 굳이 묻지 않아도 알 수 있는 사안이었다.

저게 누구야?

아니, 그 전에……. 왜 저렇게 멀리 있는 거지?

“원래 수호 기사는 저렇게 멀리서 날 호위하는 거야?”

“아마 아닐걸요.”

“근데 왜 저기 있어?”

도저히 이해를 할 수가 없어서 물었지만 세르이라는 어깨만 으쓱이고 말았다. 일린은 굳이 이 방 안으로 아시시를 들이고 싶지 않은 건지 움츠러든 채 아무 말도 하지 않았다.

그 수다쟁이가.

일린이 아시시를 꺼린다는 건 알고 있다.

하지만 그렇다고 내 수호 기사를 저렇게 먼 곳에 있게 할 수는 없었다. 원래 그렇게 임무를 수행하는 것이 아니라면 말이다.

무엇보다, 아시시가 보였던 눈물이 아직 마음에 걸린다는 것이 가장 큰 이유였지만.

어떻게 울어야 그렇게 구슬프게 울 수 있는 걸까.

아직 친하지도 않고, 낯설기 그지없는 외간 남자이거늘 아시시가 울었을 땐 저도 모르게 안쓰러워 어떻게 해서든 해 주고 싶은 마음만 앞섰다.

이것이 바로 남자의 눈물이 가진 힘인가.

“데려올래.”

그동안은 그냥 일이 바빠서 날 지키는 일을 하지 않는가 보다 했었는데, 사실 알고 보니 멀찍이서 지키고 있었다니. 이건 모르고 있었다면 모르겠지만 알게 된 이상 가만둘 수 없었다.

내가 폴짝 의자에서 뛰어내리니 뒤에 있던 일린이 당황해서 나를 붙잡는다.

"가, 가시게요?"

아직 마음의 준비가 되지 않은 듯 망설이는 일린을 보니 내 결심은 더욱 견고해졌다.

사람들이 다들 이런 반응이니, 아시시가 더 멀리 가 버리는 거 아니야.

아무리 생각해도 이해할 수 없었다. 아시시가 칼을 들고 뵈는 대로 썰고 다니는 미친놈도 아닌데, 왜 이렇게 무서워하는 걸까.

아, 물론 음침하고 날카로운 분위기가 거부감을 준다는 건 나도 인정하는 바이지만……. 어쨌든 이젠 내가 거둬야 할 수호 기사인걸.

무엇보다 아시시 자체가 내 마음에 들었다.

그건 나도 예상치 못한 일이었다.

씩씩하게 문을 박차고 나와 복도를 걸으니 멀거니 서 있던 아시시가 날 발견하고 멈칫한다. 그의 다리가 움찔하는 걸 놓치지 않고 발견한 나는 바로 아시시를 향해 소리를 질렀다.

"거기 서!"

다행히 아직 이성이 남아 있긴 한 건지 움직이려는 발이 그대로 멈춰 선다.

이때를 놓칠세라 나는 쪼르르 그에게로 달려갔다. 일단 눈앞으로 달려가자마자 아시시의 소매를 낚아챘다.

내가 잡은 옷깃을 내려다보다 아시시가 내 얼굴 쪽으로 시선을 옮겼다.

"도망갈라 그랬지?!"

"……."

내 질문에 아시시가 대답을 못한다.

하, 내 이럴 줄 알았지!

이거 안 되겠네. 명색이 수호 기사가 자꾸 공주를 피하기나 하고.

"왜 도망갈라 그랬어? 나 아시시가 지켜야 되는 공주 아니야?"

"……맞습니다."

아시시가 순순히 수긍한다.

그 모습에 오히려 더 내 의혹만 커져 버렸다.

"근데 왜 도망치려 했냐니까."

"저도 모르게……."

뭐라 할 말이 없네.

저도 모르게라니. 정말로 내가 무서웠던 모양이었다.

하, 내가 무슨 괴물이라도 되냐. 이거 정말 서운할라 그러네.

자꾸 꼭꼭 집어서 파고드니 아시시가 식은땀을 흘린다. 나는 불쌍한 아시시를 이쯤에서 놔주기로 했다.

그만 괴롭혀야지. 또 도망칠라.

일단은 어떻게 해서든 이 덩치만 큰 어른을 살살 구슬리는 게 중요했다.

흠흠, 예쁘고 깜찍하게!

"아시시, 원래 호위를 이렇게 멀리에서 하는 거야?"

"……아니요."

자신 없는 듯 아시시가 작은 목소리로 대꾸한다.

나는 단호하게 말했다.

"근데 왜 이렇게 멀리에서 해? 내가 멀리에서 위험에 처해도 단숨에 날아와서 날 지켜 줄 자신 있어?"

"예."

"……."

뭔데 이렇게 대답이 단호박이야.

그대로 내가 침묵하자 아시시가 대답해 놓고도 신경이 쓰인 건지 슬금슬금 내 눈치를 살핀다. 나이를 스물일곱이나 먹은 청년이 세 살짜리 어린애의 눈치를 살피는 모습이었으니, 꽤나 웃긴 모양새였다.

정말 귀엽네.

문득 그런 생각이 든다.

아, 나 이렇게 쉽게 마음이 무장 해제되고 그런 사람 아닌데. 우리 아빠도 아직 못 얻은 내 마음이거늘, 그렇게 애간장을 태우는 페르델도 아직 못 얻어 갔는데!

그런데 대체 아시시는 뭐로 만들어졌기에 이렇게 쉽사리 내 마음을 가져가는 거람.

저도 모르게 마음이 쏠리는 게 신기해서 나는 나도 모르게 툴툴거렸다.

"그럼 아시시 마음대로 해."

싫다는데 굳이 강요할 생각은 없다.

나는 그 자리에서 뒤돌아섰다.

아시시가 어쩐지 망설이는 듯한 기색이었다. 설마 하며 조금 기다려 주었는데, 아시시는 끝내 나를 잡지 않았다.

* * *

정말 이 남자를 어찌하면 좋단 말인가.

내 요새 고민은 그것이었다. 바로 아시시!

아시시, 아시시, 아시시, 아시시!

아시시!!

이놈의 아시시 때문에 정말 미쳐 버릴지도 몰랐다. 아, 진짜 이놈의 수호 기사를 어떻게 다뤄야 한단 말인가!

진짜 돌겠네.

하루 일과를 마치고 침대 위에 앉아 잔뜩 인상을 쓴 채 끙끙거렸더니 카이텔이 인상을 쓰며 물었다.

"뭔데 그렇게 골똘히 생각에 잠겨 있는 거지?"

참 일찍도 물어본다, 애비야.

내가 이러고 있은 게 벌써 사십 분 가까이 되어 가거늘, 거의 한 시간 동안 방치하다가 이제 좀 자 볼까 하니까 이제야 그걸 묻냐.

원래 물어주길 바란 건 아니었지만 그래도 서운한 건 매한가지였다. 이놈의 아버지는 섬세함이라는 게 없어요.

아무튼. 그래, 내가 카이텔에게 뭘 바라겠냐만 그래도 이건 센스의 문제라고! 인간관계를 매끄럽게 이어 주는 센스, 몰라?!

"파파."

"어."

"파파."

"왜?"

"파파."

"……."

자꾸 불러대니 성질이 올라오는 듯 카이텔이 곱게 인상을 쓴다.

그러지 마라, 애비야.

너한테서 볼 건 외모밖에 없는데, 그거마저 훼손하면 내가 널 무슨 낙으로 보고 살겠냐. 어쨌거나 저쨌거나 카이텔을 약 올리는 건 여기서 그만두기로 했다. 여기에서 더 약을 올렸다간 심히 내 목숨이 위험할 것 같아.

"파파, 아시시는 원래 그래?"

이불을 잔뜩 끌어다가 품에 가득 안으며 내가 물었다.

카이텔이 보던 책을 내려놓고 안경을 벗는다.

안경 쓴 게 더 똑똑해 보이는데. 뇌가 섹시해 보이는 모습을 지 발로 걷어차다니, 역시 우리 애비다웠다. 아, 그건 둘째 치고.

내 질문에 카이텔이 살짝 인상을 쓰며 되묻는다.

"뭐가?"

뭐긴 뭐야.

네 검은 기사 놈은 원래 그렇게 이상한 거냐고.

그냥 궁에서 두어 번 마주쳤을 땐 그러려니 했다. 하지만 막상 내 수호 기사가 되고 보니 문제가 달라졌다.

아무리 그래도 그렇지 수호 기사가 피하는 주인이라니.

뭔가 무척 엄청날 것 같잖아!

그것도 그렇게 예쁜 수호 기사가 피한다니…….

말은 안 했지만 내 마음의 상처였다. 카이텔은 오히려 날 좀 피해 줬으면 좋겠는데 말이야.

"음……. 어, 그러니까 원래 그렇게…… 그래?"

"원래 그렇게 소심하냐고?"

"……."

기껏 내가 배려하고 있었는데, 거기에 그렇게 돌직구를 핵으로 날려 버리면 어떡하십니까, 아버님.

내가 할 말을 잃고 쳐다보자 카이텔이 비뚜름하게 앉아 턱을 괴었다. 그럴 줄 알았다는 미소.

뭐랄까, 있잖아.

애비야, 그걸 소심하다고 하기보다는 섬세하다고 해 주면 안 될까?

아, 안 된다고? 응. 알았어.

내가 똑같은 자세로 무릎에 팔을 대고 턱을 괴니 카이텔이 무심코 웃는다.

아니, 웃지 말고 말부터 해 보라니까.

"네가 봤으니 알 것 아니야. 그걸 굳이 나에게 묻는 저의가 뭐지?"

"……."

나는 또 할 말을 잃었다.

저의라니. 저의라니?! 순간이지만 정말 울컥한다.

이 인간아, 나 이제 세 살이거든?!

세 살이 그런 고급 용어를 알 거라고 생각하는가. 물론 나는 알고 있었지만 정말 우리 아빠는 아기에 대해서는 젬병이라는 걸 다시 한 번 깊이 깨달을 수 있는 대목이었다.

저게 우리 아빠라니. 내 미래, 굿바이.

"가만히 놔둬. 그러면 돼."

별거 아니라는 듯 카이텔이 다시 책을 펴든다. 나는 이해할 수 없었다.

어떻게 그걸 가만히 놔둘 수가 있지? 어떻게?!

그게 유일한 해결 방법이라는 듯 툭 내뱉고 카이텔은 더 이상 나를 쳐다보지도 않았다.

가만히 놔두라고? 그 삽질을?!

아무리 오지랖이라고는 약에 쓰려고 해도 없고 주변에 무관심하기로 소문 난 나조차도 이해할 수 없는 상황이었다.

아니, 나도 웬만하면 신경을 끄겠는데.

정말 웬만하면 관심도 안 가지고 뭐 하는 건지 내버려 둘 자신도 있었다.

하지만 아시시는—.

왜인지 내버려 두면 그대로 죽을 것 같단 말이야…….

어째서 그 덩치 크고, 심지어 제국 제일의 기사라고 불리는 남자가 이런 이미지로 뇌리에 박혔는지는 모르겠지만 어쨌든 내게 아시시는 그랬다.

내가 조금이라도 관심을 끊으면 아시시는 그대로 어디 떨어져 버릴 것 같았다. 아니면 접시 물에 코를 박고 죽던가.

아, 이건 너무 앞서간 생각인가.

그래도 어쩐지 그럴 거 같은 예감이 드는데…….

"……."

조용히 고민에 빠진 나를 카이텔이 가만히 응시한다.

누구라도 세 살짜리 귀여운 딸내미가 이런 고차원적인 고민을 하고 있으면 기특해 하며 도와주려 할 텐데, 우리 애비는 역시 육아에 어두웠다.

내가 이 나이에 이런 고민을 하고 있는 것 자체가 기적이라고, 이 인간아!

그래도 신경이 쓰이기는 하는지 내게 닿는 시선이 쉽게 거둬지진 않았다.

"안 자나?"

"파파는?"

"안 자."

그래서 어쩔 건데.

나는 당당하게 대꾸했다.

"나도 안 자."

"안 돼."

"왜?"

"넌 자야 되니까."

그런 게 어디 있어, 이 인간아!

"꼬우면 어른이 되던가."

하…….

순간이지만 어른으로 급성장을 하고 싶어졌습니다.

어쩜 이렇게 사람이 재수가 없을까. 아무튼 저놈의 인간은 정이 안 가, 정이!

툴툴거리며 내가 자리에 눕자 그래도 배려를 하는 건지 카이텔이 내 옆자리로 들어온다. 전쟁한다고 몇 달 동안 사라져서 한동안 혼자가 아니면 잠도 제대로 못 잤는데, 고새 또 익숙해진 모양이었다. 옆에서 느껴지는 카이텔의 온기에 스스로가 안도하는 걸 보니.

이런 거 보면 내 몸은 제대로 애라니까.

누가 가르쳐 주지도 않았는데 내가 누우니 카이텔이 내 등을 토닥여 준다. 이렇게 하면 내가 잘 잔다는 걸 어디에서 배운 것도 아닐 텐데 신기했다.

처음엔 이 토닥이는 것도 힘 조절이 안 돼서 속으로 엄청 욕을 했었는데, 이젠 잠이 들락 말락 하게 하는 완급 조절도 수준급으로 해냈다.

과연 애를 키우는 아빠는 다르군.

"자장가 불러 줘."

꼼지락꼼지락 움직이다 베개에 살짝 뺨을 묻고 아빠를 올려다본다. 옆에 앉아 내 등을 토닥이던 카이텔이 헛소리하지 말라는 듯 대꾸했다.

"그냥 자."

"칫."

아직 자장가는 무리인가.

아니, 평생 무리일 것 같단 생각이 순간 들긴 했다. 그래도 들어 보고 싶었는데. 카이텔이 불러 주는 자장가.

의외로 우리 아빠, 음치인가.

"아빠, 노래 못 불러?"

"헛소리 말고 자라."

"잠이 안 와."

"눈 감으면 올 거야."

진짜 안 오는데.

몸은 피곤하지만 정신은 말짱했다. 눈을 감아도 곧바로 눈이 떠졌다. 눈 감은 지 십 초도 안 되어서 다시 눈을 뜨니 카이텔이 나를 내려다보는 게 바로 코앞에서 보였다.

나는 심각해져서 대꾸했다.

"오다가 도망갔나 봐. 안 와."

카이텔이 내 머리를 쓰다듬는다.

머리를 스치는 큰 손의 감각이 나쁘지 않았다. 잔잔하고 스멀스멀 풍겨 오는 안온함.

"내가 잡아 왔어. 곧 찾아올 거야."

"정말? 근데 왜 잠이 안 오지?"

"잡아 왔다니까. 올 거야."

"아빠가 어디다 흘리고 왔나 봐. 안 와."

내가 고민에 빠져 있자 카이텔이 단호하게 말한다.

"일단 눈 감아."

싫은데.

하지만 지금 눈을 감지 않으면 한 대 칠 것만 같아서 얼른 눈부터 감았다.

아, 진짜 잠 안 오는데.

이건 엄마의 숙련된 재우기 솜씨가 필요한 순간이었다. 다시 슬금슬금 눈을 뜨려는 순간, 카이텔이 그럴 줄 알았다는 듯 아예 내 눈을 가려 버린다.

……썩을 놈.

어쩔 수 없이 눈을 감고 불편해서 이리저리 몸을 뒤틀며 자리를 바꿨다. 옆으로 눕다가 엎드리기도 해 보고,

다시 몸을 뒤틀어 보기도 했다.

그러다가 겨우 익숙해질락 말락 했을 때.

희미해지는 기억 너머로 나지막한 목소리만 내 귓가를 맴돌았다.

"잘 자네."

* * *

막 리아가 깊은 잠에 빠진 순간.

카이텔은 제 입가에 희미한 미소가 맺혀 있다는 걸 깨달았다.

이런 식으로 웃어 봤던 것이 벌써 몇 번째이던가. 세어 볼 수

는 없었지만 확실한 건, 이것이 흔히 있는 일은 아니라는 사실이었다.

이미 문 밖에 기척이 있다는 건 알고 있었다.

카이텔은 지친 표정으로 이마를 한 번 짚었다. 저절로 깊은 한숨이 나온다.

그래도 어쩔 수 없다는 것이 문제였지만.

"그냥 들어와."

단호하고 나지막한 명령.

그 명령을 들을 수 있는 상대는 단 한 사람뿐이었다.

익숙하고 낯익은 기척. 저런 기척은 이 세상에 단 한 사람밖에 없다.

문을 열고 기척을 완전히 지운 채, 마치 유령처럼 걸어 들어온 것은 바로 아시시였다. 카이텔을 보자마자 기사가 된 도리로서 한쪽 무릎부터 꿇는다. 의례적으로 고하는 인사치레는 없었지만 그것만으로도 충분했다.

"폐하."

감정 없는 눈이 아시시를 훑는다.

복잡하고도 단순한 감상. 여러 감정들이 복잡하게 얽히고설켜서 무엇이 무엇인지조차 구별 짓기도 어려웠다.

그저 단념하며 받아들일 뿐.

"내가 있는데, 침실은 왜 지키고 있는 거지?"

카이텔의 질문에 아시시가 작게 신음했다.

"폐하와 공주님을 지키기 위해……."

"그냥 쉬어도 돼."

어차피 쉬이 잠들지 못하는 건 이쪽도 매한가지였다.

카이텔의 말에 아시시가 입술을 깨문다. 쉽게 물러설 기색이 아니다.

카이텔은 그냥 한숨을 내쉬었다.

"그래, 하고 싶은 대로 해라."

어차피 말린다고 듣지도 않을 테니까.

아시시의 우직함은 이런 곳에선 절대로 굽히지 않았다. 전쟁터에서도 늘 카이텔이 처음 내린 명령을 완벽하게 완수할 때까지, 그 한 몸이 바스러진다고 해도 개의치 않고 오로지 전쟁에만 매달렸다.

처음엔 자기 자신을 소중히 여기지 않는 아시시가 괘씸해서 얼마나 구르면 그 짓을 그만두려나 하고 부러 더 굴리곤 했었는데, 아시시가 크게 다친 이후로는 그냥 포기했다.

정말로 아시시가 죽을까 봐.

그것만큼은 카이텔마저도 원하지 않는 일이었다.

"일은 할 만하던가?"

그래도 이번에 하고자 한 것은 비교적 쉽게 들어줄 수 있는 청이라 다행이었다. 아시시가 처음으로 스스로 하고 싶다고 말한 것이라서 카이텔의 반응은 더 너그러웠다.

아시시가 말없이 잠이 든 리아를 내려다본다.

그 애절한 시선에서 카이텔은 이미 아시시가 내놓은 답을 읽었다.

우리 따님은 알까?

두 남자가 매일 밤 자신의 꿈자리를 지켜 주고 있다는 걸.

“상냥하십니다, 공주님은.”

차마 손은 뻗지도 못하고 잠든 리아가 무엇이 그리 아까운지 그렇게 바라보고도 계속 바라보기만 한다.

이 애달픈 시선을 한 몸에 받고 있는 우리 따님은 이 사실을 아려나? 아까 끙끙대며 고민하는 꼴로 봤을 땐 아마 모르는 듯했다.

그래도 곧 알게 되겠지.

반쪽짜리지만 내 피를 물려받은 따님이시니.

“폐하를 닮았어요.”

어디 가서 그런 소리를 하면 몰매를 맞을 거란 생각을 떠올리며 카이텔은 피식 웃었다. 그건 정말 아시시만이 내뱉을 수 있는 소리였다.

"우리 따님이 나를 닮지 않았다는 건 이 제국, 만천하가 아는 사실이다."

"아니요. 폐하를 닮았습니다."

아시시가 거침없이 대꾸한다.

카이텔은 그 말을 비웃었다.

"대체 어디가?"

"상냥하신 점이요."

"……."

전혀 예상치 못한 대답에 카이텔의 얼굴이 구겨진다. 그럼에도 아시시는 신경 쓰지 않는지 꿋꿋했다.

카이텔을 당황하게 할 수 있는 몇 안 되는 인물 중 하나. 물론 아시시 그 자신은 자기가 그런 줄도 모르는 눈치였지만 카이텔은 가끔 스스로에게 혀를 차고는 한다. 다른 이가 이런 말을 했다면 그냥 두지 않았을 것임을 잘 알기에.

너무 물러.

아시시가 조용히 잠이 든 리아를 내려다본다.

새근새근.

아이는 자면서 내쉬는 숨소리마저 작고 희미했다. 잘못 만지기라도 하면 어디 부서질 것만 같이.

"아이란 원래 이리도 사랑스러운 생명체였을까요?"

깊게 가라앉는 시선이 어둡다.

카이텔은 순간 아시시가 어떤 기억들을 떠올리고 있는지 알아차렸다. 제 손으로 베어 낸, 수많은 어린아이들을 떠올리는 거겠지.

아시시의 안색이 더욱 어두워졌다.

"죄책감 가질 필요 없어. 어차피 네가 죽인 목숨, 네가 죽이지 않았다면 내가 죽였을 테니."

"폐하의 손을 더럽힐 수는 없습니다."

"내 손은 이미 더러워질 대로 더러워졌는데."

아무리 깨끗이 씻는다고 해도 이 손을 더럽혔던 피들은 쉽사리 지워지지 않는 멍에가 되어 남아 있었다. 마치 지우려고 해도 지워지지 않는 피비린내처럼.

제 곁에 있는 아이가 깨끗하면 깨끗할수록.

그 아이가 환하면 환해질수록.

자신들이 안고 있는 그늘은 더욱더 그 명암을 뚜렷하게 드러내 보일 것이다.

아마도 이것이—.

아시시가 쉬이 리아를 가까이할 수 없는 이유겠지.

카이텔은 그 마음을 알 것도 같았다.

"이런 제가 감히 공주님의 곁에 있어도 되는지 두렵습니다."

홀로 고뇌하는 자신의 기사를 내려다보며 카이텔은 이렇다 할 결론을 내려 주지 않았다.

"알아서 해. 네가 선택한 것이니."

아시시가 고개를 든다.

그 시선에 카이텔은 냉정하게 덧붙였다.

"하지만 이것만은 기억해 둬라."

올곧게 아시시가 카이텔의 시선을 마주한다.

이렇게 황제의 시선을 마주할 수 있는 사람도 이 궁 안에서는 드물었다.

"너에게 그런 약한 소리를 들으려고 내 딸을 맡긴 게 아니야."

황제의 명령과도 같은 한마디에 그의 기사가 고개를 숙인다. 기사가 할 수 있는 건 오로지 그 명령을 받는 것뿐이었다.

"예, 폐하."

* * *

"꿈자리가 사나웠어."

아침에 일어나자 온몸에 쥐라도 난 듯 찌뿌둥했다.

아, 이런 기분 오랜만인데.

대체 어제 무슨 일이 있었던 것인가. 아무리 생각해 봐도 어제 무리를 해서 몸을 쓴 기억은 없었다.

그럼 이 찝찝함은 대체 어디서 오는 거지?

혹시 나 자는 동안 누가 내 욕했나?

하지만 아무리 생각해 봐도 고작 그런 걸로 내 몸에 이 정도의 이상이 올 정도로 내가 나약하진 않았다. 아니, 나약했던가? 나약하다, 인간!

아, 모르겠다.

나는 희사원 잔디밭에 그냥 드러누웠다. 겨울나무에서 불어오는 찬바람은 여전히 기분 좋았다.

그래, 이 맛에 내가 여기를 오는 거지.

"공주님."

"어……."

"공주님."

"응?"

왜 자꾸 불러대? 안 그래도 힘들어 죽겠는데.

고개를 드니 일린이 조심스레 어느 한쪽을 가리킨다. 거기에 서 있는 건 아시시였다.

아시시를 보자마자 흐릿했던 정신이 번쩍 든다.

요새 내 인생 최대의 고민!

고민의 원흉!

내 불면증의 시작!

대체 수호 기사 하나 잘못 들여서 이게 무슨 꼴이란 말인가. 원활하고 행복했던 내 인간관계에 유일한 먹구름이 끼었다.

그것도 나를 지켜 주는 수호 기사와의 관계에서!

“도대체 뭐가 문제인 걸까…….”

문제의 원인을 모르니 해결할 방법도 못 찾겠다.

그냥 답이 없었다.

정말 큰 문제는 그 답 없는 상황을 어떻게 좋게 만들어 볼 수 있을지 그것조차 모른다는 것이었다.

진짜 어떡해야 하지?

“이제 안 잡으세요?”

“잡으러 간다고 잡힐 놈이 아닌걸.”

이건 다른 방법을 써야 먹힐 놈이었다.

아……. 진짜 어쩌지?

마음 같아선 그냥 카이텔에게 반납해 버리고 싶었다.

아무리 이 나라 최강의 기사면 뭐하는가! 주인을 이렇게나 고뇌하게 만드는데!

무엇보다 스스로 궂은 자리를 찾아가는 아시시를 지켜보는 입장에서 마냥 달갑지만은 않았다. 같이 고생하는 거면 모르겠는데, 대체 왜 저렇게 혼자서 고생을 하려고 하지?

이해할 수 없는 상황이었다.

"음."

오히려 피하는 걸 잡으러 다닐 때가 나았어.

피하는 걸 잡아 놨더니, 이젠 피하지는 않는데 무슨 자석의 같은 극이 서로를 계속해서 밀어내듯 연속으로 밀어내기만 하고 있다.

"일단 부딪혀 볼까?"

그냥 이렇게 고민만 한다고 답이 나오는 것도 아닌데, 뭘.

결국은 생각하기 귀찮아서 몸으로 부딪혀 보자는 거였지만 어찌 되었던 충분한 동기는 되었다.

벌떡 일어서서 아시시에게로 다가가니.

아시시가 몸을 움찔하며 나를 내려다본다.

아, 이거 진짜 상처인데. 그냥 다가가는 것만으로 이런 반응이면 대체 어떻게 해야 한단 말인가.

전엔 옷깃을 잡았지만 지금은 달랐다.

나는 검을 쥐고 있는 아시시의 손을 붙잡았다. 가만히 있을 거란 예상은 하지 않았는데, 소스라치게 놀란 듯 아시시가 내 손을 쳐 내고 물러난다.

순식간에 거부당한 손을 빤히 내려다보며 나는 더 깊은 고민에 빠지고 말았다.

누군가가 이렇게 닿기 싫어하는 건 내게도 엄청난 충격이었다.

내가 괴물이냐?

쓰레기야, 핵 폐기물이냐고!

그보다 더 엄청난 것도 아닌데, 나를 거부하다니.

게다가 내 입으로 이런 말하긴 그렇지만 내가 한 예쁨 하고, 엄청나게 귀엽고, 사랑스러운 애기인데, 어떻게 나에게 이럴 수 있어?!

하지만, 내가 받은 충격 이상으로 아시시도 충격을 받은 모양이었다. 내가 할 말을 잃고 멀거니 서 있자 자기가 거부해 놓은 주제에 아시시가 되레 더 쩔쩔맨다.

우물쭈물하는 모습을 보고도 나는 전혀 즐겁지 않았다.

도대체 이 남자를 어쩌면 좋을까?

저절로 한숨이 새어 나온다. 이건 수호 기사가 아니었다. 아니, 이젠 카이텔이 나 엿먹어 보라고 던져 놓은 함정이 아닌가 하는 의구심마저 들었다.

"고, 공주님."

놀란 아시시가 나를 부른다.

웬만하면 대답해 주겠는데, 지금 나는 일생일대의 고민을 맞닥

뜨리고 있는지라 쉽게 말이 나오지 않았다.

진짜 어쩌지??

왜 사람들이 아시시를 피하는지는 안다.

하지만 그건 사람들이 쌓아 놓은 높고 견고한 벽.

문제는 그 안에 아시시가 쌓아 놓은 또 다른 벽이 있다는 사실이었다. 그리고 그 벽을 어떻게 해서든 허물어 내야 하는 것이 나에게 당면한 문제이고.

사람들이 아시시에게 쌓아 놓은 벽은 간단히 무시할 수 있었다. 내가 신경만 쓰지 않으면 되는 거니까.

하지만 아시시가 스스로 쌓아 올린 벽은 어떻게 해야 할지 모르겠다. 그저 아시시가 그 벽을 스스로 깨고 나오길 바랄 수밖에 없었다.

밖에서 두들겨 봤자 아시시가 만들어 놓은 벽은 더욱더 견고해질 뿐일 테니까.

다른 사람이라면 신경조차 쓰지 않았다.

그 벽 안에서 혼자 지지고 볶건, 난리를 떨건 내가 무슨 상관이람. 하지만 아시시는 다르다. 어째서인지 아시시는 그 벽에서 꺼내 줘야만 할 것 같은 의무감마저 들었다.

"공주님……."

자기가 쳐 놓고 미안한 건지, 아니면 다른 감정인 건지 아시시는 여전히 나만 부르고 아무것도 하지 못했다.

그래, 일단 도망치지 않는 것만으로도 어마어마한 성과라고 생각해 볼까. 한꺼번에 하는 것이 어렵다면 하나씩 해내면 되는 거겠지.

겉으로 봐선 어디 차가운 도시 남자처럼 생겼는데.

정말 손이 많이 간다.

"또 가서 울 거야?"

한숨을 내쉬고 내가 한 질문은 그것이었다.

아시시가 빤히 나를 내려다본다. 내가 말을 하니 이제는 좀 진정이 되는지 안절부절못하던 손을 가지런히 내렸다.

"……아니요."

기가 죽은 목소리.

나는 한숨을 내쉬는 대신 다시 한 번 손을 뻗어 아시시의 손 위에 얹었다.

닿는 것만으로도 아시시가 크게 몸을 움찔한다. 떨림이 고스란히 내 손을 타고 전해져 왔다.

"이젠 공주님께서 계시니 그러지 않을 겁니다."

"날 싫어하잖아."

내 대꾸에 당치도 않다는 듯 아시시가 두 눈을 크게 떴다.

"아닙니다. 제가 어찌 감히!"

강한 부정에 일단 안심은 된다.

강한 부정의 부정은 강한 긍정이라던데, 설마 지금 상황에서 적용되는 말은 아니겠지.

"싫어하는 게 아니야?"

"예."

"그럼 왜 피해?"

아시시의 입이 딱 다물어진다.

조개처럼 다물어진 입을 보며 나는 그동안 생각했던 말을 내뱉었다.

"내 기사님이잖아. 그런데 왜 자꾸 나랑 멀리멀리 떨어져 있으려고 해?"

울 것 같은 시선이 나를 내려다본다.

물기 어린 눈동자는 이 눈을 처음 보았을 때와 그다지 다르지 않았다. 그땐 이 눈물에 당황했지만 지금은 아니었다.

무엇이 그렇게 문제인 걸까, 도대체.

같은 세상에 살고 있는데, 우린 너무 다른 세계의 사람처럼 느껴진다.

울먹이는 시선으로 나를 내려다보던 아시시가 한참 만에 겨우 입을 연다. 나조차 내가 무슨 질문을 했는지 까먹었을 정도의 시간이었다.

"두렵습니다."

두렵다니, 대체 뭐가?

"뭐가? 내가 무서워?"

"아니요."

의아한 내 질문에 아시시가 단호하게 고개를 가로젓는다. 그가 말하는 건 다행히도 다른 내용이었다.

"당신을 제 자신에게서 지키지 못할 것이 두렵습니다."

이건 또 무슨 소리란 말인가.

왜 그런 일어나지도 않을 고민을 사서 하고 있는지 의아했지만 나는 구박하지 않았다.

이건 아주 엄청나게 섬세하고 중요한 작업이었으니까.

아시시가 제 자신을 드러내기 시작한 이때야말로 그 안에서 꺼낼 수 있는지 없는지를 결정하는 중요한 분기점이었다.

"아시시, 나 죽일 거야?"

천진한 내 질문에 아시시가 기겁을 한다.

"절대 아닙니다!"

"근데 왜 아시시 스스로를 나한테서 지키려고 해?"

그럴 필요가 어디에서 오느냐고 묻는 내 의도를 알아차린 건지 아시시가 입을 다물었다. 무언가 말을 꺼내기 힘겨운 듯 인상을 찌푸린다.

곧이라도 울 것 같은 눈망울은 여전했지만 기특하게도 울진 않았다. 힘들어 하는 기색은 있었어도.

“분명.”

마치 자신의 죄를 고백하듯, 힘겹게 아시시가 꺼낸 말.

“제가 곁에 있으면 불행해지실 테니까요.”

“누가?”

나는 이해할 수 없었다.

힘겹게 그 말을 꺼낸 아시시의 입장을 이해 못하는 바는 아니지만 정말 쓸데없는 걱정이라고 생각했다. 고작 그런 것 때문에 내 곁으로 다가오질 못했단 말인가.

아시시가 힘겹게 나를 가리킨다.

“……공주님께서.”

“내가?”

진짜 이런 타이밍에 이런 말하긴 좀 그런데, 도무지 하지 않을 수가 없었다.

나는 진지하게 아시시의 손을 잡고 물었다.

“……아시시, 어디 아파?”

진지하게 들어주고 싶은데 너무 터무니없는 이야기라 반응하기도 지친다.

나는 일단 머리를 짚었다.

도대체 이걸 어디서부터 납득을 시켜야 하는 거야.

"아시시가 내 곁에 있는다고 난 불행해지지 않아."

"그래도 저는……."

"아시시."

말이 늘어져 봤자 같은 말이 돌고 돌 뿐이었다. 나는 명확히 아시시의 말을 끊고 내가 할 말을 했다.

"그런 일은 없어. 설령 내가 불행해진다고 해도 너 때문은 아니야."

그래, 설령 내가 누군가 때문에 불행해진다고 해도 그건 아빠라든가, 애비라든가, 솔레이의 누군가 때문이지 눈앞에 있는 기사님 때문은 아니었다.

나는 내가 잡고 있는 손에 꽉 힘을 준 채로 아시시를 붙잡았다.

"그러니까 내 곁에 있어도 돼. 내가 정말로 불행해지면 그때 내게서 떨어져도 상관없잖아?"

"그땐 이미 늦습니다."

"하지만……."

그렇다고 이대로 평생 멀리서 지켜보겠다는 것인가.

그것만큼은 이해해 줄 수 없었다.

"정말 불행해질지 알 수 없는 그 불확실함이 두려워서 평생 나를 멀리할 거야?"

불확실한 건 두렵다. 나 역시 내게 어떤 일이 벌어질지 모르는 내일이 오는 것이 두려웠다.

하지만 당장 내가 내일 죽는다고 해도 내일이 오지 않는 일은 없다. 그럴 바엔 언제 죽더라도 행복하게 사는 것이 더 낫지 않을까?

이미 한 번 죽어 봤다고 해도 죽음이라는 건 여전히 두려웠다. 하지만 그 죽음을 한 번 겪고 내 스스로 바뀐 점은 그것이었다.

이젠 언제 죽음이 와도, 후회 한 점 남기지 않도록 살겠노라는 것.

"어렵습니다."

"뭐가?"

"모든 것이."

아시시가 고개를 떨구었다.

"공주님의 모든 것이 제겐 어렵습니다."

잔뜩 헝클어진 실타래를 하나씩 하나씩 풀어 나가는 것처럼 아시시는 내게도 어려웠다.

하지만 나는 그것이 귀찮다고 생각되진 않았다. 이상하게도 그 실타래를 풀어 가면 풀어 갈수록 아시시가 좋아진다.

이건 정말 나조차도 상상하지 못했던 상황.

"내가 어렵게 해?"

"아니요."

"그런데도 내가 어려워?"

깊게 가라앉은 침묵.

아시시가 떨리는 목소리로 울먹인다. 내가 잡고 있는 두 손도 심하게 떨고 있었다.

"제가…… 다치게 하면 어쩌죠?"

원인 모를 두려움. 그것은 결국 제 자신에게서 온 것.

아시시는 스스로를 믿지 못하고 있었다.

"공주님을 상처 입히게 하면 어떡하죠? 지키지 못하면 어쩌죠? 지켜 내지 못해서 공주님께서 아프기라도 하면……."

"있잖아, 아시시."

이대로 놔두면 어떻게 되어 버릴 것 같다.

나는 서둘러 아시시를 진정시켰다. 내 온기에 아시시가 흥분으로 들썩이던 몸을 가라앉힌다. 아시시가 진정될 때까지 나는 아시시의 손을 꾹 잡아 주었다.

"걱정해 줘서 고마워."

이런 거면 괜찮다. 이런 고민이라면 얼마든지 내가 도와줄 수 있었다.

나는 빙그레 웃었다.

"그냥 그거면 돼. 날 걱정해 줘서 고마워. 그것만으로도 충분해."

마치 이 말을 기다리고 있었다는 듯.

다음 순간 아시시가 소리 없이 흐느꼈다. 닫힌 속눈썹에 걸린 눈물이 아시시의 뺨을 타고 흘러내렸다.

"그러니까 이제 조금은 다가와 줄래? 지금 아시시는 나한테 너무 멀리 있거든?"

"예, 마이 레이디."

다가와 내 앞에 무릎을 꿇은 기사를 내려다본다.

이 남자는 대체 어떤 삶을 살아온 건가.

가끔은 누군가에게 물어서 이 남자가 왜 이러는 건지 샅샅이 알아내고 싶다는 생각도 들었다.

아마 페르델이나 카이텔에게 묻는다면 그게 무엇이든 알려 주겠지.

하지만 동시에 그러지 말아야 한다는 생각 또한 같이 들었다.

처음엔 그냥 친해지고 싶은데 날 피하는 기사님일뿐이었던 아시시였는데.

나를 보는 금청안이 지나칠 정도로 예쁘다고 생각한다. 만약 여자가 이런 눈을 가지고 있었다면 온 세상의 모든 남자들이 너도 나도 무릎을 꿇으며 그녀에게 구애를 했을 게 틀림없었다.

나라고 해도 예외는 없겠지. 지금도 이 금청안에 홀릴 거 같으니까.

하지만 모른 척했다.

다만, 정말 다만.

언젠가 아시시를 이렇게 만든 상처들을 내게 보여 주며, 왜 그랬는지를 말해 준다면 다 괜찮다고 해 줘야지.

아무것도, 그 무엇도 네가 떨어야 할 이유는 없다고 말해 줘야지. 정말 괜찮다고 말해 줘야지. 그러니까 울지 않아도 된다고, 내 손을 잡는 데 망설일 필요 따위 없다고 말해 줘야지.

꼭 말해 줘야지.

"아시시."

"예."

울먹이는 시선이 나를 본다.

남자가 우는 건 꼴불견이라고 생각했는데, 아시시는 어째서인지 그런 생각이 들지 않았다.

"나, 아시시를 좋아하는 것 같아."

"……예?"

뜬금없는 고백에 아시시는 잔뜩 당황한 기색이었다.

그게 더 좋았다. 왠진 모르지만 그런 생각이 든다. 내 곁에 아시시가 있다는 게 감사하다는 그런 생각.

"나, 아시시가 정말 좋아."

*　*　*

살랑살랑 불어오는 바람이 정말 기분 좋았다.

무엇보다 한동안 나를 무척이나 괴롭혔던 마음의 짐을 풀어 버려서 더욱 그러하리라.

희사원의 작은 정자에서 보는 하늘은 무척이나 푸르렀다.

기분 좋은 바람에 몸을 맡긴 채 의자에 늘어져 앉아 있는 나를 보며 세르이라가 작게 웃었다.

"공주님께선 기사님이 그렇게 좋으세요?"

"응!"

망설임 없는 대답에 세르이라가 의외라는 듯 되물었다.

"왜요?"

"예쁘잖아."

물론 이유는 납득할 수 없는 모양이었지만.

뭐, 그래도 상관없다. 사실이니까. 물론 겉모습이 예쁘다고 좋아하는 건 아니었다. 이상하게 내게 아시시는 마음도 예쁘게 느껴졌다.

참 이상하지.

볼 수 없는 마음인데, 예쁘다고 단언할 수 있다는 게.

한참을 늘어져 있으려니 때마침 내 시야에 낯익은 한 기사가 눈에 띄었다.

“아시시다!”

또 멀찍이서 서 있었던 건지 아시시가 움찔하며 도망치려는 듯 움직인다.

나는 그러기 전에 아시시를 한 번 더 불러 버렸다.

“아시시!”

내가 애타게 부르자 외면하기 어려웠는지 아시시가 슬금슬금 고개를 돌린다. 마주친 시선에 나는 순간 우리 사이에 얼마나 거리가 있는지도 생각하지 않고 물었다.

이실직고를 하자면 일어나기 귀찮아서였지만.

“아시시, 왜 거기 있어? 나 봤잖아. 나 또 피하는 거야?”

“아, 아닙니다.”

“그럼 왜 나한테 가까이 안 와?”

말이 없다.

정말로 피하려고 했던 것인가. 두둥.

내가 그렇게 노력을 했는데, 전혀 효과가 없단 말인가. 물론 요 며칠 새 최대한 내 시선에 닿는 곳에 아시시가 서 있었다. 비록 내 바로 옆은 아니었지만.

그래, 아시시는 노력하고 있었다.

두렵지만 이겨 내려 노력하고 있었다.

나는 그거면 되었다고 생각했다. 내가 해 줄 수 있는 것은 그렇게 노력하는 아시시를 격려해 주는 것. 스스로가 쌓아 올린 견고한 벽을 허물고 나올 수 있도록 도와주는 것이었다.

비록 그것이 시간이 오래 걸리는 일이라 할지라도.

내게 가까운 이 자리가 부담스러운 건지 아시시가 식은땀을 흘린다.

가까이서 그 모습을 지켜보며 나는 빙그레 웃었다.

"아시시—."

"예."

"아시시—."

"……."

자꾸 아시시를 보며 웃자 아시시가 부끄러운 건지 고개를 숙였다.

나 참, 이건 누가 남자고 누가 여자인지를 모르겠네.

기사님이 저렇게 수줍음이 많아서 되겠어?

그래도 이제 나를 쳐다보는 것이 어느새 익숙해진 모양이었다. 그래, 인간은 적응의 동물이야. 까라면 뭐든 할 수 있다니까?

그래도 아시시가 빤히 쳐다보곤 하면 조금 수줍기도 했다. 내가 예쁜 건 알겠지만 그만 좀 쳐다보렴. 닳겠다.

"지금 내가 예쁘다고 생각했지?!"

"네."

"헐."

그냥 던져 본 말인데, 냉큼 '네' 라고 대답하다니.

순간 할 말을 잃었다.

내 반응에 아시시가 웃는다. 작은 미소였는데도 워낙 미모가 눈부시다 보니 주변이 순식간에 환해진다.

봐 봐. 저렇게도 웃을 수 있는 거면서.

내가 고개를 끄덕이니 본인이 웃어 놓고도 낯간지러운 건지 아시시가 헛기침을 했다. 그래 봤자 이미 늦었는데.

"좋아 죽네."

어, 이 목소리는?

인상을 쓴 채 고개를 돌리니 내 등 뒤로 낯선 놈의 기척이 느껴졌다.

드란스테, 이놈은 또 언제 온 거지?

"넌 언제 왔냐?"

"방금?"

자연스레 나를 들쳐 안으며 드란스테가 물었다.

"뭐하고 있는 거야?"

음, 우리 기사님 놀리기?

오히려 놀림 당했다고 말하면 좋아서 죽으려나. 그렇게 말해 주기는 또 싫어서 나는 머리를 굴렸다.

음, 뭐라고 해야 저놈이 그냥 속아 넘어갈까.

"인생 계획 세워."

"인생 계획?"

"응."

흥미로운 건지 드란스테가 입꼬리를 비튼다.

어, 이런 반응을 원한 게 아니었는데.

"뭔데? 들어나 보자."

"별거 없는데."

"그러니까 들어 보자고."

아오, 이놈이!

그렇다고 이제 와서 없다고 말하긴 좀 그렇고, 나는 열심히 머리를 굴렸다. 뭐라고 둘러대야 이 눈치 빠르고 얍삽한 놈이 그냥 넘어갈꼬?

"일단 내 나이 서른까지는 잘 먹고 잘사는 거. 생존을 최우선으로 삼았어."

"……누가 널 사냥한대?"

"아니."

설마 황제의 외동딸을 사냥하려는 간 큰 놈이 이 아그리젠트에 있을 것 같니?

물론 전 대륙적으로 찾아보면 좀 있을지는 몰라도 실현 가능성을 따져 본다면 거의 제로에 가까웠다. 그래, 내가 그렇게 쉽게 죽을 수 있고 그런 사람이 아니야.

"그리고 내 인생의 목표는 나중에 죽었을 때 후회 한 점도 없었노라고 말할 수 있게 되는 거야!"

내 어마어마한 목표에 드란스테가 혀를 찼다.

"고작?"

"고작이라니. 그게 얼마나 힘든 건데!"

이 인간이 죽어 보질 못해서 잘 모르는 모양이구먼?

생각 같아선 나중에 한번 죽어 보고 다시 논의하자고 하고 싶었지만 참아 줬다. 난 착하니까.

그나저나 자꾸 어디에서 따가운 시선이 느껴져…….

시선을 돌려보니 거기엔 아시시가 서 있었다. 굳은 얼굴로 날 바라보고 있었지만 나에 대해 화가 난 건 아닌 듯했다.

이 분노가 향한 방향은 나를 안고 있는 드란스테가 그 대상인 듯했다.

어떡하냐, 드란스테? 너 이제 큰일 났다.

물론 본인은 그렇지 않다고 생각하는 모양새였지만.

그래요. 잘나셨습니다.

"이거 놔 봐."

바둥바둥 그 품에서 내려오려고 몸을 뒤틀어 대니 드란스테가 아쉽다는 듯 혀를 다시며 나를 내려놓는다.

그런데 문제는 내려오고 나서도 자꾸 콕콕 찌르는 듯한 아시시의 시선이 사라지지 않았다는 점이었다. 설마 뭐 원하는 거라도 있나.

"인기 좋네."

"내가 좀."

지가 먼저 인기 좋다고 한 주제에 내가 맞받아치니 못 들을 걸 들었다는 것처럼 드란스테가 엄청 웃어 댄다.

이놈이!

분노한 내가 드란스테의 발을 온 힘을 다해 밟아 봤지만 전혀 아픔이 느껴지지 않는지 드란스테의 웃음은 멈출 줄을 몰랐다.

아, 이 못되고 나쁜 놈!

"그럼 난 나중에 다시 올게."

"아예 오지 마!"

"그건 싫은데."

아유, 저 얄미운 놈.

올 때처럼 사라질 때도 한순간이었다.

대체 어떻게 다니는지 의아할 정도라니까. 아니, 애초에 정체 자체가 미스터리였지만.

드란스테가 사라지자 그제야 아시시의 시선이 한층 누그러졌다. 물론 여전히 내게 원하는 게 있는 듯한 눈빛이었지만.

대체 뭐를 이리 원하는 거지?

물어봤자 대답도 안 해 주겠지만.

"아시시, 혹시 나 안고 싶어서 그래?"

"아닙니다."

정말 아니야? 아닌 게 아닌 것 같은데.

자꾸 나를 보는 시선이 무언가 탐욕스럽다.

그렇게 열렬하게 쳐다보는 데 모르는 척하는 것도 예의는 아니지. 물론 난 비싼 몸이었지만 이번만큼은 인심을 좀 쓰기로 했다.

"안아도 돼."

내 허락에 아시시가 믿을 수 없다는 듯 되물었다.

"정말입니까?"

"응."

정말 날 안고 싶었구나.

그런 주제에 안고 싶다고 말도 못하고 눈치만 보고. 아, 나처럼 눈치 빠른 주인이 아니었으면 대체 어쩌려고 이럴까.

내가 두 팔을 벌리자 아시시가 망설이다 나를 품에 안았다.

드란스테에게 안겨 있을 때보다 더 아늑한 느낌이 나를 맞이한다. 아시시의 목을 끌어안고 나는 빙그레 웃었다.

"아시시, 좀 더 힘줘도 돼."

"그, 그게."

"조금 더!"

"그것이……."

이대로라면 어디 떨어질 것 같은데.

너무 헐렁한 팔 때문에 나는 곤란했다. 내 팔로 매달리는 것도 한계가 있다고. 아시시가 제대로 안아 주지 않으면 곤란한 건 오히려 이쪽이었다.

"그깟 거 조금 더 힘준다고 나 안 죽어!"

"하지만 너무 연약하시니 어느 정도로 잡아야 할지 도무지."

"그런 거 생각하지 말고 꽉 잡아. 놓치지 않게. 아시시가 날 아프게 하면 그땐 내가 말해 줄 테니까!"

"……예, 공주님."

이제야 제대로 아시시가 나를 안아 준다.

그래, 앞으로도 이렇게 나를 안아 주면 된다고.

아빠는 아무 거리낌 없이 나를 안았는데 이 남자는 나를 안는 것조차 어쩔 줄을 모르며 쩔쩔맨다. 그게 너무 귀엽고 이상해서 나는 나도 모르게 웃음이 나왔다.

"아시시, 난 아시시가 정말 좋아. 너무너무 좋아. 진짜 정말 좋아."

"저도."

부끄러운지 아시시가 말도 제대로 못한다.

그래도 작게 나지막이 속삭이듯 하는 말을 나는 놓치지 않고 들었다.

"저도 그렇습니다, 공주님."

그 말을 결국 내뱉은 것이 부끄러운지 아시시가 고개를 숙인다. 나는 억지로 아시시의 고개를 들어 주었다.

어디 도망치려고!

절대로 이젠 도망치지 못하게 만들 속셈이었다.

시선이 마주치자 아시시가 웃는다. 나 역시 배시시 웃었다. 하지만 웃다가도 가끔 불현듯 걱정이 솟구치는 모양이었다. 순식간에 다시 어두워진 아시시의 얼굴을 보며 나 또한 괜스레 심각해졌다.

"제가 이렇게 행복해도 되는 걸까요?"

아시시가 어떤 삶을 살았는지는 모른다. 하지만 이런 편린들을 마주할 때마다 아시시가 어떤 삶을 살아온 것인지 대략적으로나마 알 수 있었다.

스스로 가장 궂은 곳, 가장 힘든 곳으로 찾아가는 걸 보며, 그런 자리에 가서야 마음이 편해지는 듯 안도하는 아시시를 보며 오히려 심각해진 건 나였다.

이런 걸 행복이라 부를 정도로 고팠던 거구나, 아시시는.

앞에서 별 악담을 들어도 아시시는 태연했다. 아니, 오히려 그 악담들이 당연한 양, 그렇게 굴었다. 그게 일상이니까.

"그래도 돼, 아시시."

하지만 이젠 아니다.

내가 있으니까. 절대로 아시시를 살아왔던 대로 그대로 살아가게 놔두지 않을 테니까.

"행복해도 돼. 그러니까 걱정하지 마."

하지만 아시시의 걱정이라는 건 쉽게 없어질 수 있는 종류가 아닌 모양이었다. 쉽게 말을 잇지 못하던 아시시가 가만히 입술을 깨문다.

그런 작은 행동 하나조차도 나는 안타깝게 지켜보고 있었다.

"지금 제 손에 쥐어진 이 벅찬 행복이 이리도 불안한 것은 아마 저뿐만이 아닐 겁니다."

응? 또 누가 있단 말이지?

아무리 생각해도 그게 누구인지는 모르겠다.

하지만 아시시는 거기까지만 말하고 그게 누구인지는 끝내 말해 주지 않았다.

* * *

“공주님은 빨간 게 어울린다니까요?”

“파란색이 더 잘 어울리는데…….”

“아니죠! 공주님 하면 빨강! 빨강 하면 공주님!”

“아직 네가 어려서 잘 모르는구나. 공주님께 진정 어울리는 건 이 파란색이란다.”

……이것이 대체 무슨 난리란 말인가.

아침부터 나는 이 진지하고도 웃긴 토론에 심드렁하니 턱을 괴고 있었다. 아니, 리본이 빨간색이건 파란색이건 그게 뭐가 중요해? 그냥 매면 되는 거지.

어차피 내 머리카락은 자체로 색깔이 너무 예뻐서 어떤 리본을 매던 상관없었다.

왜냐? 상관없이 다 예쁘니까!

웬만하면 아무거나 하자고 하겠는데, 하필 빨강과 파랑을 각각 주장하고 나선 것이 일린과 세르이라였다. 왓 더 헬.

이대로라면 이 공방은 평생 가도 끝날 것 같지 않았다.

나는 고민했다.

어떻게 하면 이 문제를 해결할 수 있단 말인가.

"난 노란색이 좋은데."

제삼의 차선책을 택해 보려 했지만 나의 꼼수는 단박에 세르이라와 일린에게 간파당했다.

세르이라가 웃으며 노란색 리본 끈을 저 멀리 던져 버렸다.

헐, 내 리본!

죄 없는 리본은 대체 왜 이런 수모를 당해야 하는가.

이해할 수 없었지만 곧 나에게 찾아온 고난 때문에 어쩔 수 없이 노란 리본 끈의 현 실태를 외면할 수밖에 없었다.

"자, 공주님. 고르세요. 파란 리본 하실 거예요? 빨간 리본 하실 거예요?"

이건 완전히 그거잖아, 그거.

세계 삼 대 난제 중에 하나라는 엄마가 좋아, 아빠가 좋아?

……그냥 선택을 안 하면 안 될까?

"어, 그게……."

하지만 두 여자는 쉽게 물러날 기세가 아니었다.

분명 처음엔 머리 장식이 뭐가 좋을까에서부터 비롯된 논쟁이라고 알고 있는데.

머리 장식이 리본 하나인 것도 아니고, 이게 대체 무슨 쓸데없는 자존심 싸움이지?!

하지만 자존심 싸움이야말로 가장 민감하고 중요한 것 중 하나인 법. 결국 나는 이 위기를 홀로 견뎌 내야 했다.

어쩔 수 없다.

이 방법은 쓰지 않으려고 했는데.

"아시시, 아시시는 내가 어느 색깔 리본이 더 잘 어울린다고 생각해?"

천진한 미소로 아시시를 돌아보니 아시시가 놀란 듯 두 눈을 크게 떴다.

그래, 너에게로 이제 선택권이 넘어갔어. 네가 선택해 보렴.

나는 절대로 이 난제를 선택할 수 없었다. 그랬다간 일린의 투덜거림을 듣든가 세르이라의 은근한 눈총을 받아야 할 테니까.

난 둘 다 절대로 사양이거든.

두근두근.

아시시의 입에서 튀어나올 답을 기다린다.

아시시는 고민이 되는 듯 말이 없었다. 그래도 바로 내 옆에 있으니 좋았다.

이건 비밀인데, 한 번 날 안아 준 뒤로 아시시는 곧잘 내 옆에 와 있었다. 맨 처음엔 한 백 미터쯤 되었던 것 같은 거리가 순식간에 삼 미터 안으로 줄어드니, 나는 날이 갈수록 내 자신이 뿌듯했다.

이것 봐, 하려면 할 수 있는 거였잖아.

하지만 금세 나올 줄 알았던 대답이 어째 나오지 않는다. 기다리면서 초조해지는 건 괜히 나와 세르이라와 일린이었다.

"……."

"……."

"……."

삼십 분 경과.

그냥 말을 하길 기다린 것뿐이었는데, 왜 이리 시간이 지나 있지?

놀라운 건 아시시는 그때까지도 고민 중이라는 사실이었다. 아, 모르겠다. 이대로라면 이쪽도 결론을 낼 수 없을 것 같았다.

성질 급한 나는 그냥 소리쳤다.

"그냥 아무거나 할래!"

일단 밥이나 먹고 생각하자.

점심밥을 먹기 위해 식당으로 걸어가니 자연스레 내 옆으로 아시시가 선다.

고민하느라 나 따라다니는 거 안 할 줄 알았는데, 그래도 본분은 지키네?

솔레이의 식당으로 오는 건 금방이었다.

내가 식당 안으로 들어서자 카이텔이 나를 쳐다본다. 내 뒤에 있는 아시시도 같이.

"아빠, 안녕!"

"그래."

방긋 웃으며 자리에 앉는 나를 보며 카이텔이 신기한 듯 쳐다보았다.

뭘 보니? 새삼 처음 보는 사람처럼.

물론 아침은 따로 먹으니까 점심이 카이텔과 내가 하루 중에 맞이하는 첫 만남이긴 했지만 그건 애초에 나보다 일찍 일어나서 운동하고 밥 먹는 카이텔 때문이었다.

날 자주 보고 싶으면 늦잠을 자라고!

앉자마자 입맛을 돋우기 위한 애피타이저가 나온다. 나는 그걸 냠냠 먹어 치우며 아시시를 돌아봤다.

뭔가 아쉬운데.

아시시도 뭐 먹이고 싶었다. 상관없다는 듯 내 뒤에 서 있었지만……, 음.

"아빠."

"왜?"

"아시시도 같이 먹으면 안 돼?"

내 질문에 아시시가 당황한 듯 두 손을 휘젓는다. 그러거나 말거나 나는 카이텔을 쳐다보았다.

이 안에서 가장 권력자는 우리 아빠이니라!

"돼."

카이텔의 허락이 떨어지자마자 기다렸다는 듯 주변에 대기하고 있던 시종들이 아시시의 자리를 당장에 마련해 준다.

아시시는 당황한 듯 허우적거리다가 카이텔이 쳐다보자 체념한 듯 내 옆자리에 앉았다.

그러면 그렇지.

역시 주군 말은 잘 듣는 기사님이셨다, 헤헤.

"맛있다!"

역시 우리 황궁 주방장의 솜씨는 범상치 않았다.

대체 우리 아빠는 이런 아저씨를 어디서 데려온 걸까?

정작 황궁 주방장이 가장 신경을 쓰는 건 페르델이랑 같이 먹는 오찬이었다.

"아 참, 아빠, 아빠는 빨간색 리본이 좋아? 아니면 파란색 리본이 좋아?"

이렇게 된 거 온 궁의 사람들에게 의견을 물어봐서 총 취합해 결론을 내 주겠다.

나의 질문에 카이텔이 생각이라는 걸 하는 건지 잠시 잠잠하다. 이거 어째 불안한데.

"빨간색 해. 넌 빨갱이니까."

내가 사회주의자냐.

울컥 했으나 겨우 참아 냈다.

후하후하. 이렇게 쉬운 도발에 걸려들면 안 돼.

아오, 빡 쳐.

그러는 너도 빨갱이거든!

어째서 슬픈 예감은 틀리지 않는 걸까. 기껏 기다려서 들은 아빠의 대답이 이런 거라니…….

하, 강해져라, 아리아드나. 그것이 너의 목표다!

강해져서 돌아와라!

다행히 그 뒤에 식당에 도착한 페르델은 그보다 더 사람다운 대답을 해 주었다.

"그냥 파란색 하세요. 제 머리가 파란 계열이니까."

……대체 그 이유의 어디를 납득해야 하는 건지 알 수 없다는 점은 똑같았지만.

뭐, 빨갱이니 빨강색 하라는 것보단 낫긴 한데, 겨우 들은 답변들이 왜 하나같이 이따위란 말인가.

하, 내 인생이 뭐 이렇지.

"네 머리가 파란 거랑 내 따님이 파란 리본을 매는 거랑 무슨 상관이지?"

"당연히 조금이라도 가까워지고 싶은 내 마음 때문이다!"

"……."

"……."

짧은 침묵이 흐른다.

그 침묵을 깨고 카이텔이 내게 당부했다.

"변태다. 가까이 가지 마."

"응!"

나도 동의해. 가까이 가기 싫은 건 매한가지거든.

우리의 반응에 페르델이 울컥한다.

"뭐라고, 이 자식아!"

분노한 페르델이 카이텔을 노려본다. 달려들 기세였는데 다행히 그러진 않았다.

그래, 네가 아직 이성은 있는 모양이구나, 페르델아.

밥을 먹으며 페르델은 연신 황실 주방장에 대한 찬양을 늘어놓았다. 내가 이 밥 때문에 황궁에 붙어 있다느니, 역시 이 황궁에서 볼 건 나랑 주방장의 음식 솜씨밖에 없다느니.

하도 들었던 레퍼토리라서 이젠 신기하지도 않았다.

페르델이 이 점심밥 때문에 황궁에 붙어 있다는 건, 이 궁에 조금이라도 있어 본 사람이라면 다 아는 사실이었다. 점심밥이 맛이 없으면 그대로 조퇴하는 페르델 때문에 잘린 주방장이 한둘이 아니라지.

"시르비아가 나 막 구박해. 네 아들 너무 사고뭉치래."

침묵으로 가득 찬 두 사람 사이에서도 페르델은 잘만 떠들었다. 나는 그런 페르델이 안쓰럽기도 하고 신기하기도 했다.

아니, 두 사람 다 대꾸도 안 해 주는데, 떠들 맛이 나나? 물론 나라도 열심히 대꾸해 주려고 하고 있다만 내가 해 주는 것도 한계가 있는 법인데 말이야.

"아니, 애를 나 혼자 만들었나? 왜 내 아들이야!"

"페르델 네 아들이잖아."

"그쵸, 내 아들이죠."

……뭐지, 이놈은?

너무 쉽게 수긍을 해서 지적을 한 맛이 나지 않았다. 페르델은 그 후로도 한동안 열심히 구시렁구시렁거렸다.

진짜 이 두 사람이랑은 어떻게 친한 건지 그 이유를 모르겠다니까.

어찌 되었건 이번 점심밥은 페르델의 마음에 쏙 든 모양이었다. 밥을 먹고 바로 일을 하러 갔으니까. 물론 카이텔도 같이 나갔다.

바쁜 두 사람은 내버려 두고 한가한 나는 그대로 희사원으로 향했다.

희사원! 내가 돌아왔다!

"아시시."

"……."

"아시시?"

그런데 아시시가 말이 없다. 원래 말이 없는 인간이긴 했지만 오늘따라 더 심한 듯했다.

뭐 걱정이라도 있나?

걱정스러웠지만 묻는다고 해도 대답해 줄 놈도 아니고, 나는 그냥 입을 다물고 왜 저럴까 고민만 할 뿐이었다.

"아, 맞아. 빨간 리본 좀 가져와."

"어머, 공주님, 빨간 리본 하시게요?"

"응? 아빠가 빨간 리본이 좋대."

딸이 돼서 서비스하는 셈 치지, 뭐.

빨간색 리본으로 머리를 묶으니 확실히 노을이 어린 듯 붉은 기가 도는 은발이라 그런지 잘 어울렸다. 일린은 좋아했지만 엄마는 어쩐지 서운한지 자꾸 내 머리를 매만지며 미련을 거두지 못했다.

……근데 어쩌겠어, 엄마? 카이텔님께서 이것이 좋다는데요.

다 우리 잘살자고 이러는 거니, 이해 좀.

일하는 사람에게도 그렇지만 노는 사람에게도 하루는 빨리 지나가는 법이다.

어느새 어둑어둑해진 밤하늘을 보며 아시시랑 아빠랑 나랑 이렇게 셋이서 오붓한 저녁을 먹은 뒤, 나는 씻기 위해 방 안으로 돌아왔다. 물론 저녁을 먹는 동안 내 빨간 리본에 대한 언급은 한 번도 없었다.

흥.

부글부글 끓는 속 때문에 나는 입을 앙다물었다.

내가! 그렇게 필사적으로! 내 빨간 리본을 보여 줬는데! 어떻게 칭찬 한마디 없을 수가 있어?!

아무튼 카이텔은 섬세함이 부족하다니까.

"내가 다시 빨간 리본 하나 봐라."

아니, 예쁘다고 한 마디라도 해 주면 어디 덧나?!

당장 벗어 던지려고 거울로 향하는데, 내 뒤로 방 안에 들어온 아시시가 느닷없이 말을 했다.

"역시 파란색이 좋다고 생각합니다."

뜬금없는 말.

나는 순간 몸을 멈칫했다.

응? 뭐라고?

내가 자신을 돌아보자 아시시가 진지하게 대꾸한다.

아니, 대꾸하라고 쳐다본 거 아닌데.

"공주님의 머리카락은 적은발이지만 그래서 더 빨간색과 대조

되는 파란색이 더 잘 어울린다고…… 생각합니다."

"나 이미 빨간 리본 매고 있는데."

"……."

보면 모름?

점심때 이 리본 하는 거 바로 코앞에서 봤으면서.

그래도 이렇게 말해 준 게 기특하긴 하다. 근데 내가 아시시한테 이걸 언제 물어봤더라.

아침?

……이걸 거의 하루 종일 고민했던 거야?

뭔가 어이가 없기도 하고, 이상하기도 하고, 웃기기도 한 그런 기분이 든다. 나는 그냥 웃어 버렸다.

어쩔 수 없지.

어휴, 곧 잘 거긴 하지만, 뭐.

어차피 풀려고 했던 머리였다. 리본 끈을 잡아당기니 빨간 리본이 순식간에 풀리며 내 머리도 풀린다.

나는 그 리본을 버리고 낮에 가만히 놔두었던 파란 리본 끈을 찾아 가져왔다. 파란 리본으로 스스로 묶은 머리는 서툰 솜씨인지라 많이 엉성했다.

그래도 뭐 어때! 곧 잘 건데!

"어때, 어울려?"

그 자리에서 바로 묶을 줄은 몰랐는지 아시시가 놀란 듯 나를 쳐다본다. 그 시선에 어쩐지 칭찬받은 기분이 들었다.

헤헤. 아까 카이텔에게 무시당했던 서러움이 단번에 씻겨 나간다. 나는 빙그레 웃었다.

"내일은 이걸로 묶을게. 아시시, 고마워!"

곧 풀리긴 했지만 아시시는 그걸로도 만족한 모양이었다.

다행이다.

나는 더 환하게 웃었다.

내 맘을 알아준 건지 아시시가 내게 다가와 나를 안아 준다. 그 품에 안기며 나는 가만히 기대었다.

나에게 용기를 내어 다가와 준 그 손이 무색하지 않게.

2. 소녀가 소년에게

2. 소녀가 소년에게

안녕하세요, 시르비아입니다.

이 이야기를 하게 될 줄은 몰랐네요. 그래도 한번 해 볼게요. 별거 없는 제 인생에서 가장 파란만장한 시절의 이야기를요.

* * *

저는 아퀼레이아가의 장남 레이몬드 후작과 티니아 공주 사이에서 태어났어요. 지금 역시 어마어마한 부모님이지만 그때 당시에 두 분의 결합은 웬만한 가문은 가볍게 무시해도 될 정도로 대단했죠.

하지만 대대로 딜로스 왕국과 국경을 맞댄 아퀼레이아 가문은 중앙 정치와는 거리가 멀었고, 저는 다섯 살 때까지 영지에서 살아야 했답니다.

물론 후에 알게 된 거지만 제가 그렇게 영지에서만 자라난 데엔 다른 이유도 있었어요.

알고 싶으세요?

하지만 이건 진짜 비밀이에요.

음, 제 입으로 말하기는 자랑 같아서 조금 그렇지만, 우리 아퀼레이아 영지는 각종 희귀한 보석이 많이 나는 곳인지라 대대로 부유했어요.

그 덕인지 저는 가지고 싶은 건 마음껏 가지고 남부러울 것 없이 지낼 수 있었지요.

딱 한 가지만 제외하고요.

"나도 친구가 갖고 싶어."

아퀼레이아 영지는 워낙 외지라 안타깝게도 제 신분에 맞는 친구를 구하기 어려웠어요. 거기에 하녀들에게는 친구가 되어 달라고 해도 거절당하기 일쑤였거든요.

친구가 가지고 싶다는 생각은 쉽사리 포기할 수 없었지요. 유모와 하녀들이 놀아 주긴 해도 무언가 아쉬운 마음은 채워지지 않았거든요.

그러던 어느 날이었어요.

우리 가족이 황도로 이사를 오게 되었죠.

어떻게 된 일인지는 자세히 알지 못해요. 하지만 이반 황제의 간절한 청에 어머니의 마음이 돌아선 것이란 사실 하나는 알고 있답니다.

제 어머니가 공주라는 건 알고 계시죠?

아무튼 두 분 사이에 무슨 일이 있었던 건지는 모르겠지만 어머니는 과거에 다시는 황도에서 살지 않겠다고 선언하고 영지에 내려온 거라고 했거든요.

아무튼 황도에 올라가면서 막 설레었죠.

황도엔 내 또래의 아이들이 아주 많이 있겠지? 그럼 나도 친구가 생기지 않을까?

그 생각대로 황도엔 제 또래 아이들이 아주 많았답니다.

한 가지 문제만 제외하고요.

"저 아이들이 모두 네 사촌이란다."

"……!"

글쎄, 황궁에 있는 수많은 아이들이 전부 사촌이었던 거예요. 너무 많은 숫자에 놀라서 친구를 만들 생각도 하지 못했죠.

그런데 무엇보다 그 아이들은 조금 이상했어요.

뭐가 이상했냐고요?

저를 대할 때 하는 행동이 딱 두 부류로 나뉘었죠. 아예 신경도 쓰지 않고 무시하거나, 너무 부담스러울 정도로 잘해 주며 잘 보이려 하든가.

어느 쪽이건 그 상황이 마냥 거북했어요.

뭐, 어머니의 영향도 있었던 것 같긴 해요. 어머니께선 제가 황가에 관심을 갖는 걸 원하지 않으셨거든요. 그래서인지 저희 거처도 황도 외곽에 마련되어 있었어요.

그럴 거면서 왜 황도로 올라가신 건지 의문이지만 후에 이반 황제께서 돌아가시기 전까지 황도에서 쭉 사신 걸 보면 그래도 형제애라는 게 남아 있으셨던 것 같긴 해요.

아무튼 황도까지 올라왔는데, 친구 만들기에 실패한 저로서는 당연히 영지로 돌아가자고 부모님을 조르기 시작했답니다. 황도의 분위기가 왠지 너무 싫었거든요.

아마 그때 즈음이었을 거예요.

제가 아시시를 만난 건.

"저 아이가 네 사촌이란다, 시르비아."

그건 제 인생에 다시없을 첫 만남이었어요. 지금 이 순간 다시 회상해 봐도 그 순간만큼은 생생하게 기억나요.

자바이칼 장미 정원에서 마주한 친애하는 나의 사촌 오라버니. 아시시 자바이칼.

저에겐 작은아버지가 한 분 있어요.

에드워드라는 본인의 이름보다 자바이칼 여백작의 남편이라는 호칭이 더 유명한 작은아버지. 그 작은아버지의 아들이 바로 아시시라는 이름을 가진 제 사촌 오빠였답니다.

이때 아시시를 만나지 못했다면 전 아마 바로 영지로 돌아가고 말았을 거예요. 그러면 지금 제 남편인 페르델도 만나지 못했겠죠?

어머, 그건 조금 끌리네요.

하하, 장난이에요. 그러면 안 되죠. 페르델은 제가 제일 사랑하는 낭군님인 걸요.

하지만 정말 아시시가 없었다면 제가 페르델과 결혼할 일은 없었을 거예요.

왜냐고요?

그건 조금 이따 알려 드릴게요.

아무튼 다시 그 시절 이야기로 돌아가 볼까요?

"아시시, 나랑 놀아 줘!"

"그래."

"아시시, 우리 술래잡기하자!"

아시시는 지금도 그렇지만 그때도 제 말을 아주 잘 들어주는 사촌 오라버니였답니다.

당연히 제가 아시시에게 갖는 애정은 무한대로 상승했고, 그 애정은 아시시가 하는 말이라면 맹목적으로 맹신할 정도로 변해 버렸죠. 워낙 또래 친구를 갖고 싶었던 데다 그 전에 이미 또래 친구 만들기를 한번 실패한 터라 저와 잘 놀아 주고, 또 나이대도 비슷한 아시시에게 더 집착했었던 것 같아요.

틈만 나면 자바이칼 저택에 놀러 가서 아시시한테 놀아 달라고 졸랐거든요.

지금 생각해 보면 아무리 사촌 사이라도 정말 엄청난 민폐인데, 아시시는 단 한 번도 싫은 내색 없이 저와 놀아 줬어요. 그래서 전 평소 친구랑 해 보고 싶은 걸 아시시랑 다해 봤죠.

제 인생에서 정말 질리도록 놀아 본 날들이었어요.

근데 사실 저는 아시시의 아버지이자 저에겐 작은아버지가 되는 에드워드 경은 별로 좋아하지 않았어요.

음, 사실 무서워했다는 게 맞는 것 같아요.

전 항상 작은아버지가 무서웠어요. 왜인지는 모르겠지만 작은아버지를 뵈면 항상 무서워서 두 손을 꼭 쥐고 바들바들 떨었어요. 눈도 마주치지 못할 정도였죠.

그런데 이상하죠? 아시시는 정말 좋았어요.

처음 만났을 때부터 지금까지. 왜 그렇게 좋은 건지 이유는 모르겠는데, 그렇게 정말 좋았어요.

정말로 아시시가 제 친오빠가 되어 주었으면 좋겠다고 진심으로 바랐어요. 그래서 어머니에게 졸랐다가 잔뜩 혼난 적도 있었죠.

웃기죠?

후후, 저도 지금 생각하니 웃기네요. 어린애가 뭘 모르니까 할 수 있는 행동이었죠.

"아시시, 나중에 크면 나 아시시랑 결혼할 거야!"

그런 말도 서슴없이 내뱉을 정도였죠. 아, 지금 생각해 보니 조금 부끄러운지도…….

아시시와 저는 항상 정원에서 놀았어요.

수도에 있는 자바이칼 저택은 저택의 삼분의 일이 엄청 큰 정원으로 만들어져 있거든요. 여백작이 워낙 정원을 좋아해서 그렇게 만든 것이라고 들었어요.

무척이나 컸죠. 수도에서도 희사원을 제외하고는 제일가는 정원이었는걸요. 제가 봐도 이름 모를 꽃들이 아주 많은 곳이었어요. 그런데 하나같이 다 예뻐서 한참을 넋을 놓고 구경하곤 했답니다.

그 정원에 핀 모든 꽃의 이름을 아시시가 제게 알려 주었어요.

그거 아세요?

아시시는 정원의 꽃들에 대해 제게 알려 줄 때 제일 반짝반짝하는 눈을 하곤 했어요. 신이 난 아시시를 보는 일은 참 드문데, 아시시가 유난히 꽃에 대해 이야기할 땐 어머니께서 해 주신 이야기라 말하며 기뻐하는 기색이었답니다.

사실 전 그 전까진 꽃을 딱히 좋아하진 않았어요.

그런데 아시시가 생기 있는 모습이 너무 좋아서, 제 눈에도 너무 예뻐서 계속 꽃에 대해 말해 달라고 조르다가 어느새 저도 모르게 푹 빠져 버렸답니다. 나중엔 아시시가 모르는 꽃들로 제 정원을 가득 채우고 싶다는 꿈이 생길 정도였어요.

물론 그 꿈을 결국 이뤘지만요.

언제까지나 그런 나날이 지속될 것만 같았어요.

항상 자바이칼 저택에 가면 아시시가 저를 반겨 주고, 아시시와 놀고…….

그런데 말이죠.

어느 날부터인가 아시시를 만나지 못하는 날이 생기기 시작했어요. 그건 딱 제가 아시시와 놀기 시작한 지 삼 개월이 지났을 즈음부터였답니다.

그날은 아직도 기억이 생생해요.

왜냐면 그렇게 되기 전 주부터 저를 맞이하는 아시시의 표정이 별로 좋지 않았거든요. 저를 보고 환하게 웃다가도 어두운 표정을 짓곤 했어요.

저는 그 이유를 몰랐지만 곧 알게 되었죠.

아시시가 왜 그런 표정을 짓게 된 건지.

"지금 아시시는 저택에 없단다."

아까도 말했다시피 전 늘 작은아버지가 무서웠어요. 인상이 나쁜 것도, 사람이 나쁜 것도 아니었는데, 이상하게 작은아버지가 무서웠죠.

그래서 작은아버지가 딱 잘라 그렇게 말하고 사라지면 아시시를 불러 달라고 더는 떼를 쓸 수 없었어요.

"아시시는 지금 검술 공부 중이다. 나중에 오거라, 시르비아."

검술 공부해서 안 된다.

역사 공부하고 있어서 안 된다.

지금은 나가서 없단다.

저를 돌려보내는 이유도 가지각색이었어요.

그렇게 이 주를 멍청하게 보냈을까요? 그때가 되어서야 확신했죠. 작은아버지가 저와 아시시가 만나는 걸 방해하고 있다는 걸. 그제야 깨달은 저도 참 바보지만 말이에요.

제가 더 이상 자바이칼 저택을 제집 드나들듯 가지 않으니까 어머니께선 좋아하셨어요. 아버지께선 내심 사촌끼리 잘 노는 걸 좋아하셨던 것 같아요. 제 생각일 뿐이지만 말이에요.

어쨌든 자바이칼 여백작과 어머니 사이가 좋지 않았던지라 어머니가 좋아하는 걸 보고 제가 싫어할 수는 없었어요.

그래도 항상 아시시가 보고 싶었죠.

“작은아버님, 아시시 오라버니는 집에 있나요?”

“안타깝게도 지금은 없단다. 나중에 다시 오렴.”

끈질기게 매일 찾아갔어요. 항상 같은 시간에 가니까 없다고 해서 시간대도 다르게 해서 갔어요. 그런데 어떻게 제가 갈 때마다 아시시를 만날 수 없는 상황이 발생하는 거죠?

작은아버지께 따질 수는 없었어요.

어째서냐고 묻는다면 물론 작은아버지가 무서웠던 이유도 있어요. 하지만 무엇보다 아시시에게 피해가 갈 것 같았기 때문이었어요.

제가 무서워했던 것 이상으로 아시시 역시 작은아버지를 무서워했거든요. 그건 느낌으로 알 수 있었어요. 어렸지만 그랬기에 더 다른 사람의 감정을 쉽게 알 수 있었죠.

저는 정말 아시시가 보고 싶었어요.

처음엔 그냥 막연히 보고 싶었던 게 나중엔 보지 않으면 안 될 것 같은 의무감마저 들었죠.

어째서인지는 기억나지 않아요. 하지만 꼭 아시시를 봐야 한다고 생각했어요. 다시 아시시를 보지 못하면 그를 영원히 볼 수 없을 것만 같은 그런 생각마저 들었어요.

그래서 고민했죠.

어떻게 하면 아시시를 볼 수 있을까. 어떻게 하면 작은아버지가 날 돌려보내지 않을 수 있을까.

그래서 무슨 생각을 해냈는지 아세요?

그래요. 바로 다른 사람과 함께 가는 것이었어요.

저는 일단 아버님에게 도움을 청했어요. 아버님께서 저와 같이 가 주시면 아시시를 만날 수 있지 않을까 했었죠.

그래서 일주일 동안 아버님을 조르고 졸랐어요. 아버님이 난색을 표했지만 어머님께도 졸랐죠. 그땐 작은어머님과 어머님과의 관계를 잘은 몰랐으니까 가능했던 일이었죠.

그래도 평소에 그러지 않던 제가 그렇게 끈질기게 조르자 부모님께서 두 손을 드셨어요. 그리고 아버님과 함께 자바이칼 저택에 방문하게 되었죠.

"그런데 이걸 어쩌지? 오늘은 시르비아와 놀아 줄 아시시가 없구나."

거짓말!

어떻게 그럴 수가 있죠?

그렇게 조르고 졸라서 아버님과 함께 갔는데도 전 아시시를 만날 수 없었어요.

아버님과 작은아버지가 대화를 하러 다른 방으로 간 사이, 전 홀로 남은 응접실에서 이 상황을 도무지 받아들일 수 없어 주먹을 꽉 쥐고 있었던 것 같아요.

그래서 그렇게 돌아갔냐고요? 천만에요.

제가 그렇게 만만한 여자가 아니랍니다. 전 그대로 응접실을 나와 자바이칼 저택을 혼자 뒤지기 시작했어요.

아시시가 있을 법한 곳으로요. 그래도 삼 개월 동안 뻔질나게 드나들어서 웬만한 장소는 다 알고 있었답니다.

결국 찾았을까요?

글쎄요. 그걸 찾았다고 해야 할지, 뭐라고 해야 할지.

일단 결론을 말하자면 찾았어요.

하지만 아시시와 함께 놀 수는 없었죠. 바로 정원의 한 귀퉁이에서 창문을 사이에 두고 숨어 있는 아시시를 만난 것이었으니까요.

아시시는 숨어 있었어요.

아니, 갇혀 있었던 것 같아요.

정원으로 나와 자바이칼 저택을 돌아다니다 정말 우연찮게 발견한 모습이었어요. 우리가 함께 놀던 그 길에서 올려다보니 아시시가 보였어요.

두꺼운 커튼 사이로 창문에 이마를 기댄 채 정원을 내려다보던 아시시.

우리 아시시…….

'도망가, 시르.'

눈이 마주치자 아시시가 그렇게 말했어요. 목소리를 듣진 못했지만 멀리서 겨우 입모양만으로 그 말을 알아들었죠.

어릴 때라 대체 무슨 일인지는 몰랐어요.

하지만 이것 하나만은 알았죠. 아시시에게 좋지 않은 일이 있었다는 걸.

이해할 수 없었어요. 그리고 오히려 아시시를 만나야겠다는 다짐만 더 강해졌죠.

하지만 저 혼자의 힘으로는 불가능했어요. 제 인생에 그렇게 무기력한 적이 또 있었을까요? 정말 불가능했어요. 설령 제가 다시 아버지와 찾아간다고 해도 아시시는 만날 수는 없었을 테니까요.

어떻게 하면 아시시를 만날 수 있을까?

그 시절의 저는 그 생각만으로 모든 게 가득 차서 그 외엔 아무것도 신경 쓰지 않았어요. 오로지 아시시를 만나야 한다는 생각뿐이었거든요.

그래서 고민하고, 또 고민했죠. 어떻게 하면 아시시를 만날 수 있을까, 오로지 그것만 생각했어요.

주변을 둘러보고 아시시와 만날 수 있는 방법을 필사적으로 찾았죠. 어머님께선 이런 제가 가여우셨나 봐요.

아니면 기특하셨던지.

어쨌든 어머님께서 제게 한 가지 소식을 귀띔해 주셨답니다. 그건 바로 어떤 한 소년이 자바이칼 저택에 일주일에 한 번씩 다녀간다는 소식이었어요.

이쯤이면 모두 그 소년이 누구인지 아시겠죠?

네, 맞아요. 그건 바로 페르델이었어요.

"네가 페르델이야?"

그렇게 만났어요. 페르델을.

아주 이상하죠?

아마 모두가 바라는 그런 낭만적인 첫 만남은 아니었을 거라고 생각해요. 아주 이상했죠.

페르델에게도 전 아주 이상한 여자애였을 거예요. 난데없이 나타나서 아시시를 만나게 해 달라고 부탁하는 여자애를 이상하다고 생각하지 않는다면 그게 더 이상한 거겠죠.

하지만 그 부탁을 들어준 페르델도 만만치는 않았답니다.

후훗, 부부는 닮는다던데 그때부터 우린 닮아 있었나 봐요. 물론 그땐 저 남자애가 제 미래의 남편이 되리라곤 상상도 하지 못했지만요.

페르델은 수도에서 아주 유명한 소년이었어요. 뭘 다 읽고 뭘 할 줄 알고, 소문으로는 그렇다는데 다 기억나진 않아요. 사람들이 페르델의 이야기만 나오면 입에 침이 마르도록 찬양을 해 댔던 것만 기억해요.

그 꼬마가 뭐길래 어른들이 저렇게 추켜세워 주는지 전 항상 이상하다고만 생각했거든요. 게다가 그런 사람을 직접 만나게 될 줄은 저도 몰랐죠.

왜인지는 모르겠지만 저는 항상 콧대가 높은 소년일 거라고 상상했어요.

물론 막상 만나 본 페르델의 인상은 전혀 달랐답니다.

"내가 페르델인데."

"정말 네가 페르델이야?"

"응. 넌 이름이 뭐야?"

첫인상이요?

글쎄요. 음, 마냥 좋지만은 않았던 걸로 기억해요.

단지 조금 놀랐어요. 엄청 건방질 거라 생각했는데, 첫 번째로 인상이 순해서 놀랐고, 두 번째로는 제 나이 또래라는 데에서 놀랐어요. 조금 키가 클 뿐이지 엄청 나이가 많은 소년이 아니었던 거예요.

"내 이름은 시르비아야."

무엇보다 그때의 저는 아시시에게 온통 관심이 쏠려 있어 다른 것에 관심을 줄 여력이 없었답니다. 그 당시 제게 있어 페르델은 수도의 여느 아이들과 다를 바가 없어 보였거든요.

다짜고짜 제 용건부터 말했어요.

"날 도와줘. 아시시를 만나게 해 줘."

너무 절박해서 페르델이 절 어떻게 생각할지는 전혀 신경 쓰지 않았던 것 같아요. 사실 거절하려면 얼마든지 거절할 수 있었을 텐데…….

"내가 그 부탁을 들어주면 나에게 무슨 이득이 생기는데?"

"다음에 네가 부탁하면 나도 도와줄게."

지극히 간단한 대답이었죠.

우스울 정도로 별거 없는 답변이었는데, 무슨 생각인지 페르델은 제 말을 들어줬어요.

"알았어. 도와줄게."

그렇게 페르델을 앞세워 자바이칼 저택을 향했죠. 그리고 제가 그렇게 찾아가도 볼 수 없었던 아시시를 드디어 만날 수 있었어요.

"아시시!"

그거 아세요?

간절히 원하던 걸 이뤘는데, 이룬 느낌이 하나도 들지 않는 기분.

아시시를 만난 제가 딱 그런 기분이었어요. 그렇게 각고의 노력 끝에 아시시를 만났는데, 막상 만난 아시시의 모습을 보고 전 아무 말도 할 수 없었어요.

제가 생각한 것 이상의 장면이 제 눈앞에 펼쳐져 있었거든요.

아시시의 온몸은 멍들어 있었어요. 아직 상처가 아물지 않아 피가 나는 곳도 있었답니다. 아무리 검술 훈련을 심하게 했다고 해도 납득할 수 없는 상처들이 아시시의 몸 전체에 있었죠. 심지어 얼굴마저.

멍든 뺨을 보며 저는 말없이 울었어요.

그냥 우는 것밖에 할 수 있는 게 없었답니다.

제가 울기 시작하자 아시시는 웃었던 것 같아요. 제 손을 잡고 절 안아 주며, 우는 절 계속 다독여 주었답니다.

아시시에게 벌어진 일은 제가 어떻게 할 수 있는 성질의 것이 아니었어요. 그건 페르델도 어떻게 할 수 없었죠. 저희가 너무 어려서, 저희가 너무 힘이 없었기 때문에 아무것도 바꿀 수 없는 일이 아시시에게 일어나고 있었어요.

그게 너무 가슴 아파서, 어떻게 해 줄 수도 없어서 많이 울었던 것 같아요. 하염없이 울고 우는 저를 달래던 아시시의 얼굴이 아직도 가슴속에 박혀서 지워지지 않아요.

아시시의 손을 꼭 잡고 어떻게든 도와줘야겠다고 다짐했어요.

그래요.

계속 다짐했어요. 무슨 짓을 해서든, 어떻게 해서든 아시시를 도와주겠다고 말이에요.

"계속 도와줘. 아시시를 만날 수 있도록."

아시시를 만나고 돌아오는 길에 퉁퉁 부은 눈으로 페르델에게 그렇게 말을 했어요. 페르델은 이해할 수 없다는 표정으로 저를 내려다보았죠.

"계속 가도 바뀌는 건 없어."

"알아. 그래도 갈 거야."

저는 단호하게 말했죠.

"그럼 짧은 시간이라도 아시시가 마음을 놓을 수 있는 시간이 생길 테니까."

비록 몇 시간도 안 되는 짧은 시간일 뿐이겠지만.

그래도 그 시간만큼은 아시시가 안심하고 있을 수 있도록 계속 가서 아시시를 보고 싶었어요.

다행히 페르델은 제 말을 들어주었지요. 그러면서도 이런다고 바뀌는 건 없다며 계속 저를 만류했어요.

물론 제가 그 말을 들을 여자는 아니었죠.

"바뀔 때까지 노력할 거야. 꼭 아시시를 구해 주고 싶어."

하지만 제 그런 말들이 무색할 정도로 매 주, 매 주 아시시의 상처는 더 심해지기만 했어요. 제가 가서 치료를 한다고 해도 다시 생기는 상처들 때문에 전에 있던 상처들도 쉽사리 아물지 못했죠.

아시시는 온몸이 엉망진창이었어요. 지금도 그때의 상처 자국이 남아 있지요.

하지만 그것보다 아시시의 마음에 난 상처가 더 시급했던 것 같아요. 그 상처는 어떻게 해도 제가 아물게 할 수 없는 상처들이었답니다.

그래도 포기하진 않았어요. 언젠가 아시시를 도와줄 수 있을 거라 굳게 믿었죠.

하지만 그 일도 오래가진 못했어요…….

아시시와 페르델이 황궁에 출입하면서 카이텔이라는 황자와 연이 있다는 건 알고 있었답니다. 카이텔 황자가 저에게도 사촌이 되는 건 매한가지였지만 그 당시 저는 별다른 신경을 쓰지 않았던 것 같아요.

아시다시피 제 온 관심은 아시시에게로 집중되어 있었거든요.

저는 그 사실을 별로 크게 생각하지 않았어요. 아시시도 그냥 친구를 하나 더 만들었구나, 그 정도였죠.

황족이라는 점에서 좋지만은 않겠다고 어렴풋이 생각했지만 어린애가 권력다툼을 어떻게 알겠어요? 고작 그 수준이 전부였죠.

하지만—.

그 이후에 제가 생각지도 못한 사건이 터져 버렸답니다.

* * *

카이텔 황자가 죽었어요.

그건 말이죠, 저에게도 충격이었어요.

고작 멀리서 두어 번 봤을 뿐이지만 어제까지만 해도 살아 있던 사람이 죽어 버렸다는 건 쉽사리 받아들일 수 없는 충격이었죠.

물론 그 충격은 아시시마저 힘들게 했어요.

어머니도 그 사건이 충격이셨던 것 같아요. 더 이상 형제간의 골육상쟁을 보고 싶지 않다며, 그대로 영지에 돌아가 칩거할 것을 선언하셨거든요. 이반 폐하조차 어머니를 만류할 수 없었어요.

물론 어머니께서 돌아가신다고 하면 아버님과 저 역시 영지로 돌아가야만 했죠. 너무 충격을 받은 상태였던지라 군말 없이 어머니를 따라 내려갔던 것 같아요.

그런데 고향으로 돌아와 이틀 정도가 지나자 아시시가 떠올랐죠.

아시시가 미친 듯이 걱정되기 시작했어요.

아시시는 저보다 카이텔 황자와 더 오래 보고 지낸 사이였잖아요. 그냥 스쳐 지나가듯 본 제가 이 정도인데,

아시시는 얼마나 큰 상심에 젖어 있겠어요. 아시시가 걱정되자 혼자서라도 그 먼 길을 돌아가고 싶을 정도였어요.

그런데 말이죠.

그때 정말 신기한 일이 저에게 벌어졌어요.

일주일에 두세 번, 하루도 빠짐없이 마주하던 페르델의 빈자리가 갑자기 느껴지기 시작한 거예요.

그때가 그렇게 지낸 지 벌써 오 년 정도 지난 때였으니까. 정말로 빈자리가 확연히 느껴질 만했어요. 그리고 그 빈자리를 느낄 때마다 이런 생각이 드는 거예요.

지금 페르델은 뭐하고 있을까?

정말 신기한 일이었죠.

전 그때까지 페르델이 뭘 하건 눈곱만큼도 관심이 없었거든요. 그런데 막 갑자기 궁금해지는 거예요.

페르델은 뭘 하고 있을까?

무슨 생각을 하고 있을까?

페르델도 나처럼 내가 막 시도 때도 없이 생각날까?

그러다가 페르델이 좋아하는 음식을 보면 페르델이 이거 좋아했는데, 싫어하는 음식을 보면 페르델이 이건 참 못 먹었지, 이런 지경에까지 이르렀어요.

그래요. 아시시만 생각하면 걱정으로 미칠 것 같았는데, 페르델을 떠올리면 보고 싶었어요.

네, 맞아요.

페르델이 그리웠어요.

하지만 그 생활이 삼 개월이 넘어가자 점점 수도에 대한 소망도 옅어지고, 평화로운 전원생활에 길들여져서 어영부영 시간만 보내고 있었답니다.

이야기가 이렇게 끝날까요?

후후, 그래요. 여기서 끝나면 이야기를 시작하지도 않았겠죠. 만약 이렇게 이야기가 끝났다면 지금의 이 현실은 전부 사라지고, 전 아직도 아퀼레이아 영지에 있었을 거예요.

제가 그렇게 한참 아퀼레이아 영지에서의 생활에 익숙해져서 수도에 대한 기억이 흐릿해질 때쯤, 영지에 큰 손님이 찾아왔어요.

아, 이렇게 말하면 다들 알아차릴지도 모르는데.

누구일 것 같아요?

네, 맞아요. 페르델이었어요.

그것도 혼자 온 게 아니라 후작 부부 내외도 함께 왔답니다. 페르델이 말하기로는 아퀼레이아의 보석을 사러 왔다고 했지만 그런 건 수도에서도 얼마든지 살 수 있었어요.

페르델이 왜 온 건지는 아무리 바보라도 알 수 있었답니다.

있잖아요, 시장에 나가 산 체리를 먹으며 성으로 돌아왔는데, 성문 앞에 반가운 손님이 서 있는 걸 봤을 때 제가 얼마나 기뻤을까요?

상상이 가세요?

정말 온 세상이 저에게 주어진 것 같은 기쁨이었어요.

너무 기뻐서 저희가 친구도, 그렇다고 연인도 아니라는 사실을 까먹은 채 페르델에게 달려가 안겼답니다. 페르델은 군말 없이 안아 주었어요.

그때 느꼈죠.

더 이상 페르델을 예전처럼 대할 수 없을 것 같다는 사실을.

"어서 와요."

고작 삼 개월 정도 못 본 건데, 너무 낯설었어요.

그런데 동시에 너무 반갑고, 기쁘고, 행복했죠.

그게 어떤 감정이었는지는 아직도 잘 모르겠어요. 사랑이라고 말하기엔 조금 일렀던 것 같아요. 단지 그때는 그저 페르델도 저에게 아시시 못지않게 소중한 사람이 되어 버렸구나 하고 생각했을 뿐이었죠.

"갑자기 웬 존댓말이야?"

"나보다 오빠잖아요."

"……."

장난기 어린 말에 페르델은 아무 대답도 못했어요.

물론 갑자기 페르델이 낯설어져서 자연스럽게 반말이 튀어나오지 않았던 게 원래 이유였지만 말이에요. 페르델은 제가 갑자기 존댓말을 하니 엄청 낯간지러운 듯한 반응으로 대꾸했어요.

"그건 그렇지만……."

그게 좀 서운하기도 해서 저도 모르게 묻고 말았었죠.

"싫어요?"

"아니."

"그럼 왜요?"

"……조금 낯설어서."

말해 놓고는 민망한지 제 뺨을 긁는 페르델을 보며 저는 속으로 한참 웃었어요. 그때까지는 페르델이 그렇게 귀여운 남자인지 몰랐었거든요. 항상 절 잘 도와주는 착한 소년이라고만 생각했었어요.

물론 크나큰 착각이었지만 말이에요.

하지만 그땐 페르델이 제게 약한 게 저를 좋아해서라는 걸 몰랐던 시절이라 더 짓궂게 굴었던 것 같아요. 물론 오랜만에 본 페르델에게 조금쯤은 어리광을 부리고 싶기도 했어요.

"그래도 계속 존댓말할 거예요. 익숙해지세요."

"네, 레이디."

지금도 그렇지만 페르델은 정말 저를 잘 받아 줬어요.

"제가 어찌 레이디의 명령을 거부하겠습니까?"

"그렇죠? 잘 아시네요."

그때부터였을 거예요.

제가 페르델을 좋아하고 사랑하게 된 것이.

아, 맞아! 이건 비밀이에요. 아직 페르델은 모르거든요. 후후, 페르델은 아직도 자기가 너무 좋아해서 제가 어쩔 수 없이 결혼한 거라고 생각하고 있어요.

뭐, 그편이 데리고 사는 데엔 더 낫지 않겠어요? 저한테 아주 꼼짝 못하잖아요.

물론 저도 페르델에게 마냥 막 대할 수는 없지만요. 어휴.

어머나, 벌써 시간이 이렇게 되었네요. 그럼 여기서 이야기를 끝마쳐야겠어요.

아마 이다음 이야기는 별로 재미가 없을 거예요. 음, 정 궁금하시면 나중에 저 말고 다른 사람에게 물어보세요. 저는 여기서 이야기를 끝낼게요.

자, 지금까지 제 어릴 적 가장 파란만장했던 시절의 이야기였습니다.

3. 봄비 내리던 날

3. 봄비 내리던 날

"비 온다."

갑자기 쏟아지는 소나기에 리아가 낭패라는 듯 미간을 좁혔다.

맛있게 점심을 먹고 후식까지 다 챙겨 먹고 나서 이제 막 산책을 가려고 했는데, 갑자기 마른하늘에서 비가 쏟아질 게 뭐람. 거기다 비가 세차서 창이 뚫린 복도와 창문이 열린 방에 들이칠 정도였다.

쏴아아아아—.

마치 모든 걸 씻어 버리기라도 하듯 비가 내리친다.

지금부터 즐겁게 산책을 가려고 했는데, 대체 무엇으로 그 시간을 대체한단 말인가.

리아가 고민에 빠진 순간.

옆에서 기대도 하지 않은 대답이 들려왔다.

"그러게요. 비 오네요."

낭패라는 듯 말은 하고 있었지만 페르델의 표정은 평소와 같았다. 오히려 비를 쳐다보며 오랜만에 본다는 듯 반가워하는 것 같기도 했다.

평소와 별로 다를 바 없는 태도.

여유에 가득 찬 모습에 오히려 리아가 더 의아했다.

"페르델, 안 가 봐?"

"저 비를 뚫고 포더르로 갈 용기는 없는데요."

아, 하긴 그건 그렇겠다.

비가 너무 세차서 우산도 없이 저곳을 뚫으려 했다간 온몸이 젖은 채 그대로 감기에 걸릴지도 몰랐다.

바로 납득하며 고개를 끄덕이는 리아를 내려다보며 페르델이 잔뜩 애정 어린 시선으로 빙그레 웃는다. 뭘 해도 귀여워 죽겠다는 저 시선에 부담스러워진 건 오히려 리아였다.

이제 여섯 살.

제 허리에도 오지 않는 자그마한 키에 자그마한 손을 가진 어린아이.

참 신기한 게 페르델에게도 자식이 있음에도 남자아이와 여자아이는 또 그 느낌이 많이 달랐다. 같은 여섯 살인데도 말이다.

갑자기 우리 아들들이 생각이 나는구먼.

시르비아가 처음으로 어제 그런 말을 했더란다. 아들 키우다가 미쳐 버릴 것 같다고.

머리를 감싸 쥐고 드러누운 시르비아를 보며, 그 옆에서 아무 말도 못하고 쩔쩔맸던 기억이 오늘도 자신을 슬프게 한다.

하, 우리 아들들은 사고 치느라 정신이 없는데, 우리 공주님은 대체 누굴 닮았기에 이리 예쁘고, 차분하고, 얌전한 걸까. 카이텔을 닮았는데도 마냥 닮지만은 않았다는 점이 볼 때마다 신비로웠다.

오오, 유전자의 신비.

"페르델."

"네?"

"나 뭐 하나 물어봐도 돼?"

뜬금없이 리아가 묻는다.

딴생각 중이던 페르델을 단숨에 현실로 끌고 온 리아가 조심스레 그를 올려다보았다.

안 그래도 작은 아이가 이런 몸짓을 하면 정말 숨이 막힐 것 같다. 마치 시르비아의 귀여웠던 어릴 적 모습을 다시 보고 있는 것 같아서 페르델은 더욱더 쩔쩔맬 수밖에 없었다.

"예, 물어보세요. 뭐요?"

"페르델은 어쩌다가 시르를 만났어?"

궁금한 건 그것이었나?

안 그래도 시르의 생각을 하고 있었는데, 그녀 이야기가 튀어 나오니 조금 놀랍기도 하고, 당황스럽기도 했다.

역시 시르와 자신은 천생연분! 찰떡궁합!

"네? 시르요?"

"응응."

리아가 크게 고개를 끄덕인다.

그 모습마저 귀여워 절로 페르델을 미소 짓게 만들었다.

그런데 대체 이 꼬마 숙녀께서 갑자기 왜 그런 것이 궁금하실까?

오히려 의아한 건 페르델 쪽이었다.

아무도 둘이 어떻게 만났는지 궁금해 하지 않았다. 언제부터인가 자연스레 시르비아는 자신의 여자로서, 아내로서 공고하게 그 자리를 지키고 있었으니까.

"오호, 그런 게 궁금하신가요?"

"응."

과장되게 고개를 끄덕이는 모습에서 리아의 의지가 느껴졌다. 페르델은 뭔가 장난기가 발동했다. 어차피 해 주건 해 주지 않건 상관없는 이야기였지만 이 이야기를 듣고 싶다는 건 리아가 처음이라 더 그랬다.

짐짓 페르델이 진지한 표정으로 대답해 줄 듯 입을 연다. 리아가 잔뜩 호기심이 가득한 얼굴로 다음에 나올 페르델의 말에 집중했다.

수업 시간에도 이렇게 집중해 줬으면 좋으련만.

괜히 심술이 났다.

"비밀입니다."

"엑!"

기대로 가득하던 표정이 허물어지며 리아가 두 볼을 부풀렸다.

"그런 게 어디 있어?!"

"여기 있죠. 어허, 아무리 공주님이라고 해도 제 인생에서 제일 어마어마한 사건을 그렇게 쉽게 말씀드릴 수는 없어요."

"페르델, 미워!"

"헐."

리아가 바로 팔짱을 낀 채 페르델에게서 멀어진다. 더 이상 볼 생각 없다는 듯 매섭게 구는 모습에도 페르델이 속으로 더 귀여워서 죽으려고 하는 건 꿈에도 모르는 듯한 태도였다.

저런다고 해서 바로 넘어갈 페르델이 아니지!

그런데 공주님은 그 사실을 모르는 모습이었다.

아시시라면 '어화둥둥, 우리 공주님' 이러며 쩔쩔맸을지 몰라도 페르델은 아니다.

무엇보다 이 상황에서 칼자루를 쥐고 있는 건 그가 아니던가.

전혀 관심 없다는 태도로 비가 오는 바깥으로 시선을 돌리니 어느새 슬금슬금 다시 다가온 리아가 으름장을 놨다.

"나중에 시르한테 물어볼 거야!"

"그러세요, 그럼."

"……."

안 먹히네.

리아가 순간 지은 표정에서 그 생각을 읽어 낸 페르델이 속으로 키득거린다.

아, 귀엽군. 이런 맛에 딸을 키우는 건가.

아들은 뭔가 이런 섬세함이 부족하긴 했다.

우리 아들놈들은 엄마, 아빠의 로맨스 따위보다 오늘 저녁밥 메뉴가 더 궁금하겠지, 하.

그동안 두 아들이 깨뜨린 그릇, 도자기, 창문, 박살 낸 책상, 문짝, 그림 등등 사고 친 거 수습하는 데에 들어간 돈만 따져도 이미 천문학적이었다. 허구한 날 깨뜨려 대니 뭘 깨뜨리지 않는 날이 드물었고, 그러다 보니 슬금슬금 쌓인 돈이 어느새 그 정도가 되어 버렸다.

어림잡아 하루에 30만 골드라니. 거기에 사 년을 곱하면…….

잊어버리자.

안 좋은 거 생각했어.

그래도 그런 생각은 든다. 그 돈이 온전하게 남아 있었다면 수도에 저택을 하나 더 지어도 될 것 같은데…….

무엇보다 아들놈들이 깨뜨린 게 하나같이 비싼 것들이라 더 그랬다.

그러니까 왜 황궁에서 사고를 쳐서…….

절로 짚어지는 이마에 한탄이 절로 나온다.

어쩌겠는가. 이것이 아들을 가진 아버지의 숙명인 것을.

페르델은 속으로 징징거렸다.

그러니까 나도 딸 가지고 싶다.

딸! 딸!!

엉엉, 시르비아를 닮은 딸이면 얼마나 예쁠까. 정말 온 세상을 안겨 준다고 해도 후회하지 않을 텐데!

문제는 쌍둥이를 뒤이어 태어난 셋째도 아들이라는 것이고, 조만간 태어날 아이도 아들이라는 사실이었다.

아, 망할 인생.

한참 자신의 인생과 앞으로의 미래에 대해 심도 깊은 고민을 하고 있는데, 문득 주변이 너무 조용한 기분이 들어 페르델은 고개를 돌렸다. 리아는 아직도 그 이야기가 듣고 싶은 건지 페르델을 보며 엄청난 고민에 빠져 있었다.

풋.

저도 모르게 웃음이 나온다.

페르델은 그대로 웃음을 터뜨렸다.

"그게 그렇게 궁금하세요?"

"응."

끄덕끄덕.

아이가 세차게 고개를 끄덕인다.

고개를 강하게 끄덕일수록 자신의 강한 의지를 보여 주기라도 한다고 생각하는 것처럼 영혼을 담은 고갯짓에 페르델이 빙그레 웃었다.

그렇다고 맨입으로 해 줄 수는 없지.

"그럼 제 볼에 뽀뽀 한 번만 해 주시면 말씀해 드릴게요."

"엑?"

페르델의 제안에 리아가 질겁을 하며 물러난다.

순간이었지만 페르델은 마음의 상처를 얻었다.

아니…….

이게 그렇게 충격적인 제안이었던가. 나름 싸게 먹히는 거라고 생각했는데.

흑흑, 이쯤 되면 슬프기까지 하다.

그래도 내가 리아님의 스승인데! 스승에다 스승인데다 스승이라고!

비록 상냥한 스승님은 아니었지만.

"싫으시면 말고요. 저야말로 싸게 넘겨 드리는 건데 그런 반응이라니, 흑흑."

페르델이 눈물을 쥐어짜 내니 리아가 잠시 고민에 빠진 듯 턱을 괸다. 진지하게 고민하는 모습에 페르델은 지켜보면서 웃음이 나는 걸 억지로 참아 내야만 했다.

뭐 저리 귀엽냐.

그냥 아무렇게나 보이는 몸짓 하나하나가 보는 입장에선 마냥 재미있었다.

아, 이래서 그 카이델이 리아에게 꼼짝을 못하게 된 건가.

이해는 하지만 카이텔을 생각하기만 하면 속이 쓰리다.

나도 못 가지는 딸을, 별다른 노력도 없이 가지다니!

아주 괘씸해!

하지만 이 말을 본인에게 해 봤자 카이텔에게 비웃음만 살 게 뻔했으므로 페르델은 가만히 제 마음속 깊은 어딘가에 고이 간직해 두기로 결심했다.

내가 나중에 딸을 낳기만 하면 바로 되갚아 줄 거다!

똑똑히 기억해라!

그 와중에도 리아는 아직까지 고민 중이었다.

엄청 오래 고민하네. 별거 아니라고 생각했는데, 이렇게까지 진지한 걸 보니 귀엽기도 하고, 신기하기도 하고. 새로운 기분이 들었다.

저도 모르게 리아를 빤히 쳐다보고 있는데, 별안간 리아가 시선을 들더니 물었다.

"정말 뽀뽀 한 번이면 돼?"

"예? 네."

"이리 와."

응?

미처 페르델이 어떻게 반응하기도 전에 리아가 성큼 다가오더니 페르델의 팔을 잡아끌었다. 자연스레 고개를 숙이니 두 팔을 벌려 목을 끌어당기며, 리아가 페르델의 뺨에 '쪽!' 확실한 뽀뽀를 남겼다.

쪽? 진짜 쪽?

아들놈들한테는 매일 받는 뽀뽀이건만 리아에게서 받은 뽀뽀는 뭔가 다른 느낌이었다.

딸이라 그런가?! 딸이라서?!

"우와!"

페르델이 눈에 띄게 좋아하니 리아도 뿌듯한지 고개를 끄덕인다. 한참이 지나도 흥분이 가시지 않는 듯 페르델은 두 주먹을 불끈 쥔 채 계속 몸을 부르르 떨었다.

설레발이 그 정도에 이르자 리아는 해 주고도 뭔가 찜찜한 표정을 지었다. 그렇다고 이야기를 안 듣겠다는 건 아니지만.

"공주님한테 뽀뽀 처음 받아 봐요."

"응. 나도 알아."

"이거 생각보다 기분 엄청 좋은데요?"

"뭐래, 변태야?"

리아는 어서 해 줄 걸 해 줬으니 너도 내놔라는 듯 페르델의 옷자락을 붙잡았다.

이렇게 안달이 난 리아는 처음 본다.

페르델은 정말로 그게 그렇게 궁금했냐는 듯 웃었다. 리아가 이제는 도끼눈을 뜬다.

이크, 더 늦장 부리면 안 되겠다.

어, 근데 사실은 엄청 별거 없는데.

"음, 그러니까 시르를 처음 만났을 때 말이죠……."

* * *

그때는 어린 비테르보 공자라며 떠받들어지던 시절이었다.

그 시절은 뭐랄까, 기억을 하지 않으려야 않을 수가 없는 시절이었다.

아시시를 만났고. 카이텔을 만났고. 그리고 뒤이어 내 사랑, 시르비아까지 만났으니까.

일곱 살, 뭔가에 질리기엔 아직 어린 나이.

하지만 그 시절의 자신은 이미 모든 것에 질릴 대로 질려 있었다.

책도 너무 읽어서 완전 난해한 책이 아니면 읽을 게 남아 있지 않았고, 알고 싶은 것도 원하는 대로 배워서 그 이상으로 깊이 배우려면 전 인생을 바쳐야 하는 연구를 본인이 직접 하는 방법밖엔 없었다.

솔직히 학자 대접을 받고 있긴 했지만 페르델은 학자 체질은 아니었다. 단지 배우게 좋았던 것일뿐, 연구해서 무언가를 알아내는 데엔 흥미가 전혀 없었다.

무엇보다 연구에 얼마나 많은 시간이 드는지 알기 때문에 그 시간을 허비하고 싶은 생각이 없었다. 그냥 다른 사람들이 연구를 끝내서 성과를 내면 그걸 배우고 싶었을 뿐.

얍삽한 거라고 해도 좋았다. 실제로 야비하기도 하니까.

그렇다고 다른 것에 어려움을 느꼈느냐?

그것도 아니었다. 사람들은 자신이 누구인지 알면 알아서 잘 대해 줬고, 원하는 게 있으면 말하기만 하면 모든 게 해결되었다.

시시하지 않는 게 이상할 정도였다.

아버지는 이런 그를 보고 오만하다고 생각했다. 그리고 좋지 않다고 판단하여 어떻게 해서든 또래 친구를 만들어 주려고 하셨었다.

물론 죄다 실패했지만.

뭘 더 배우고 싶긴 한데, 배울 게 없어서 적적한 때였기에 아버지의 그런 노력에 어느 정도 협조를 한 것이지 아니었다면 거들떠보지도 않았으리라.

그런데 이건 또 무슨 운명의 장난인 건지.

그런 와중에 어린 페르델은 아시시를 만났다.

자신 또래의, 그러나 자신과는 전혀 다른 소년.

처음엔 그냥 흥미였었다. 그다음에는 저렇게 착해 빠진 놈이 왜 아직도 수도에서 살고 있는지 궁금했고, 그다음엔 지켜 주고 싶었다.

그런 기분은 처음이었다.

물론 아시시 말고 또래는 많았다. 그런데 아시시만이 친구가 되었다.

그게 아시시의 특수한 상황 때문이었는지, 단순히 성격 때문인지는 아직도 잘 모른다. 중요한 건 아시시를 만남으로써 제 자신이 변했다는 것이었다.

그리고 그때.

자신에게 다가온 한 소녀를 만나게 된다.

그게 바로 시르비아였다.

* * *

"그럼 시르를 먼저 만난 게 아니야?"

"그렇죠."

페르델의 긍정에 리아가 의외라는 듯 고개를 갸웃했다.

흘러내린 리아의 머리카락을 넘겨 주며 페르델은 빙그레 웃었다.

"그런데 그 이야기는 왜 하는 거야?"

"가장 중요하니까요."

"엥?"

대답 대신 페르델이 가만히 웃는다.

어째서 시르비아의 이야기에 아시시가 갑자기 툭 튀어나온 건지 리아는 전혀 이해가 안 간다는 표정이었다.

페르델은 그냥 허허 웃었다.

자신과 카이텔의 관계를 설명하려면 아시시가 꼭 필요하듯, 자신과 시르비아의 관계 역시 그러했다.

아시시가 없었다면—.

시르비아를 만나지도, 사랑하지도 못했을 테니까.

"아무튼 이다음이 가장 중요해요."

페르델의 말에 리아가 바로 집중한다. 초롱초롱한 눈망울을 보며 페르델은 살포시 터져 나오는 웃음을 참아 내야 했다.

"그러니까……."

* * *

그날은 아직도 기억한다.

축축하게 가라앉은 공기가 사람의 마음을 무겁게 짓누르고 창밖으로는 가벼운 봄비가 한참 동안 쏟아지고 있었다.

마치 지금처럼.

어린 자신은 황궁 한쪽에 마련된 거대한 황궁 도서관에서 하루 종일 처박혀 글자만 눈에 집어넣고 있었다.

마음이 어지러워 그렇게라도 하지 않으면 미쳐 버릴 것 같아서 이미 두세 번씩 다 읽은 책이었지만 읽고, 또 읽었다. 이걸 눈에 넣지 않으면 제 자신이 어떻게 되기라도 한다는 듯.

아마 그날은 아시시의 비밀을 알게 된 지 얼마 지나지 않았던 때로 기억한다. 그래서 더 복잡한 마음에 쉽게 어찌할지 결론을 내지 못하고, 그렇게 책만 읽어 대고 있었다.

그리고 그런 자신에게 한 소녀가 다가왔다.

"네가 페르델이야?"

잘 차려입은 드레스에 예쁘게 말아 올린 머리, 화려하지만 우아한 머리 장식. 어딜 봐도 도서관이랑 어울리는 옷차림은 아니었다.

결정적인 건 파티장에서 몰래 빠져나왔다는 걸 증명하는 장갑과 부채. 처음 마주하는 벚꽃색의 눈동자는 자신에게 흥미를 불러일으켰다.

"내가 페르델인데."

"정말 네가 페르델이야?"

"응."

소녀는 자신이 페르델이라는 사실이 아주 중요하다는 듯 묻고 재차 또 물었다.

그렇게 물어 대는데 어찌 호기심이 생기지 않으리오.

소녀는 그동안 봐 왔던 그 나이의 여자아이와는 다른 분위기를 가지고 있었다. 마치 꽃 같은.

그래, 희미하게 처음 맡는 달콤한 향기가 나기도 했었다.

"넌 이름이 뭐야?"

"난 시르비아야."

시르비아.

들어 본 적 없는 이름이었다. 적어도 자신의 주변에서 머물던 사람은 아니었다.

그때는 몰랐으리라.

난데없이 튀어나온 이 꼬마 숙녀가 제 삶을 마구마구 헝클어 놓을 거란 사실을.

처음엔 그냥 낯선 여자애였다. 처음 보는 그냥 여자애.

예쁘게 생겼다고 생각하긴 했지만 외모에 현혹되는 인간은 아닌 터라 그냥 예쁘구나 하고 넘어갔을 뿐이었다.

시르비아가 자신을 사로잡은 건 전혀 다른 점 때문이었다.

"날 도와줘. 아시시를 만나게 해 줘."

절실한 눈동자로 제게 한 한마디의 부탁.

순간이지만 멈칫했을 정도로 그 부탁은 엄청난 것이었다. 단 한마디의 말로 순식간에 머리가 어지러웠었다.

얘는 누구이고, 아시시와 어떤 관계이며, 어떤 사이이기에 아시시를 보고 싶어 하는가.

하지만 그것보다 더 제 마음을 어지럽힌 건—.

아시시 그 자체였다.

어쩌다가 알게 된 아시시의 비밀.

모른 척할 수도, 그렇다고 아는 척할 수도 없었다. 수많은 책을 머릿속에 넣어 놨지만 그런 상황엔 어떻게 해 주는 게 좋다는 확신이 제겐 없었으니까.

자신의 태도에 대해 고민하며 망설이다 어느새 아시시를 만나러 가지도 않은 지 이 주일이란 시간이 흘렀다.

점점 더 초조했고, 점점 더 지옥 같았다.

그런 찰나.

자신에게 아시시를 만나게 해 달라며 한 소녀가 찾아온 것이었다.

솔직히 진실을 말하자면, 자신 역시 아시시를 보기 위해선 어떤 핑계라도 필요했다. 그게 아무리 하찮은 거라도.

어떻게 보면 서로의 원하는 부분이 절묘하게 잘 맞아떨어졌다고 할 수 있었다.

하지만 그러고 싶은 마음이 들진 않았다.

“내가 그 부탁을 들어주면 나에게 무슨 이득이 생기는데?”

퉁명스레 내뱉은 반문에 어린 소녀는 당황한 기색 없이 바로 대꾸했다.

"다음에 네가 부탁하면 나도 도와줄게."

남부러울 것 없이 자란 소녀. 입고 있는 옷도, 자신을 대하는 태도도, 몸에 어린 묘하게 정중한 예의도 눈앞의 소녀가 그냥 그런 가문의 여식이 아닐 것이라는 사실을 알려 주고 있었지만 그것보다 자신의 흥미를 끈 것은, 아시시를 만나고 싶어 하는 소녀의 이유였다.

그것만은 물어봐도 대답해 주지 않았다.

그렇게 항상 아시시를 만나러 갔던 목요일에 그 소녀도 합류하게 되었다.

자바이칼 저택은 뭐랄까, 저택 자체가 하나의 화려한 요새라는 느낌이 강한 곳이었다. 항상 가면서도 길을 잃을 것 같고, 길을 잃어버리면 영원히 그 안에서 나오지 못할 것만 같았다.

그날도 그런 느낌을 받으며, 낯선 소녀와 그곳으로 향했다.

시르비아는 그 저택이 무섭지도 않은지 성큼성큼 잘만 돌아다녔다.

그리고 드디어 두 사람이 만나기를 소원했던 한 소녀를 만날 수 있었다.

"아시시!"

전보다 더 창백해진 얼굴로 들어온 아시시는 흡사 귀신같았다. 죽은 사람처럼 생기 하나 없이 까맣게 죽은 눈을 하고 있는데, 그 시절의 자신은 말을 걸어 볼 엄두조차 내지 못했다.

그저 놀라서.

어떻게 해야 할지 몰라서.

멍하니 서 있는데, 그런 아시시를 망설임 없이 붙잡고 시르비아는 울기 시작했다.

몰랐던 모양이었다. 아시시의 비밀을.

처음 안 사실에 충격을 받아 우는 소녀의 모습이 마치 그 전의 자신과도 같아서 씁쓸했다.

그렇다고 시르가 대성통곡을 한 건 아니었다. 그냥 그 큰 눈에 그렁그렁 눈물이 맺힌 채 한꺼번에 후드득 떨어뜨렸을 뿐이었다.

숨도 쉬지 못하고 우는 시르비아를 보며 되레 아시시가 더 쩔쩔맸다. 온몸에 멍과 상처로 가득한 건 그 자신임에도.

“울지 마, 시르.”

“아시시……. 아시시.”

이 현실 앞에 무기력한 건 시르 역시 자신과 마찬가지였다.

하지만 시르가 울어 버리는 모습은 뭔가 짠했다. 그 눈물이 어떤 의미인지 알 수는 없었지만 미미하게나마 아시시가 그 눈물에 위안을 얻은 것만 같았다.

도리어 아시시가 웃으며 시르를 달랬다.

괜찮다며.

"괜찮아. 괜찮아."

그리고 그 모습에 불현듯 처음 아시시의 비밀을 알게 되었을 때 아무 말도 하지 못하고 도망치듯 나온 제 자신이 겹쳐졌다. 차라리 그때 자신도 저랬으면 아시시가 상처받지 않을 수 있었을까?

모르겠다.

친구라는 건 너무 어려운 존재였다. 어떻게 대해야 좋을지 아무리 고민해 봐도 알 수 없었다.

그렇게 한참을 울어 대고 나왔는데, 저택을 나와서도 시르비아는 한참이나 훌쩍거렸다. 눈물이 쉽게 멈추지 않는 듯.

그 모습이 뭐라고 지켜봤던 걸까.

겨우 진정한 시르는 빨개진 눈으로 자신을 보며 부탁했다.

"계속 도와줘. 아시시를 만날 수 있도록."

솔직히 말하자면 그렇게 말하는 의도를 이해할 수 없었다.

그 전의 자신이 그러하듯 이 소녀도 어떻게 아시시를 대해야 할지 몰라서 쩔쩔매야 정상이었다. 어떻게 할 수 없어서 갈 수도 없고, 그렇다고 마냥 외면할 수도 없어서 고민에 빠져야만 했다.

그런데 시르비아는 바로 제게 부탁했다.

다음 주에도 아시시를 만날 수 있게 해 달라고.

이해할 수 없었다. 저런 어두운 그늘 따위 전혀 모르고 자란 소녀처럼 생겨서 당차게 바로 그렇게 말할 수 있는 것이.

아무리 간다고 해도 해 줄 수 있는 건 아무것도 없다. 그건 자신도 시르비아도 마찬가지였다.

우리가 이런다고 바뀌는 게 있을까?

아무것도 달라지는 건 없다.

게다가 페르델은 이런 상황을 어떻게 하면 극복할 수 있는지, 어떻게 하면 변하게 할 수 있는지 배운 적이 없었다.

화가 났다. 어차피 달라지는 건 없는데, 왜 가려고 하는 걸까. 마음에 들지 않았다.

그래, 뭔가 많이 거슬렸었던 것도 같았다.

그래서 시르에게 막 쏘아붙였다.

"계속 가도 바뀌는 건 없어."

"알아. 그래도 갈 거야!"

"네가 할 수 있는 건 아무것도 없어."

"안다고. 나도 내가 너무 어리고, 힘도 없고, 보잘것없다는 거……."

몰라서 무모하게 구는 거라 생각했는데.

자신의 예상은 또 틀렸다.

시르비아는 다시 촉촉하게 젖어 가는 눈망울로 훌쩍이며 대꾸했다. 자신 역시 내가 아는 걸 알고 있노라고.

“하지만 그렇다고 아무것도 하지 않을 수는 없잖아.”

순간, 뒤통수를 후려 맞은 듯 큰 충격이 왔다.

“아무것도 바뀌지 않는다고 해도 좋아! 아시시를 만나고 싶을 뿐이니까. 아시시를 만나서 위로해 주고 싶고, 이야기하고 싶고, 내가 얼마나 좋아하는지 말해 주고 싶어. 내가 조금이라도 옆에서 그러고 있으면…….”

시르비아는 말을 잇기 힘든지 숨을 골랐다.

그런 모습이 예쁘다고 느껴지는 건 그때가 처음이었다.

“짧은 시간이라도 아시시가 마음 놓을 수 있는 시간이 생길 테니까.”

두 손을 모으고 마치 기도하듯 시르비아가 두 눈을 감는다.

“어떻게든 도와줄 거야. 그게 내가 할 수 있는 게 아니라고 해도.”

왜 이런 생각을, 자신은 하지 못했던 걸까?

놀라웠다.

아니, 그보다 경이로웠다.

눈앞에 있는 생명체는 마치 자신과는 전혀 다른 존재인 것처럼 그렇게 아름다웠다. 어떤 말을 이을 수조차 없게…….

신기하고, 놀랍고, 그래서인지 강렬하게 매혹당했다.

아무것도 도움이 되지 않아도 괜찮다.

그 옆을 지켜 줄 수 있으면.

그렇게 말하는 눈동자가 예뻐 보인 건 맹세코 처음이었다.

"도와줄 거야. 오빠가 외롭지 않게, 슬프지 않게, 울지 않게 도와줄 거야. 오빠도 사실은 혼자 있고 싶지 않을 거야. 나도 그런걸. 혼자는 너무 외롭잖아."

지켜 주고 싶다고 생각했다. 그 눈동자를, 그 마음을.

너무나 예뻐서 아무도 깨뜨리지 못하게 하고 싶었다. 만약 그 마음이 깨져서 산산조각이 나 버리면 흩어진 파편이 제 가슴에 박혀 영원히 고통스럽게 할 것 같았다.

그때부터였나.

시르비아만이 제 눈에 들어온 건.

시선이 자연스레 시르를 향해 좇아가기 시작했다.

저도 모르게.

* * *

"반한 거야?"

리아가 놀랍다는 듯 두 눈을 동그랗게 뜬다.

"……놀랐다고 하는 게 맞겠죠. 아마도."

페르델이 애매하게 말을 돌린다.

반했다는 말을 부정하진 않았지만 제 자신 역시 언제 시르비아에게 반한 건지 확신할 순 없었다. 그냥 그때부터 자신에겐 여자라는 종족은 어머니와 여자 형제들, 그리고 시르비아밖에 없었다. 마치 그게 당연한 진리인 듯.

"근데 그게 다야? 뭐 또 없어?"

"도대체 뭘 원하시는 겁니까."

흔한 로맨스 소설의 파란만장한 연애담이라도 기대한 듯 리아는 다시 한 번 초롱초롱 두 눈을 빛냈지만 안타깝게도 둘 사이에 그런 아슬아슬한 이야기는 없었다.

서로의 전 약혼자도 없었고, 어릴 때 결혼을 약속했던 소꿉친구는 더더욱 없었으며, 하물며 이국의 왕자가 둘 사이를 방해하지도 못했다.

"마치 천에 색을 물들이듯 제가 시르에게 물들어 갔죠. 시르가 소중히 여기는 것, 소중히 생각하는 것. 어린애의 치기 어린 말이라고 치부해도 되는데, 그 모든 게 저에겐 저는 떠올리지도 못한 진리이자, 빛이며, 이 세상을 살게 하는 말이었어요."

어릴 때도 시르의 미모는 웬만한 자태가 아니었거늘, 나이가 들고 성큼 자라나자 마치 꽃봉오리가 활짝 펴듯 시르비아는 정말 하루가 다르게 아름다워졌다. 웬만한 남자는 시르를 보고 쉽게 시선을 떼지 못할 정도로.

하지만 자태 못지않게 시르는 모든 것이 황금처럼 빛났다. 다정한 배려나 깊은 생각, 원하는 이상까지.

쉽게 쳐다볼 수도 없게 빛나는 시르 덕에 자신 역시 부단히 노력했다.

그 옆에 서도 부끄럽지 않도록.

"너무 심각한가? 웃기죠?"

"아니."

페르델이 그답지 않게 쑥스러운 듯 웃자 리아가 세차게 고개를 내젓는다.

"페르델이, 시르를 정말 사랑한다는 게 느껴져."

"사랑합니다."

찰나의 틈도 주지 않고 페르델이 대꾸한다. 그러고는 마치 다짐하듯 말했다.

"제 영혼을 바친 걸요. 시르가 원한다면 전 뭐든 할 수 있습니다."

그 말에 리아가 빙그레 웃는다.

페르델은 그 미소의 의미를 알 수 없어 잠시 고개를 갸웃했다.

그러거나 말거나 리아의 관심사는 이미 다른 곳으로 향해 버린 모양이었다.

"약혼은 언제 한 거야?"

"열여덟에요."

"뭐? 엄청 늦었네?"

하긴 만난 것에 비하면 꽤나 늦은 편이었다. 웬만한 귀족가의 약혼이 열 살 전후에 이뤄지는 걸 미루어 봤을 때 엄청 늦은 약혼이긴 했다.

하지만 거기엔 이유가 있었다.

"제가 충분히 자라고 나면 약혼할 거라고 항상 입버릇처럼 말했어요. 상황에 떠밀려서, 어렸을 때부터 그랬으니까 따위의 이유로 결혼하는 건 싫었거든요"

시르의 전부를 가지고 싶었다.

시르가 스스로, 본인의 의지로 그를 선택해 주길 바랐다.

그런 바람을 시르 역시 이해했기에 할 수 있었던 일이었다. 다른 건 다 참을 수 있어도 그것만은 그도 절대로 양보할 수 없었으니까.

"만약 다른 남자랑 결혼한다고 그랬으면 어쨌을 거야?"

"당연한 거 아닙니까?"

"뭐가?"

"그런 일은 일어나지 않아요."

단호한 페르델의 대답에 리아가 인상을 구긴다.

"그건 무슨 근거 없는 자신감이냐."

페르델은 그냥 씨익 웃었다.

"아무튼 공주님도 이렇게 열렬히 사랑해 주는 남자를 만나세요. 물론 쉽지 않겠지만."

"됐거든!"

"어라, 저희가 얼마나 행복한데요? 아주 깨소금이 떨어진다니까요?"

"필요 없어. 안 부러워."

리아가 인상을 더욱 구기며 물러난다.

싫다는 기색이 역력한데도 페르델은 리아를 꼬시는 짓을 멈추지 않았다.

이제 여섯 살인 애한테 도대체 무슨 소리를 하는 건지.

그래도 페르델은 포기하지 않았다.

"어허, 공주님이 아직 어리셔서 잘 몰라서 그래요. 우리 아들내미들은 어때요? 저 닮아서 아주 잘해 드릴 텐데."

"필요 없거든요!"

리아가 질색을 하고 물러난다.

페르델은 자신이 얼마나 훌륭하고 완벽한데다 착하고 멋진 남편인지 리아가 알아주길 바랐지만 결국 실패하고 말았다.

리아가 고개를 돌린다.

어느새 하늘이 맑게 개어 있었다.

"어? 비 그쳤다."

"그러네요."

"소나기가 맞았나 봐."

리아가 신이 난 듯 두 손을 모은다.

"나 이제 갈래. 담에 봐!"

정말 비가 내리는 동안만 말동무가 필요했다는 듯 비가 그치자마자 종종걸음으로 달려 나가는 꼬맹이를 보며 페르델은 그냥 웃어 버렸다.

저러다 넘어지지 않을까 걱정스럽기도 했는데, 용케 넘어지지 않고 잘도 달려간다.

"아무튼 칼 같다니까."

고개를 절레절레 흔들어 본다.

비는 그쳤지만 비가 내려서 진해진 풀 냄새를 맡으며 페르델은 기분 좋은 표정을 지었다.

이런 사소한 즐거움 또한 시르가 없었다면 영원히 느껴 보지 못했겠지.

그래, 그랬을 것이다. 어찌 보면 시르야말로 그에게 모든 걸 가르쳐 준 여인이라 할 수 있었다.

"그럼 포더르로 한번 가 볼까?"

어릴 적의 자신은 처음부터 가진 게 많아서 도리어 소중한 것이 없었다. 소중한 걸 소중히 여기는 법도, 소중한 걸 소중하다고 생각하는 법도 아무것도 몰랐으니까.

그걸 가르쳐 준 것이 시르비아.

자신 안에 갇혀 있는 그를 이끌어 내고 이 세상으로 꺼내 준 것도 역시 시르비아라는 여자였다.

"이 나라가 평화로워지면 그때 나랑 결혼해요."

카이텔이 황제가 되고 모든 것이 어지러웠을 때, 시르가 가만히 제 손을 잡으며 말했다.

격려하듯, 위로하듯.

자신은 신경 쓰지 않아도 된다며, 오로지 이 나라에만 집중하라고 조용히 지켜봐 준 덕분에 모두가 기적이라 말하는 정상화가 가능했다.

내 손으로 이뤄 낸 것이지만—.

시르비아가 없었다면 할 수 없었을 거다.

정원을 지나 재상의 집무실로 향하며, 페르델은 문득 옛 추억에 잠겨 들었다.

"이 나라에 당신이 더 해 줄 것이 없게 되면 그땐 물러나서 내 곁으로 돌아와요. 그땐 정말 날 위해 살아요. 그 전까지는 이 나라에 당신을 양보할 테니."

그를 향해 조용히 미소 짓던 시르비아가 마치 눈앞에 서 있는 것처럼 그려진다.

"……그래, 시르비아."

나, 힘내고 있어.

정말 힘내고 있어.

조만간 당신의 품에 온전히 돌아가기 위해.

* * *

"약속할게."

어린 날의 페르델이 시르비아를 붙잡고 말했다.

"시르, 널 혼자 두지 않을게. 어디서나 항상 함께할게."

약혼도 하기 전의 어린 시절.

열다섯 살의 시르비아는 잔뜩 불안한 시선으로 자신을 올려다보았다.

"내가 널 버리게 되면 어떡해?"

"괜찮아."

페르델은 웃었다. 그런 일이 일어나도 상관없노라며.

"내가 다시 널 찾을 거니까."

그 말을 도대체 어떻게 받아들인 것인가. 가만히 고민하던 시르비아는 이내 미소하며 고개를 끄덕였다. 그렇게 가만히 웃는 시르비아는 마치 봄날의 햇살처럼 따사로웠다.

"좋아요, 페르델."

4. 그 토끼와 한낮의 오후 한 시

4. 그 토끼와 한낮의 오후 한 시

매일 같은 시각.

막 밥을 먹고 배가 부를 때면 일명 '돼지 토끼'라는 이름을 가지고 있는 토끼 하나가 엉금엉금 궁을 나와 한 사람을 기다렸다. 배부르고 등 따시고 졸릴 법도 한데, 어째서인지 돼토는 낑낑거려서라도 궁 밖으로 나왔다.

돼토.

일명 돼지 토끼.

토끼이긴 토끼인데, 어쩌다 비만이 되어서 돼지라 불리고 있는 종족 불명의 토끼였다.

귀엽고 사랑스러운 아리아드나 공주 소유의 애완동물로서 카이텔 황제가 세 살 생일이라는 명목으로 선물한, 나름 굉장히 유서 깊은 토끼였다.

……아무도 그렇게 생각하지 않는다는 게 문제지만.

킁킁.

궁 앞에 떡하니 자리 잡고 앉아 돼토가 하늘을 바라본다.

이미 옛날에 토실이라는 아주 예쁘고 사랑스러운 토끼를 만나 어엿한 여덟 마리 토끼의 아버지가 되었지만 아직도 겉으로 보이는 모습은 어릴 때의 그 모습 그대로였다.

사랑스러운 소녀를 주인으로 만나 제대로 사랑받고 살았건만 제 주인밖에 모르는 이 지조 있는 토끼가 도대체 무슨 일인 건지 이 시각만 되면 그렇게 귀찮아 하는 발걸음도 마다하지 않고 궁 밖으로 나간다.

그 이유는 아는 사람만 알고 있었다.

바로 이 시간만 되면 어김없이 궁으로 찾아오는 한 사람 때문이었다.

"오늘도 나와 있네?"

그레시토 J. 이빌라스트.

어릴 적 별명이 '토끼' 였던 소년이 다가오자 뭐가 그리 반가운지 돼토가 신 나게 뛰어가 소년을 반겼다.

시토도 활짝 웃으며 제 밑에서 아우성을 치는 돼토를 제 품으로 들어 올린다. 시토의 품에 안긴 돼토는 뭐가 그리도 만족스러운지 한껏 나른하게 안겨 있었다.

"먹을 거 가져왔는데, 먹을래?"

단번에 고개를 쳐들며 돼토가 킁킁거렸다. 시토는 그 모습을 보며 낄낄 웃는다.

늘 보던, 먹을 것에 굶주린 돼토였다.

"자, 먹어. 너 위해 가져왔어."

이제 열네 살.

아이는 어느새 자라 소년이 되어 버렸다.

커 버린 몸집도, 단정한 시선도 무엇 하나 바뀌지 않은 것이 없지만 그 곁을 빈틈없이 지켜 왔던 돼토만은 알았다. 변한 것이 아니라 성장했다는 걸.

이제 돼토의 나이도 그즈음이 되어 간다.

소년은 이 시각이면 돼토의 간식을 챙겨 주기 위해 궁 안으로 몰래 들어왔었는데, 시간이 흐르니 마치 이것이 일상인 양 당연한 방문이 되어 버렸다.

돼토가 킁킁거리며 소년의 품으로 더욱 파고든다.

그레시토는 난감하다는 듯 웃다가 자신에게 안기는 돼토를 상냥하게 안아 준다. 익숙한 서로의 온기에 두 사람은 똑같이 안심할 수 있었다.

돼토에게 있어서 사실 그와의 첫 만남은 그리 강렬하지 않았다.

그냥 주인의 흔한 친구.

그것도 주인에게 가끔씩 무시도 당하던, 조금은 덜 떨어진 인간에 지나지 않았다.

관심도 갖지 않았는데, 이 청년이 자신에게 각인된 것은 바로 그 사건이 벌어진 이후였다.

"아무래도 안 되겠어. 돼토, 너 살 빼!"

항상 돼지라며 놀리고 구박하던 주인이 드디어 간식을 주지 않겠다고 선언해 버린 것!

지금 떠올려 봐도 울분이 터진다.

어떻게 그럴 수가 있단 말인가. 토끼의 밥을 빼앗다니!

간식이라면 자다가도 일어나서 달려가고 묶여 있어도 어떻게 해서든 목줄을 끊는 집념의 돼토에겐 정말 하늘이 무너지는 소식이 아닐 수 없었다.

낑낑대며 어떻게 해서든 주인의 마음을 돌려보기 위해 애를 썼지만 정말 독하게 결심을 한 것인지 주인은 좀처럼 간식을 주지 않았다.

게다가 혹독한 산책의 강도에 날이 갈수록 돼토는 삶의 의욕을 잃어 갔다.

그때 바로 이 소년이 등장했다.

시름시름 앓다 못해 죽어 가려는 돼토가 안쓰러웠는지 소년은 몰래 가져온 간식을 주인 몰래 주었다.

비록 양에 차지 않는 간식이었지만 그것이라도 어디더냐.

마치 감로수를 마시듯 메마른 허기를 채우며 돼토는 생각했다.

인간은 항상 다시 봐야겠구나. 이 소년이 자신에게 구세주가 될 줄이야.

전혀 생각지도 못한 일이었다.

물론 나중에 리아가 그 사실을 알고 불같이 화를 내긴 했지만 둘만의 이 은밀한 데이트는 그 후로도 몇 년 동안이나 지속되었다.

"좋아?"

킁킁.

코를 박고 킁킁대는 돼토의 모습을 보며 그레시토의 입가에 저절로 미소가 퍼졌다.

"정말 좋아하네. 다음에 더 가져올게."

좋다는 듯 돼토가 더 품 안으로 안겨 든다.

옆에 누가 있건 거들떠도 보지 않는 도도한 토끼가 이렇게까지 안겨 드는 건 제 주인인 리아가 유일했다. 그래도 주인은 알아본다고 나름 애교도 많이 부리고 친한 척도 많이 하는데 정작 주인만 그 사실을 모를 뿐이었다.

몇 년 전만 해도 그가 와도 거들떠보지도 않고 먹는 데에만 집중하던 돼토가 이제 먼저 알아보고 기다리고 이렇게 스스로 와서 안겨 드는 걸 보니, 그레시토는 새삼 기분이 이상했다.

이런 맛에 사람들이 애완동물을 키우는 것인가.

한참 고민에 빠져 있는데, 때마침 그런 그를 단박에 현실로 돌려놓는 목소리가 들려왔다.

"뭐야, 여기 있었어?"

고개를 빼꼼하게 내밀고 한 소녀가 자신을 빤히 쳐다본다.

길게 흘러내리는 머리카락은 쉽게 볼 수 없는 색채를 내뿜고, 자신을 바라보는 붉은 눈동자는 마치 보석처럼 투명하고 맑게 빛났다.

올곧게 마주하는 시선에 그레시토는 정신을 차렸다. 그리고 그를 쳐다보는 소녀의 이름을 불러 주었다.

"리아."

이름이 불리자 소녀가 웃는다.

조신하게 웃는 그 미소가 제법 귀여웠다.

뭣 모르던 어린 시절에는 마구 뒤엉켜 싸우고 같이 뒹굴며 놀고 했었던 것 같은데, 언제 그랬냐는 듯 리아는 우아하게 손을 뻗었다.

그레시토는 새삼 리아가 공주라는 걸 깨달았다. 여자였다는 것도.

하도 막 자라서 까먹고 있었는데…….

“어서 와. 왔으면 들어오지 궁 앞에서 뭐하고 있었어?”

“그냥.”

제게 뻗은 손을 잡고 일어나며 그레시토가 리아를 내려다보았다.

나이는 얼마 차이 나지 않았지만 이상하게도 발육은 한참이나 차이가 났다. 특히 아직도 조그마한 리아와 달리 그레시토는 훌쩍 커서 누가 봐도 훌륭한 청년으로 보일 정도였으니까.

그렇게 뛰어난 미남은 아니지만 꽤나 단정하게 생긴데다 무엇보다 몸가짐에 절도가 있어서 궁에서는 은근히 그레시토를 좋아하는 여자들이 많았다. 물론 리아 공주의 철벽 방어 덕에 본인은 몰랐지만.

리아의 안내에 따라 그레시토는 궁 안으로 들어섰다.

품 안엔 이미 잠에 곯아떨어진 돼토를 안고서.

번질나게 드나들었던 곳은 솔레이였지만 시토는 나름 이 궁에도 애정이 깊었다. 무엇보다 이 궁엔 쌍둥이들과 리아까지 함께해서 묻은 타임캡슐이 숨어 있었다.

아홉 살에 나중에 십 년이 지나면 파서 꺼내 보자고 마구잡이로 집어넣었던 것 같은데…….

까먹고 있었는데, 갑자기 떠오른다.

자신의 나이가 이제 열네 살. 열아홉은 이제 오 년밖에 남지 않았다.

생각해 보니 대단한걸.

"뭐할래? 책 읽을까?"

응접실 대신 리아가 평소에 편하게 혼자 놀곤 하는 서재로 자연스럽게 두 사람은 들어섰다.

여기서 책을 가지고 나가서 후원에서 읽는 것도 별로 나쁘진 않았지만 이상하게 오늘은 그러고 싶은 생각이 없다. 그레시토는 대신 다른 걸 물었다.

"쌍둥이들은?"

"몰라. 어디든 갔겠지."

리아가 어깨를 으쓱인다.

지금 이 자리에 없는 쌍둥이에 대해 전혀, 단 한 톨의 관심도 존재하지 않는다는 태도였다.

말은 그렇게 해도 막상 무슨 일이 생기면 제일 많이 걱정할 거면서…….

가끔은 리아의 저런 상반된 태도가 이해가 되지 않을 때도 있었다. 하지만 이젠 너무 익숙해져서 그런지 그런 모습마저 귀여웠다.

정말 세상 오래 살고 볼 일이야.

폭신한 소파에 각자 자리를 잡고 앉자 리아가 갑자기 무슨 불만인지 이마를 찡그린다. 유심히 자신을 바라보는 시선에 그레시토는 의아했다.

그것도 잠시.

리아가 묻는다.

"요새 많이 힘들어?"

"아니."

"힘들어 보여."

저절로 입가에 미소가 맺힌다. 그레시토는 고개를 가로저었다.

"괜찮아."

리아는 뭐가 그리 불만인지 쉽사리 표정을 풀지 못했다.

요새 받는 훈련 때문에 온몸이 비명을 지르고 있는 건 맞지만 겉으로 내색할 정도로 고통스럽진 않았다.

그래도 리아는 그게 자꾸 마음에 걸리는 모양이었다. 기사가 되겠다고 했을 때부터 걱정스럽다는 듯 쳐다보더니, 지금까지 그러했다.

쌍둥이가 검을 배울 땐 그거라도 배우라고 독촉하더니.

상반된 반응에 은근히 상처가 되기도 했다. 자신이 검과는 그렇게 어울리지 않아 보이는 것인가?

"그렇게 기사가 되는 게 힘든데, 굳이 왜 되려고 하는 거야?"

"다 이유가 있어."

"그 이유가 대체 뭔데?"

따지듯 리아가 묻는다. 이유가 타당하지 않으면 당장 기사는 그만두라고 할 기세였다.

요새 혼자 심심해서 그런가.

그렇게 사고 치던 쌍둥이가 검을 배운다고 바빠져서 그런지 요새 리아는 확실히 혼자 있는 시간이 많았다.

"아버님께서 기사단에서 활약하셨다고 들었어. 그래서 기사가 되고 싶어. 우리 집안은 원래 가난해서 귀족이라고 불리기도 민망할 정도였는데, 아버님께서 전쟁에서 공을 세워 집안을 일으키셨거든."

어렸을 때부터 항상 귀에 못이 박히도록 들었던 이야기였다. 아버님께서 어떤 분이셨는지, 어떤 삶을 사셨는지 궁금해서 어머니를 만날 때마다, 할머님한테도 볼 때마다 시도 때도 없이 물어보곤 했다.

그때마다 두 분은 항상 '네 아버지는 가문과 나라에 충성하고, 네 어머니를 세상에서 제일 사랑했었단다' 라고 말하며 자신을 다독였다.

또 할머님께서는 매일 자기 전에 입버릇처럼 말씀하셨다.

네 아버지 같은 좋은 남자가 되거라.

그래서 생각했다.

정말로 아버지 같은 남자가 되고 싶다고.

처음 털어놓는 고백에 뺨이 달아오른다. 부끄러웠지만 그건 속마음을 처음으로 털어놓는 데에 기인한 것이지 자신의 꿈을 말하는 것이 부끄럽진 않았다.

뭐라고 한마디 할 것 같던 리아가 순식간에 잠잠해진다. 아까는 못마땅한 표정을 짓더니 이제는 어쩔 수 없다는 표정을 짓고 있었다.

"그래, 힘내."

"고마워."

똑똑.

손기척 소리에 리아가 문을 바라본다.

곧 문이 열리고 들어온 사람은 리아의 수석 시녀였다.

리비라고 했던가.

리비가 두 사람이 마실 차와 간식을 내왔다. 특별히 그레시토의 것은 체력에 좋은 둥글레 차였다. 이런 사소한 데에서도 느껴지는 배려에 그레시토는 빙그레 웃었다.

리아가 모른다는 듯 고개를 돌린다.

그레시토는 그냥 계속 웃었다.

"빨리 자라고 싶어."

"엑? 난 싫어!"

리아가 대놓고 질색을 한다.

시토는 고개를 갸웃했다.

"왜? 리아는 빨리 자라고 싶지 않아?"

리아가 미미하게 인상을 찡그린다. 마치 어른이 되면 무얼 해야 되는 건지 알기라도 한다는 듯 고개를 가로저었다.

"싫어. 빨리 자라면 일도 해야 되고, 가기 싫은 파티도 마구마구 참석해야 하고, 무엇보다 해야 될 일이 너무 많잖아."

"그게 싫은 거야?"

"응. 난 지금이 좋아."

단호하게 리아의 고개가 끄덕여진다.

시토는 이해할 수 없었다. 하지만 지금 이대로는 하지 못하는 것이 너무 많은걸?

그런 제한들이 자신은 너무 싫었다.

단호하게 말해 놓고는 조금 신경이 쓰이는지 리아가 조심스레 물었다.

"시토는 빨리 자라고 싶어?"

"응."

"왜에?"

믿을 수 없다는 듯 리아가 묻는다.

시토는 단호하게 단번에 대꾸했다.

"어서 자라서 백작 위를 물려받고, 어머니의 걱정을 덜어 드리고 싶어. 내가 할 수 있는 일들을 하고 싶어. 아직은 어려서 아무것도 못하잖아. 난 그게 너무 싫어."

말없이 리아가 자신을 응시한다.

무언가 말을 잘못한 것인가.

고민하며 입을 다물 즈음, 리아가 옅게 웃었다.

"장하네."

"응?"

"아무것도 아니야."

아무것도 아니라고 했지만 자신을 내려다보는 시선은 아무것도 아닌 게 아니었다.

이상해.

시토는 생각했다.

그보다 어린 게 가끔은 누나처럼 자신을 보곤 했다. 그건 기억조차 희미해진 어린 시절에도 마찬가지였다.

아니, 그때 리아는 그냥 누나였다.

남들은 가끔 묻는다.

공주님을 좋아하지 않으세요?

결론만을 말하자면 일단 그는 리아를 좋아했다. 하지만 그 감정이 결코 연애 감정은 아니었다. 두 쌍둥이들과 달리 자신은 처음부터 리아를 좋아하지는 않았다.

질투였던가.

엄마를 뺏겼다는 생각에 엄청 미워했었던 기억만이 흐릿하게 남는다.

그렇게 미워했는데도 어느새 그 아이와 놀고 있었다.

너무 어릴 적부터 보고 자라서인가. 남들이 묻는 그런 연애 감정은 없었다.

단지 그 자리를 메우고 들어찬 것은 이 아이를 지켜 주고 싶다는 생각뿐.

가족처럼, 그저 친여동생처럼, 그런 감정만이 남아 자리를 지킬 뿐이었다.

사실 그건 지금도 그렇다.

리아는 공주가 아니라 마치 엄마의 또 다른 자식처럼 느껴졌었다. 엄마가 밖에서 낳아 온 이복형제 정도?

물론 자신과 리아는 핏방울 하나 섞이지 않다는 걸 지금은 알고 있었지만 자꾸만 드는 그런 기분을 지울 수는 없었다.

먹을 것이 방 안에 들어와서인가.

곤히 자던 돼토가 어느새 깨어나 고개를 쳐들었다. 킁킁거리며 쿠키를 향해 돌진하려는 돼토를 보며 시토는 잠시 난감해졌다.

자신의 품 안에서 둥지를 튼 돼토를 보며 리아가 서운한지 입술을 삐죽인다.

“저건 나보다 너를 더 따르네.”

“내가 좋은가 봐.”

우스갯소리로 말했지만 통하지 않는다.

리아는 잔뜩 심통맞은 얼굴로 돼토를 불렀다.

“야, 네 주인은 나야!”

그러거나 말거나 돼토의 관심사는 오로지 쿠키!

쿠키만을 향한 그 올곧은 애정에 리아가 입술을 앙다물었다.

“저 배은망덕한 토끼.”

욕하는 걸 들었음에도 돼토는 개의치 않았다.

역시 대인배.

돼토가 민감한 건 오로지 먹을 것과 자신의 아내인 토실이의 일뿐이었다.

정말 욕망에 충실한 토끼로구먼.

그래도 돼토보다 시토의 시선을 더 사로잡은 건 본인의 애완동물을 상대로 기 싸움을 하고 있는 리아였다.

“이상해.”

“뭐가?”

리아가 미간을 모으고 묻는다.

시토는 대답 대신 고개만 갸웃했다.

분명 어릴 땐 그보다 누나 같았는데, 어째서 자라면 자랄수록 자신보다 어려 보이는 걸까.

리아가 또래 아이보다 영악하다는 건 알고 있다.

하지만 그래서 밉다는 생각은 들지 않았다. 싫어할 법도 한데, 이상하게 리아가 그러면 마냥 어린 동생의 철없는 장난처럼 느껴지곤 했다.

참 웃기지.

언제부터였지, 이런 기분이 든 게?

이제 좀 먹고 나니 정신이 드는 건지 돼토가 슬금슬금 뛰어내려 리아의 옆으로 다가갔다.

발치에 온 돼토를 보며 리아가 입술을 삐죽였다.

“저 품에 안겨 있더니 갑자기 나한테 왜 와?”

그러자 마치 화를 풀라는 듯 돼토가 킁킁거리며 리아의 다리를 손으로 붙잡는다.

아등바등 다리를 붙잡고 품 안으로 파고들려고 애쓰는 돼토를 한참이나 도도하게 내려다보더니, 리아가 곧 두 팔을 뻗어 돼토를 안아 올렸다.

“그래, 네가 드디어 널 거둬 먹이는 주인을 알아보는구나?”

그런 걸로 질투를 하다니.

시토는 그냥 속으로 웃을 뿐이었다. 그래 봤자 돼토에게 있어서 그는 영원히 리아보다 하위 순위일 텐데.

물론 그도 돼토와 함께 자라고, 같이 놀고, 가끔은 오늘처럼 먹이도 주었지만 그래도 주인과는 비교할 수 없었다. 돼토를 먹여 살린 건 리아가 아니던가.

그래도 이런 여유는 오랜만인데? 항상 정신없었는데.

물론 그 차이가 어디에서 오는 건지 시토는 잘 알고 있었다.

"역시 쌍둥이들이 없으니 조용한걸?"

자신의 품에 안긴 돼토의 머리를 쓰다듬으며 리아가 고개를 든다.

"그렇지? 역시 그 만악의 근원들!"

"그래도 좋잖아."

그의 대꾸에 믿을 수 없다는 듯 리아가 두 눈을 동그랗게 떴다.

"어머, 얘 좀 봐. 댁 일곱 살 때 생각 안 나시나요?"

"허허, 과거는 과거일뿐."

"뭐래."

싸늘한 대꾸에 살짝 상처 받을 뻔했다. 시토는 애써 괜찮다며 스스로를 다독였다.

그래, 내가 아니면 내 자신을 누가 위로하겠는가!

그러거나 말거나 리아는 제 품에 안긴 돼토를 열심히 쓰다듬어 주었다. 그러다 또 슬금슬금 잠이 드는 돼토를 보며 걱정스레 한숨을 내쉰다.

"요새 돼토가 너무 힘들어 해. 무슨 병이라도 걸린 걸까?"

"나이가 들어서 그런 거 아냐? 토끼치곤 꽤나 오래 살고 있잖아."

"그런가."

돼토를 쓰다듬어 주는 손길이 점점 느려진다.

어찌 보면 애절하기까지 한 손길에 보고 있는 시토가 괜히 다 짠해졌다.

"그래도 벌써 가 버리는 건 싫은데……."

그 역시 그렇게 생각한다.

아직 돼토를 보내기엔 자신도, 리아도 준비가 되지 않았다.

* * *

"오늘도 나와 있네?"

마치 약속이라도 한 듯 시토는 오늘도 궁 밖으로 나와 있는 돼토를 보며 빙그레 웃었다. 반갑다는 듯 킁킁거리는 돼토를 품에 안아 들고 문득 주변을 둘러본다.

리아의 궁인 풀고르는 시종들이 별로 다니지 않는 한적한 궁이었다. 워낙에 황제 폐하가 자주 드나드니 혹시라도 눈에 띄었다가 잘못 찍혀서 괜히 죽지 말자는 시종들의 굳은 의지가 엿보이는 대목이었다.

어찌 되었건 시토는 그 한적함을 사랑했다. 그건 돼토 역시 마찬가지였다.

“기억나, 돼토야? 우리가 희사원에서 뛰어놀면서 리아 참 많이 따돌리곤 했었잖아.”

이건 쌍둥이들은 모르는 둘만의 기억이다.

오로지 돼토와 자신만이 꺼낼 수 있는 기억.

넓은 희사원에서 잠시만 한눈을 팔면 사라지는 돼토 때문에 참 많이도 헤매고 다녔다.

어쩌면 그때 많이 돌아다녔던 것이 지금 검을 배우는 데 도움이 되지 않았나, 그런 생각도 살포시 해 볼 정도로 말이다.

“그때 리아는 정말 귀여웠는데. 그치?”

긍정인지 부정인지 모를 킁킁거림을 들으며, 시토는 그대로 돼토를 안아 들고 궁 안으로 들어섰다.

발버둥 치지 않는 걸 보니 긍정이겠지?

그래도 가끔은 신기했다. 약속한 것도 아닌데 매일 같은 시각에 자신을 맞이하러 나와 있는 것이. 매일 그러던 것이 이젠 습관이 되어 버린 것인가.

궁 안으로 들어서니, 익숙한 풍경이 자신을 맞이한다.

딱 한 가지만 제외하고.

마침 먼발치에서 누군가와 인사를 하고 있는 리아가 보였다. 그레시토는 잠시 고개를 갸웃했다. 처음 보는 소녀가 리아의 옆에 있었다.

누구지, 처음 보는데?

마침 배웅하는 중인지라 시토는 딱히 서재 안으로 들어갈 필요성을 느끼지 못했다.

복도 한쪽에 가만히 서서 리아가 하는 양을 지켜보고 있으니, 인사를 마친 리아가 바로 이쪽으로 걸어온다. 느긋한 걸음걸이에 시토는 일단 그녀가 배웅한 사람이 누구인지부터 물어보았다.

"누구야?"

"아, 이블린."

이름을 듣고도 시토가 아무런 반응을 하지 않자 리아가 의뭉스럽다는 듯 오히려 되묻는다.

"몰라? 세스쿨로 백작의 손녀야. 이번에 그 할아버지가 소개시켜 줬어."

아, 그렇구나.

워낙 세상 돌아가는 일에 관심이 없다 보니 몰랐다. 그래도 세스쿨로 백작은 자신도 잘 아는 사람이었다.

"이블린 정말 귀여워."

리아가 이렇게까지 또래 여자애에게 관심을 보이는 건 처음이었다. 시토는 신기했다.

"리아가 또래 여자애한테 관심을 보이다니, 드문 일인데?"

"이블린은 달라. 얼마나 귀여운데? 너도 보면 반할걸?"

고개까지 끄덕이며 리아가 강조했다.

확실히 귀엽긴 했었다. 과연 그 속의 알맹이는 어떨지 모르겠지만.

시토가 못 말린다는 듯 고개를 흔들자 리아가 불만스러운 얼굴로 입술을 삐죽인다. 리아의 관심은 자연스럽게 그의 품에 안겨 있는 돼토에게로 옮겨 갔다.

어느새 또 잠이 든 돼토를 받아 들려던 리아가 갑자기 놀란 듯 돼토를 흔든다. 그레시토 또한 깜짝 놀랐다.

"돼토야?"

보통 이렇게 다른 사람에게 넘겨지면 예민한 성격에 가만있을 돼토가 아닌데, 미동도 없이 곤히 잠들어 있다.

리아가 놀라 돼토를 불러 보지만 평소라면 금방 깨서 귀를 쫑

긋할 돼토가 오늘따라 얌전했다.

"돼토! 돼토야!"

다급히 리아가 불러 보지만 돼토에게서 이렇다 할 반응은 오지 않았다.

놀란 리아가 품에서 돼토를 놓칠 뻔한 걸 겨우 붙잡으며 그레시토는 심각한 얼굴로 돼토를 살폈다.

간신히 숨이 붙어 있기는 하지만 너무 가늘었다.

두 사람 다 돼토가 왜 이러는지는 알고 있었다.

나이를 너무 먹었어.

잔뜩 겁먹은 리아가 두 손으로 입을 가린다.

돼토를 받아 든 시토는 일단 리아를 데리고 방으로 들어갔다. 오늘은 서재가 아니었다.

"아시시, 이것 좀 봐. 우리 돼토가……."

두 손을 꼭 붙잡은 채로 어떻게 해야 할지 모르겠다는 듯 리아는 잔뜩 망설인다. 옆에서 아시시가 붙잡고 있긴 하지만 그게 별다른 도움이 되진 않았다.

어느새 리아의 두 눈엔 눈물이 그렁그렁했다.

겨우 눈을 뜬 돼토가 두 발을 움직인다.

아주 작은 움직임이었지만 그레시토는 알 수 있었다. 돼토가 아주 열심히 힘을 내주고 있다는 걸. 눈을 뜨고 있긴 하지만 게슴

흐려한 눈은 이미 초점을 잃어 가고 있었다.

이러려고 오늘 그렇게 일찍부터 마중을 나와 준 거구나.

“아시시, 어떡해? 우리 돼토 죽나 봐.”

“공주님, 진정하세요.”

“어떡해…….”

요 며칠 기운이 없긴 했다.

그냥 입맛이 없는 거겠거니 치부해 버렸지만 사실 리아도 알고 있었다.

돼토가 많이 힘겨워 한다는 걸.

그래서 그녀의 품을 떠나려고 차츰차츰 준비를 했었다는 걸. 다만 인정하고 싶지 않은 것이다. 그 작은 몸으로 얼마나 오랫동안 자신의 옆을 지켜 주었던가.

리아는 절대 인정할 수 없다는 듯 고개를 가로저었다. 아직 자신은 돼토를 떠나보낼 준비가 되어 있지 않았다.

그레시토는 가만히 리아를 지켜보았다. 리아는 이 현실이 믿기지 않는 듯 두 손을 쥐고 열심히 아닐 거라고 되뇌기만 할 뿐이었다.

천천히 시선을 돌려본다.

그가 내려놓은 푹신한 소파 위에서 돼토는 가만히 누운 채로 손만 흔들고 있었다. 마치 누군가가 잡아 주기를 간절히 원하는 듯—.

문득 그런 생각이 들었다.

이 친구의 손을 지금 잡아 주지 않는다면 영원히 후회할 거라는 생각.

그래서였을까. 주인인 리아가 채 무엇을 하기도 전에 가만히 서 있던 그레시토가 먼저 움직였다. 누워서 고개를 들지조차 못하는 돼토를 위해 그 앞에 주저앉아 힘겹게 흔들리는 손을 잡아 주었던 것이다.

작고 뭉툭한 발.

이 짧은 다리로 참 열심히도 넓은 황궁을 종횡무진 누볐더랬다.

돼토가 이렇게 작았구나.

언제나 먹보에, 기운차서 그런 느낌을 받지 못했다. 그는 작은 돼토를 보며 마지막 인사를 건넸다.

나의 찬란한 유년을 수놓아 준 친구야.

"그동안 고마웠어, 돼토."

그 인사가 듣고 싶었던 건지 돼토가 가만히 고개를 끄덕인다. 킁킁거리는 모습은 처음 만났을 때 모습 그대로였지만 간헐적으로 내쉬는 숨이 점점 잦아드는 건 생전 처음 보는 낯선 모습이었다.

이 모습을 지켜보던 리아가 어느새 눈물을 뚝뚝 흘리며 흐느낀

다. 시토는 우는 리아가 안쓰러웠다.

아시시의 품에 안겨 리아가 돼토를 본다.

부디 돼토가 이 세상을 떠나기 전에 인사는 하고 보냈으면 좋겠는데.

그런 시토의 마음을 알기라도 한 것일까.

재촉도 하지 않았는데, 리아가 아시시의 품에서 나왔다.

돼토의 시선이 가물가물해진다. 리아가 겨우겨우 돼토의 곁으로 다가왔다. 손을 떨며 어쩔 줄 몰라 하는 리아를 보며, 돼토가 손을 흔들었다.

마치 이리로 가까이 오라고 손짓이라도 하는 듯.

가까이 다가가 무릎을 꿇은 채로 그레시토가 그러했듯 리아 역시 돼토의 뭉툭한 손을 잡아 주었다.

뭉툭하고 작은 손.

제 손 위에 올려놓으면 작고 귀여워서 항상 뺨을 비벼 댔던 바로 그 손이었다.

뚝.

눈물방울이 떨어졌다.

이렇게 갑자기 다가오는 건 줄 몰랐다. 너무 갑자기, 정말 느닷없이 가려고 하는 돼토의 모습에 리아의 눈에선 끝없이 눈물이 흘러내렸다.

하지만 곧 눈물을 닦는다. 리아는 고개를 들었다.

그리고 순간.

더 이상 그럴 수 없을 만큼 환한 미소를 지었다.

"돼토야, 그동안 고마웠어. 잘 가."

울먹이는 바람에 목소리는 이상할지라도 돼토에게는 주인의 그 말이 잘 전해진 모양이었다.

"그동안 내 옆을 항상 지켜 줘서 정말 고마웠어."

울음을 참아 내며 리아가 간신히 웃는다. 웃으려고 애쓰는 눈에 눈물방울은 고여 있었지만 그 자리에 있는 그 누구도 그 사실을 지적하지 않았다.

"안녕, 내 친구."

제 주인의 인사를 알아들은 것인가. 마치 알겠다는 듯 돼토가 고개를 끄덕였다.

그러고는.

자연스레 감긴 눈동자—.

금방이라도 다시 뜰 것 같은데, 그것이 마지막이었다.

다시는 움직이지 않는 돼토를 보며 리아는 참았던 눈물을 쏟아냈다. 그 곁에서 시토 역시 조용히 참았던 눈물을 흘려보냈다.

돼토의 마지막 모습이었다.

*   *   *

"괜찮아, 리아?"

"응? 난 괜찮아."

좀 기운을 차린 건지 리아가 부쩍 수척해진 얼굴로 환하게 웃는다. 그 모습이 더 사람의 마음을 아프게 만들었지만 시토는 애써 모른 척을 해 주었다.

리아는 부러 씩씩한 목소리로 덧붙였다.

"돼토는 갔지만, 돼토가 남긴 건 아주 많으니까. 돼토 주니어들도 아직 내 곁에 있잖아."

"그래."

그래도 역시 돼토의 허전한 빈자리는 쉽게 채워질 수 없는 것이었다.

자신만 해도 그러한데, 그 주인이었던 리아는 오죽하겠는가. 특히 누군가와 이런 식으로 다시 만날 수 없게 된 경험을 거의 해 보지 못한 리아에게 있어서는 더욱 충격적인 사건이 아닐 수 없었다.

내 친구, 돼토가 여기 잠들다.

돼토가 떠나던 날.

손수 돼토가 잠들 곳을 만들어 주고 싶다는 리아의 바람에 따라 궁 후원의 가장 구석에 돼토의 안식처를 마련해 주었다. 그곳은 돼토가 앉아 있기를 좋아하던, 꽃나무 옆에 양지바른 곳이었다.

황궁에서도 아는 사람만 아는 자리였지만 이곳을 찾는 사람은 꽤나 많았다.

무엇보다 주인인 리아가 있고, 자신 또한 있으니까.

"폐하께서 새로 토끼를 사 줄까 하셨다던데."

"거절했어. 돼토를 대신할 수 있는 토끼는 이 세상에 없는걸."

폐하께선 나름 딸을 위로하려고 한 시도였을 텐데, 안타깝게도 그 딸의 화만 돋운 모양이었다.

어떻게 돼토가 죽은 지 얼마 되지도 않은 이런 때에 그런 무신경한 말을 할 수 있는 거냐며 잔뜩 분노해서 리아는 한참 동안이나 구시렁거렸다.

한동안 폐하께서 고되시겠구나.

기대가 되는 대목이다.

"돼토처럼 이상하고, 뚱뚱하고, 토끼인 주제에 돼지 같은 녀석을 또 어디서 찾아. 설령 찾는다고 해도 그 토끼는 내가 세 살 때

뭘 하고 놀았는지 모를 거 아니야."

또 울컥하는지 리아가 입을 다문다.

시토는 가만히 돼토를 잃은 슬픔을 극복해 내려고 애쓰는 리아를 지켜보았다.

흘러내린 눈물을 닦아 내고 리아가 웃는다. 다행히도 방긋 웃는 그 모습이 마냥 안쓰럽게 느껴지진 않았다.

"그래도 토끼로서는 천수를 다하고 가서 행복해. 어쩌면 날 두고 쉽게 떠나지 못해서 계속 머물러 있었던 건지도 몰라."

"그래."

시토는 가만히 웃었다.

"이제야 알아주는구나?"

"씨이."

리아가 이를 간다.

아무튼 놀리는 재미가 있다니까.

리아가 씩씩대다 딱 뭐라고 쏘아붙이려는 순간이었다.

"공주님!"

뒤에서 부르는 목소리에 리아가 고개를 돌린다.

리비가 손을 흔들고 있었다. 뭐라고 하려 했는지도 금세 까먹고 리아가 시토를 돌아보았다.

"갈 거야?"

"나는 조금만 더."

조금만 더 있다 가겠다는 소리에 리아가 고개를 끄덕였다. 그러더니 혼자 떨어지지 않는 발걸음을 옮긴다.

천천히 리비에게로 가는 리아를 그 자리에서 지켜보다 시토는 다시 돼토가 묻힌 자리로 고개를 돌렸다.

이제 자신을 반겨 주는 친구는 없지만.

그 친구의 빈자리는 누구도 채워 줄 수 없는 것이 되었지만.

그렇게 누구도 채울 수 없는 자리를 마음속에 만들어 주고 떠난 친구가 있다는 사실 자체가 왜 그런지 무척이나 근사해서 이 기억을 잊고 싶지 않았다.

절대로.

"나중에 또 만나자. 그땐 더 맛있는 간식을 준비할게."

그리고 또 이야기 나누자. 우리의 공주님이 얼마나 철이 없고 바보 같은지를.

잘 가, 나의 친구.

5. 엄마의 일기장

5. 엄마의 일기장

세르이라의 하루 일과는 의외로 단순했다.

새벽 다섯 시면 눈을 떠서 궁의 하루를 제일 먼저 시작한다. 하녀들이 일어나 준비를 할 때쯤엔 이미 세르이라는 궁을 한 바퀴 돌며 어제와 뭐 다른 일이 없는지를 살펴보고 있었다.

그렇게 궁의 점검이 끝나면 리비와 함께 공주님이 오늘 입을 옷가지들과 세안거리를 준비하고, 오늘 하루 일정들을 미리 살펴본다. 하루 일정을 다 살펴본 뒤엔 리비와 함께 하녀들에게로 가 오늘도 무사히 보내자는 조례를 마치고, 그제야 본격적으로 궁의 하루가 시작되었다.

공주님이 어릴 땐 하루 종일 공주님 곁에 붙어서 먹이고 재우고 놀아 주기만 하면 되었는데, 그 아이가 자라고 자신의 궁을 가지게 되니 덩달아 세르이라의 일도 같이 늘어났다.

그렇지만 이 궁의 시녀장이라는 자리를 다른 이에게 넘기고 싶진 않았다.

풀고르가 작은 궁이 아니기 때문에 그 모든 것을 일일이 살핀다는 것이 쉬운 일은 아니었지만 이편이 더 마음이 편했다. 몸은 좀 고되더라도 어릴 적부터 손수 거둬들여 키운 공주님의 일거수일투족을 도와 드릴 수 있으니까.

제 아이의 모든 걸 직접 챙기고 싶은 어머니의 마음은 어찌 포기할 수 있는 성질의 것이 아니었다.

"일어나셨어요?"

"응."

리아가 일어나는 시각은 정확히 아홉 시쯤.

아침잠이 많은 공주님이기에 그 시간에 일어나면서도 힘겨워해서 큰일이었다.

폐하께선 여섯 시쯤에 하루를 시작하시는데.

이건 대체 누구 닮으신 거람.

그러면서도 리아가 일찍 일어나는 날이면 해가 서쪽에서 떴나 확인할 정도이니, 평소처럼 늦게 일어나는 편이 나았다.

십 몇 년을 손수 키우고 자라나는 걸 지켜봤음에도 세르이라는 가끔 리아가 너무 어리게만 느껴져서 문제였다. 이제 제 품에서 떠나 리아가 한 사람의 성인으로서 당당히 독립해야 한다는 걸 알고는 있었지만 그래도 맛있는 걸 챙겨서 먹여 주고 싶고, 해 달라는 걸 다해 주고 싶은 마음이 굴뚝같은 것을.

그런 마음을 눌러야 한다는 것도 생각보다 큰 힘이 드는 일이었다.

내가 이런데 우리 폐하께선 정말 어떠실까.

"조금만 힘내세요. 오늘은 궁내부에서 보내온 서류만 처리하시면 공식적인 업무가 끝난답니다."

"어? 그럼 오늘은 일이 별로 없는 거야?"

놀란 듯 동그랗게 뜬 눈동자를 마주하며 세르이라가 빙그레 웃었다.

"오늘은 한적한 하루를 보내시겠네요."

"아싸!"

품위 없이 리아가 두 주먹을 휘두르며 소리를 질렀지만 이 궁의 누구도 그런 공주님의 행동을 지적하지 않았다. 자신의 궁에서만이라도, 하다못해 자신의 방에서만이라도 풀어지고 싶다는 리아의 간절한 요청 때문에 이뤄진 일이었다.

사실 태어나서부터 일거수일투족 다른 이에게 모두 노출되는 삶을 사는 리아가 가끔은 안쓰럽기도 했다.

"그렇게 좋으세요?"

"당연하지! 조금만 일하면 놀 수 있다는데!! 오늘은 이블린 불러서 차나 마실까?"

벌써부터 일을 끝내면 할 것들의 목록부터 적는 리아를 보며 세르이라가 작게 웃는다. 리비는 차분하게 그 옆을 지키며 묵묵히 리아에게 옷을 입히고 있었다.

이제 열네 살.

하고 싶은 것도, 먹고 싶은 것도, 놀고 싶은 것도 많을 텐데 리아는 이렇다 할 큰 사춘기 없이 이 시기를 잘 보내 주고 있었다.

최근에 맡게 된 황궁 일도 제법 힘들 텐데 불평 한마디 없이 처리하고 있고.

여러모로 대견스러웠다.

무엇보다 또래 여자 친구가 없어서 은근히 걱정스러웠는데 요새 처음 만난 이블린 영애와 꽤나 친하게 지내고 있어서 세르이라는 그게 제일 좋았다.

"세스쿨로 백작 영애가 그렇게 좋으세요?"

"어? 음, 뭐랄까……. 귀엽잖아."

그렇게 말해 놓고 쑥스러운 건지 리아가 헛기침을 한다.

"날 찬양하는 건 좀 부담스럽기는 해도."

민망한지 고개를 젓는 리아를 지켜보며 세르이라가 작게 웃었다.

오랫동안 시토와 쌍둥이들 하고만 놀아서 걱정했는데, 이제 그 부분은 걱정하지 않아도 될 듯했다.

아무래도 이성 친구와 많이 어울리게 되면 또래 여자들 사이에서는 소외될 텐데, 이 넓고 복잡한 사교계에서 행여 적응하지 못할까 많이 걱정했었다.

다행히 리아는 잘 자라 주고 있었다. 그게 세르이라는 가장 감사했다.

"그럼 일어나세요. 아침 드시러 솔레이로 가셔야죠."

"아, 맞다."

기지개를 켜며 리아가 일어난다.

이쯤 솔레이로 가면 딱 아침 운동을 끝낸 폐하와 함께 조찬을 할 수 있었다.

리비가 리아를 모시고 솔레이로 향하자 세르이라는 잠시 미뤄뒀던 시녀장으로서의 일을 시작했다.

사실 이 일들을 처리하느라 리아를 보는 시간이 전보다 적어져서 조금 서운했지만, 원래 아이가 커 가면서 엄마가 해 줄 수 있는 일이 줄어드는 것이 당연한 노릇이었으니, 애써 스스로를 다독였다.

"그럼 어디 오늘 할 일을 해 볼까?"

*　*　*

황궁에 들어오기 전까지 세르이라는 작은 영지의 남작 부인이었다.

세르이라 이빌라스트 페이스트릴.

그게 세르이라의 이름이었다.

가난한 영지의 남작 부인이라는 건 뭐랄까 무척이나 힘든 삶이었다.

가난이라는 건 쉽게 벗어날 수 있는 게 아니었고, 설상가상으로 가뭄이 났을 때는 영지민의 거의 전부가 굶어서 죽을 뻔하기도 했었다.

가만히 있을 수는 없어서 남편을 도와 고군분투하긴 했지만 결국 제 힘으로 영지를 일으키진 못했다.

세르이라는 그래도 자신이 운이 좋다고 생각했다.

우연이었지만 카이텔을 만났고, 그를 도왔고, 그 덕에 풍족하게 살 수 있는 지위와 기회를 얻었으니까.

의도한 것은 아니었지만 운이 좋았다는 건 부정할 수 없었다. 남편은 전쟁 통에 죽었지만 덕분에 부족함 없이 제 아이를 키울 수 있었고, 또 사랑스러운 딸을 만나 제 손으로 챙길 수 있게 되지 않았는가.

원망하려야 원망할 수가 없었다.

하지만―.

아직도 마음 한구석엔 무거운 돌처럼 짓누르는 기억이 존재한다.

그것은 온 황궁이 사랑하는 아리아드나의 생모에 관한 이야기.

제르에이나 왕녀에 대한 것이었다.

*　*　*

"그대가 내 아이를 돌봐 줄 사람인가요?"

백지장처럼 새하얀 얼굴을 하고 도도하게 묻던 여인의 시선을 아직도 기억한다.

앙칼진 표정을 짓고 있었지만 그게 사람을 싫어해서 그런 게 아니라는 사실은 알 수 있었다.

세르이라는 알 수 있었다.

그건 제 아이를 뺏기지 않으려는 어머니의 시선이었다.

그녀에게 무슨 일이 있었던 건지, 왜 그런 건지, 세르이라는 알 수 없었지만 자신이 맡게 될 아이를 낳아 줄 생모인지라 한 번 만나러 갔었다.

물론 카이텔 황제는 그때 남부로 전쟁을 하러 갔기에 이 사실을 몰랐다.

그래, 몰랐기에 가능한 만남이었다.

“처음 뵙겠습니다. 페이스트릴 백작 부인입니다.”

사실 이 만남은 제르에이나 왕녀 쪽에서 먼저 요청한 것이었다.

가능한 황제 몰래, 아무도 모르게 자신의 궁으로 와 달라고.

이유는 알 수 없었지만 세르이라는 그 요청을 거절할 수 없었다. 그리고 제르에이나 왕녀라 불리는 여인을 보자마자 그 이유를 알았다.

그녀는 병들어 죽어 가고 있었다.

“상냥하군요. 이런 내게 예의를 차리는 걸 보니.”

타국의 공주들이 후궁에 한데 모여 있다는 사실은 알고 있었다. 황궁의 한구석에 마련된 궁들에 각 나라의 공주들이 모여 갇혀 있다는 사실.

황제가 여색에 미쳐서 그런 일을 저질렀다는 소문은 들었지만 세르이라는 그게 진실이 아니라는 걸 알고 있었다.

그들은 카이텔 황제가 각 나라에서 볼모로 잡은 인질들이었다. 침략하지 않을 테니 성의를 보여 보라며 비웃듯 데려온 공주들.

왕에게 가장 사랑받는 공주들만 데려와 이렇게 한데 모아 놓고 마치 조롱하듯 방치한다.

어느 정도 대우는 받고 있었지만 언어도 문화도 다른 이국의 나라에서 이런 참혹한 대우를 받고 그냥 넘어가는 공주는 얼마 없었다.

황제의 몸에 손찌검을 해서 목이 잘린 왕녀.

황제가 아끼던 개를 죽여서 사지가 잘린 왕녀.

황제에 대한 헛소문을 퍼뜨려서 혀가 잘린 왕녀.

왕녀들에 대한 잔혹한 소문은 정말 많이 떠돌아다녔다. 물론 그중의 거의 대부분이 진실이라는 사실도 모두가 알고 있는 일이었다.

카이텔 황제는 냉정했다. 게다가 제 것이 아닌 것엔 비정할 정도로 가차 없었다.

물론 개중엔 황제를 유혹해 도리어 이 나라를 삼키려던 야심을 가지고 접근한 공주도 있긴 했다. 문제가 있다면 카이텔이 조금 어려운 남자였다는 것이었지만.

유혹해서 아이까지 낳았지만 결국 죽은 왕녀들도 많았다. 그래서 결국 차가운 이국땅에서 외로움에 떨다 자살하는 경우 또한 존재했다. 남아 있는 다른 왕녀들 역시 제정신은 아니라는 사실도 알고 있다.

그리고 이 공주 역시 그렇게 될 운명이라는 것도.

허리까지 내려오는 풍성한 금발머리가 찬란했다. 두 눈이 부실 만큼 아름다운 머릿결에 짙은 녹음의 눈동자.

요정이라고 해도 믿을 정도로 아름다운 여인이었다.

이런 여자를 닮아 태어난 아이는 또 얼마나 예쁠 것인가.

세르이라는 문득 그런 생각까지 했다.

무슨 생각인지 불러 놓고 제르에이나 공주는 쉽사리 입을 떼지 못했다. 그녀의 망설임이 어디에서 오는 것인지 알고 있기에 세르이라는 더욱더 조용히 있었다.

결국 한참의 시간이 지난 후에야.

간신히 결심을 한 듯 제르에이나 왕녀가 두 눈을 질끈 감았다 떴다.

"초면에 실례지만…… 그대에게 부탁이 하나 있어요."

"예?"

"이것을."

품에서 꺼낸 작은 목걸이.

그건 작은 펜던트였다.

한눈에 시선을 사로잡는 펜던트에 세르이라는 놀라 어안이 벙벙해졌다. 겨우 두 손을 모아 받아 드니 왕녀가 처연하게 말을 꺼냈다.

"내 아이가 말을 하게 되고 나에 대해 궁금해 하게 될 즈음 전해 주세요."

깊은 고민 끝에 내린 결론인 듯 그 말을 하는 왕녀에게선 망설임을 찾아볼 수 없었다.

"부탁이에요."

그것은 이미 죽음을 각오한 눈빛.

자신의 아이를 자기 손으로 키울 수 없다는 걸 아는 어머니의 말이었다.

그때까지만 해도 세르이라는 믿을 수 없었다.

설마, 정말로 폐하가 이 여인을 죽이기라도 한단 말인가.

카이텔이 입 밖으로 내뱉은 말은 무슨 일이 있어도 지킨다는 사실은 알았지만 그래도 믿기지 않았다. 이미 죽음을 각오한 사람이 눈앞에 있었음에도.

유서가 깊다는 건 펜던트를 보자마자 알 수 있었다.

이것이 어떤 의미를 내포하고 있는 것인지도.

그래서 곤란했지만 거절할 수는 없었다.

만약 이 사실을 누군가에게 들키기라도 한다면 지금 이 생활을 다시는 할 수 없다는 걸 알고 있었지만 그 간절한 시선을 외면할 수는 없었다.

세르이라가 조심스럽게 펜던트를 받아 제 품에 숨기자 처음이

자 마지막으로 왕녀가 웃었다.

겨우 입꼬리만 올린 미소였음에도 그 미소가 너무나 슬퍼서 그대로 세르이라의 뇌리 깊숙이 박혔더란다.

"고마워요."

*　*　*

그 뒤.

무언가에 쫓기기라도 하듯 그 궁을 나왔지만 그때의 기억은 이미 잊을 수 없는 일이 되고 말았다.

딱 한 번 보았다.

그럼에도 마치 어제 일처럼 생생하다.

얼마 지나지 않아 제 품에 안기게 된 눈도 뜨지 못한 어린 아기를 맞이하며, 세르이라는 그 여인을 회상했다.

그렇게 가녀리고, 슬프도록 처연했던 여인을.

연약한 여인의 몸으로 어떻게 해서든 자신의 아이만은 지키려고 애쓰던 왕녀.

황제에게 차마 입에 담을 수 없는 잔인한 저주를 퍼부었다 했지만 세르이라는 믿지 않았다. 무슨 이유가 있었겠거니 싶었으니까.

그녀가 할 수 있는 건 그렇게 왕녀가 소중하게 생각하는 이 아이를 남부럽지 않게 잘 키워 내는 것.

그랬기에 그저 품 안의 공주가 무사히 자라날 수 있기만을 바라고 또 바랐다. 부디 폐하께서 이 가여운 아이를 죽이는 일이 벌어지지 않기를.

그 기도가 통한 것인지 다행히 그 아이는 무사히 자라나 아버지에게 사랑받으며 잘 지내고 있다.

이 사실을 안다면…….

제르에이나 왕녀가 얼마나 기뻐하며 행복하게 웃을까.

언젠가 리아에게 전해 줘야 할 펜던트를 자신의 장롱 깊숙이 감추고, 세르이라는 작게 한숨을 내쉬었다.

"시녀장님."

"무슨 일 있나요?"

언제 다가온 것인지 시녀 하나가 자신을 부른다. 시녀는 말없이 편지를 건네주고 가 버렸다.

자신 앞으로 온 편지에 세르이라는 잠시 고개를 갸우뚱했다. 그녀에게 편지를 보낼 사람이 그리 많지 않기 때문이었다. 하지만 편지를 뜯고 끝이 뭉뚝한, 둥글둥글한 글씨체를 보자마자 알아차렸다.

그 편지를 보낸 주인공을.

오랜만에 보내네요, 세르이라 님.

저는 잘 지내고 있답니다. 세르이라 님은 어떠세요?

저는 궁 밖으로 나가 새로이 생활하고 있지만 항상 황궁에 계신 세르이라 님과 공주님 생각으로 가득해요.

잘 지내고 계시죠?

이제 사사로이 황궁을 드나들 수 없는 몸이 되어 너무 슬퍼요. 나중에 궁 밖으로 나오실 일이 있으면 제가 사는 저택으로 놀러 오세요. 공주님의 궁에 비하면 한없이 작지만 저의 아늑한 보금자리랍니다.

아 참, 저 임신했어요. 이 소식을 제일 먼저 알려 드리고 싶어서 손이 막 근질근질했답니다.

세르이라 님, 보고 싶어요.

영원히 당신을 존경하는 일린이.

잘 지내고 있구나.

그나저나 임신을 했다니, 괜한 걱정이 앞섰다. 워낙 덜렁거리는 아이인지라 혹시 또 촐랑맞게 움직이다 유산을 하지는 않을까

하는 걱정이었다.

물론 알아서 잘 처신하겠지만 걱정이 안 되진 않았다.

"조금만 더 조신해졌으면 좋겠건만."

그건 공주님이 여성스러워지는 것만큼이나 어려운 일이겠지.

무심코 그렇게 생각하고 세르이라는 작게 웃었다.

그래, 리아는 가끔 여자애가 남자애 같을 때가 있다. 지적을 하지 않으면 도저히 고쳐지지 않는 말투라든가, 가끔씩 긴장이 풀리면 나오는 자세라든가.

도대체 그건 어디서 배운 거람.

특히 무언가가 심하게 귀찮을 때면 내뱉는 '때려치워' 라는 말이 세르이라는 제일 걱정스러웠다.

"설마 그게 사춘기인 건가."

갑자기 덜컥 걱정이 물밀듯 밀려온다.

하지만 그것 외에는 딱히 리아에게 보이는 사춘기 소녀의 모습이 없었다. 공부를 하기 싫어하는 건 어릴 때도 마찬가지였고, 아빠를 만나기 싫어하는 것도 어릴 때와 마찬가지이니까.

물론 싫다고 하면서 막상 아빠를 만난 리아를 보면 참 카이텔을 좋아한다는 게 한눈에도 보일 정도였지만.

그건 정말 다행이었다.

그동안 두 부녀가 어긋날까 봐 얼마나 마음을 졸였던가.

리아가 순한 편이기는 해도 한 번 고집을 부리면 좀처럼 꺾이지 않아서 카이텔과 부딪힐 때마다 걱정이었다.

요새는 리아 자신도 맞불 작전이 피곤한지 살살 카이텔을 달래서 자기가 원하는 대로 하게 만드는 노선으로 바꿨는데, 그게 엄청 잘 먹혀서 보고 있는 세르이라가 더 놀랄 정도였다.

아무튼 요망해.

"일린을 만났을 때도 딱 지금 리아 공주님 나이였던가."

그때도 일린은 엄청 덤벙거렸었다. 어떻게 황궁에 들어온 건지 의심스러울 정도로.

그 어린애가 벌써 자라 시집을 갔다니.

빠른 세월의 흐름에 새삼스럽지만 놀랄 뿐이었다.

"그래도……."

좀 더 오랫동안 리아의 곁을 지켜 주길 바랐는데.

아쉬운 마음이 사라지지 않는 건 일린만이 유일하게, 그리고 온전히 리아에 대해 모든 것을 이야기할 수 있는 상대라 그런 것인가.

리아는 모르겠지만 일린이 처음 황궁에 들어왔을 때 배속된 곳은 후궁이었다.

그것도 왕녀 제르에이나의 궁.

물론 왕녀가 가장 아끼던 시녀는 아니었지만 오랫동안 왕녀의 옆에서 머물렀고, 리아가 왕녀의 배 안에 있었을 때도 일린이 그 옆을 함께했다.

우리 공주님은 모르겠지. 그 덜렁거리는 시녀가 본인이 태어나기도 전부터 곁에서 함께해 주었다는 걸.

"시녀장님."

자신을 부르는 목소리에 고개를 돌린다. 이제 일을 끝마치고 돌아올 리아를 맞이할 준비를 하려던 참이었다.

"이번엔 또 무슨 일이더냐?"

"폐하와 공주님께서 오셨습니다."

시녀는 급한 얼굴로 말했다.

그 소식을 듣자마자 세르이라는 궁의 정문으로 향했다. 흔히 있는 일은 아니었지만 가끔 이 시각이면 이렇게 카이텔 폐하께서 풀고르로 오는 일이 더러 있긴 했다.

티격태격 손을 잡고 다가오는 두 부녀를 보며 세르이라는 작게 입가에 미소를 머금었다.

"에반젤리움의 광명이 함께하길."

치맛자락을 쥔 채로 살짝 고개를 숙이니 빤히 쳐다보던 카이텔이 세르이라를 보며 한마디 했다.

"오랜만에 보는군."

세르이라는 그저 미소로 답할 뿐이었다.

풀고르로 리아가 보금자리를 옮긴 후로 사실상 세르이라와 카이텔이 마주칠 일이 사라지긴 했다. 여전히 세르이라는 리아의 유모이자 보모였지만 그보다는 이 풀고르의 시녀장으로서 일하는 시간이 더 많아졌기 때문이었다.

궁을 떠나는 일이 별로 없으니 황제 폐하를 뵐 일이 줄어든 건 당연지사.

인사를 마치자 당연하다는 듯 리아가 카이텔의 팔을 끌고 후원으로 향했다. 준비된 차와 디저트가 후원에 마련된 테이블로 두 사람의 뒤를 따라 향한다.

"이 후원이 그리도 좋더냐."

"당연하지! 이 궁에서 제일 마음에 드는걸?"

리아가 신 난 얼굴로 대답하니 마음이 동하는지 카이텔의 시선이 후원으로 향했다.

이 후원을 만들며 얼마나 많은 반대를 겪고, 신하들과 실랑이를 벌였는지는 이미 기억 속에서 지운 모양이었다. 그냥 제 눈앞에서 딸이 기뻐하는 모습만 눈에 보이는 건지 카이텔이 턱을 괸 채 무심하게 물었다.

"하나 더 만들어 줄까?"

"……아니, 그건 좀."

리아가 대놓고 고개를 설레설레 흔들었다.

더 어릴 땐 아빠의 말이면 무조건 옳다, 좋다, 최고다, 이랬던 것 같은데, 이젠 본인의 의견을 말하고 저렇게 피력할 줄도 알았다. 아이가 자랐다는 걸 이런 점에서 깨닫는 건 기분이 참 묘한 일이었다.

폐하께서도 이런 기분이시겠지.

"드셔 보세요, 폐하."

리아가 유난히 좋아하는 디저트를 올려놓으니 카이텔이 질린다는 표정으로 쳐다본다. 뒤이어 삼단 디저트 트레이도 올려 줬는데, 신이 난 공주님과 달리 양쪽의 두 남자의 안색은 영 좋지 못했다.

"그래, 아빠. 한번 먹어 봐."

그래도 차마 권하는 걸 거절하지는 못하고 카이텔이 불편한 시선으로 디저트를 노려본다. 그러고는 무슨 큰 결심이라도 한 듯 크로캉부슈를 하나 입에 넣었는데—.

넣자마자 표정이 구겨졌다.

그래도 용케 뱉지 않고 씹어 먹는다.

다 먹고 난 이후의 감상은 물론 좋지 않았다.

"도대체 이걸 무슨 맛으로 먹는 거지?"

카이텔의 중얼거림에 리아가 두 눈을 동그랗게 뜬다.

"이 맛을 몰라? 이게 얼마나 맛있는데! 크로캉부슈의 멋짐을 모르는 아빠가 불쌍해!"

"……."

리아의 외침에 카이텔이 어이가 없다는 듯 입을 다물었으나 리아는 거기서 멈추지 않았다.

어떻게 이렇게 맛있는 걸 모를 수 있냐는 둥, 아빠의 미각은 이해할 수 없다는 둥, 여러 가지 불평을 한꺼번에 쏟아놓기 시작한 것이었다.

"크로캉부슈가 얼마나 꿀맛인데. 불쌍한 우리 아빠."

카이텔이 뭐라 대꾸해야 할지 모르겠는지 그냥 입을 다물고 만다. 그 모습을 지켜보다 세르이라는 작게 웃었다.

이렇다 할 반응이 없으니 리아가 갑자기 표적을 바꿨다. 옆에 있었다는 죄로 졸지에 '크로캉부슈, 뭐가 멋진가'를 주제로 한 부녀간의 토론에 끼게 된 기사님은 공주님의 시선에 깜짝 놀라야만 했다.

"아시시는 알 거야! 나랑 많이 먹어 봤으니까. 그치, 아시시? 아시시는 알지? 크로캉부슈가 얼마나 맛있는지?"

"……."

애초에 그쪽도 단것은 영 선호하지 않는 터라 반응이 좋지 않았다.

그래도 반짝반짝한 저 부담스러운 시선을 용케 뿌리치고 대꾸할 수 있다는 게 신기했다. 좀 더 공주님이 어릴 때였다면 무조건 고개만 끄덕이셨을 텐데.

기사님의 그런 작은 변화도 발견할 때마다 신기하다.

세르이라는 무엇보다 두 남자 사이에서 주도권을 틀어쥐고 마구마구 흔들고 있는 공주님이 제일 놀라웠다.

"저도 잘은……."

"아시시도 불쌍해!"

졸지에 불쌍해진 두 남자를 두고 리아가 나지도 않는 눈물을 훔쳤다.

"아, 불쌍한 우리 아빠랑 우리 아시시. 하지만 괜찮아. 내가 크로캉부슈의 멋짐을 알고 있으니까. 내가 두 사람 몫까지 다 먹어 줄게. 이리 와! 널 정복해 주겠어!"

"……."

접시를 통째로 제 앞으로 끌어당겨 와구와구 먹기 시작하는 리아를 두 남자는 그저 신기하다는 듯 쳐다보았다. 하나만 먹어도 뭔 맛으로 먹는지 모르겠는 디저트인데, 그게 대체 얼마나 맛있기에 저렇게 한꺼번에 들어간단 말인가.

너무 진지하게 쳐다봤던 탓인지 한참 먹는 데에 열중하던 리아가 고개를 쳐들었다.

"아빠는 이 타르트나 먹어."

삼단 트레이에 있는 타르트를 카이텔에게 권해 보지만 리아는 곧 카이텔이 별로 달가워하지 않는다는 걸 표정을 보고 깨닫는 눈치였다.

즉시 공주님은 어떻게 그럴 수 있느냐는 듯 하늘이 무너지기라도 한 듯한 표정으로 물었다.

"아빠, 설마 타르트의 상큼함도 모르는 거야?"

"……."

세상에 저렇게 불상한 사람이 또 있을까.

리아의 눈은 마치 그렇게 말하는 듯했다.

가만히 자신의 입맛을 고수했을 뿐인데 세상에서 가장 불쌍한 남자가 된 카이텔이 불쾌한 기색을 온몸으로 내뿜었으나 그런 게 이 딸에게 통할 리가 없었다.

계속 지켜보던 세르이라는 터져 나오려는 실소를 간신히 참아냈다.

한참을 그렇게 측은하다는 시선으로 지켜보더니 리아가 입을 연다.

"아빠."

"왜?"

"미안해."

뜬금없는 딸의 사과에 카이텔이 뭐냐는 듯 인상을 찡그렸다.

그러거나 말거나 리아는 이 슬픔을 어떻게 주체할 수 없다는 듯 손으로 입을 가리며 흐느꼈다.

"이 딸이 그동안 너무 무심했던 것 같아. 자, 이거 아빠 먹어. 난 많이 먹으니까 이번엔 아빠에게 양보할게."

"필요 없다."

"아냐. 사양하지 않아도 돼……. 난 정말 배불리 먹었는걸, 흡."

"……."

어쩌다 이렇게 된 걸까.

딸에게 잔뜩 휘둘리는 카이텔은 진지하게 고뇌하는 기색이었지만 그래도 리아는 그만둘 의지가 없어 보였다.

저렇게 계속 놀리면 폐하께서 화내실 텐데.

그래도 신이 난 리아를 말리는 건 거의 불가능해 보였다. 정말 못 말린다니까.

"아시시도 먹을래?"

"사양합니다."

결국 오늘도 디저트는 모조리 리아의 몫이었다.

잘만 먹는 리아를 보며 카이텔이 신기하다는 듯 쳐다본다. 밥도 잘 먹고, 과일도 잘 먹었지만 무엇보다 디저트를 먹을 때의 리아가 제일 두 눈이 반짝였다.

카이텔도 그 사실을 아는지 유심히 쳐다본다.

"살찐다."

"안 쪄!"

발끈해서 리아가 포크를 치켜들며 강조했다.

"내가 얼마나 운동을 열심히 하고 있는데, 살이 찔 틈이 있을 것 같아?!"

"내가 알기론 운동은커녕 걷기도 귀찮아 한다던데."

단호하게 받아치는 카이텔의 반박에 리아가 얌전히 포크를 든 손을 내렸다.

"그건 사실이야."

순식간에 싸늘해진 후원.

그러거나 말거나 리아는 신경 쓰지 않았다.

"헷."

웃는 딸을 보고 카이텔이 어쩔 수 없이 넘어가 준다는 듯 고개를 끄덕인다.

리아는 이미 다시 디저트와의 한때를 즐기는 중이었다.

적적할 것이라 생각했는데, 의외로 평온한 풍경도 나쁘지 않았다. 꽃과 나무와 푸르름이 가득한 후원을 둘러보다 카이텔은 턱을 괸 채 자신의 딸을 지켜보았다.

리아는 뭐가 그리 좋은지 연신 흥얼거리며 먹는 데에 집중하고 있었다.

"따로 나와 사니까 좋더냐?"

"응?"

뜬금없는 질문에 리아가 고개를 든다. 그러더니 카이텔의 질문에 더 생각해 볼 것도 없다는 듯 고개를 끄덕였다.

"응."

"……."

서운한지 카이텔은 오랫동안 말이 없었다.

그 사실을 리아도 아는 건지 타르트를 하나 먹고 쿠키를 손으로 집어 들며 마치 변명이라도 하듯 덧붙였다.

"근데 잠만 따로 자지 우리 하루 종일 보잖아, 아빠. 아침에 일어나서 밥 먹을 때 보고, 점심 먹을 때 보고, 저녁 먹을 때 보고. 얼마나 많이 봐. 그치?"

"먹을 때만 보잖아."

"먹을 때만 보면 되지. 그게 제일 중요한 건데!"

그게 핵심이라는 듯 리아가 크게 고개를 끄덕였다. 어째서 그게 제일 중요한 거냐고 묻고 싶은 표정이었지만 카이텔은 묻지 않았다.

리아가 오물오물 쿠키를 한입에 먹더니 빙그레 웃는다.

"거기다 아빠가 심심해 보이면 내가 가서 놀아 주잖아. 얼마나 착해. 역시 나야."

스스로에게 뿌듯한지 자화자찬을 멈추지 않는 리아를 보며 카이텔은 포기한 표정이었다. 아니면 입을 다무는 편이 낫다고 생각했던가.

"……됐다."

쓰디쓴 차만 마시는 카이텔의 뒷모습이 세르이라는 그저 짠했다.

이렇게 남부러울 것 없이 풍족하고 호화로운 삶을 사는 데도, 저렇게 예쁜 딸이 이렇게 재롱을 부리는데도 무언가 세르이라의 눈엔 여전히 처음 만났을 때 어린 카이텔의 모습이 지금 카이텔에게도 남아 있었다. 남들은 두려워하고 무서워하고 떨지만 세르이라만은 그러지 않는 이유가 바로 그것 때문이었다.

물론 세르이라 역시 카이텔이 두려울 때가 존재하긴 한다.

어찌 사람인데 두렵지 않을까. 그 살기에는 본능적으로 두려움에 떨 수밖에 없었다.

하지만 동시에 어린 카이텔이 떠오를 때면 안타까운 마음이 더 앞서곤 했다. 그 어린 소년이, 대체 무슨 사연이 있길래, 그렇게 고독한 눈을 하고 홀로 길을 떠난 것인지 그 당시 세르이라는 이해할 수 없었다.

황제가 된 카이텔을 다시 봤을 때 오히려 그 자리가 어울린다고 생각했다.

그러나 가끔은 그 안의 고독한 소년이 보이는 것 같기도 했었다.

그렇지 않아 보이지만 카이텔은 자신에게 잘하는 사람에게 약했다. 지금 황제의 모든 시중을 담당하는 시녀장에게도 그러하고, 과거에 조금이라도 연이 닿은 사람들에게도 그러하다.

더 이상의 마음을 허락하진 않는다고 해도 매정하게 돌아서는 사람은 아니었다. 그 덕에 자신이 이런 위치에 있을 수 있는 것이니 감사하는 마음이 없진 않았다.

아마 앞으로도 계속되겠지.

자신이 카이텔이 허락하지 않는 선을 넘지만 않는다면.

"폐하."

황제의 뒤를 항상 따라다니는 수행원 중 하나가 카이텔을 불렀다.

작은 귓속말이었지만 분위기는 읽을 수 있는 법.

리아가 다디단 레몬 홍차를 마시다 말고 물었다.

"갈 거야?"

"그래야 될 것 같군."

어차피 오래 앉아 있지는 못할 줄 알았다.

리아가 크게 고개를 끄덕인다. 그리고 무엇보다도 해맑고 환하게 웃어 주었다.

자신의 아빠를 향해.

"아빠, 오늘 하루도 행복하게!"

두 팔을 벌려 하트를 만드는 딸을 내려다보며 카이텔이 퉁명스레 말한다.

"입가에 생크림이나 닦아."

"이거 생크림 아닌데."

리아가 말대꾸를 했지만 카이텔은 그대로 풀고르 궁을 떠났다.

후원에서 바로 솔레이 궁으로 출발하는 카이텔에게 세르이라는 정중히 인사를 했다. 비록 카이텔은 쳐다보지도 않고 가 버렸지만.

아빠의 자리가 빈 티파티에서 리아는 입맛이 떨어진 건지 손가락만 만지작거렸다.

"아시시가 먹을래?"

"아니요."

"이렇게 맛있는데, 왜 다들 거절하지?"

이해할 수 없다는 듯 리아가 중얼거린다. 세르이라는 빙그레 웃었다.

"좋으세요?"

"응."

리아가 웃었다.

다시 그 입으로 들어가는 슈크림 하나를 보며 세르이라는 가만히 생각했다.

그 아기가 벌써 이렇게 크다니.

세월이라는 건 항상 새삼스럽게 느끼게 된다.

앞으로 이 아이가 조금만 더 큰다면 대체 무슨 일이 벌어지는 걸까.

설렘과 두려움이 동시에 세르이라를 떨게 한다. 하지만 중요한 건 그것이 어떤 미래이건 항상 자신은 이 작은 공주님의 곁을 지킬 것이라는 사실이었다.

늘 그랬듯이.

“공주님께서 좋아하시니 저도 좋네요.”

6. 푸른 리본의 추억

6. 푸른 리본의 추억

자신이 프레치아의 혈통을 잇고 있다는 걸 알게 된 것은, 막 여섯 살이 되었던 때였다.

어릴 때 자랐던 곳은 남南프레치아에서도 남쪽에 있는 바다와 아주 가까운 이고르 영지였다. 주변에 산들도 많아서 산과 바다를 둘 다 벗 삼아 친구들과 신 나게 뛰어다녔던 기억만이 아직도 아스라하게 남아 있었다.

지형 탓에 농사를 짓기보단 산에서 나무를 해 오거나 바다에서 생선을 잡아 파는 영지민들이 많았는데, 가끔 거기 따라가서 도와주며 생선을 얻거나 과일 같은 것을 얻거나 하면서 지내곤 했었다.

단지 그날만은 조금 달랐다.

조금 어둑어둑한 하늘과 맞물려 마을에 큰일이라고는 이웃집 염소가 자식을 낳다가 죽은 것이 전부인 이 평화로운 마을에 갑자기 무장을 한 레기온들이 들이닥친 것이었다.

물론 전쟁을 하려고 온 것은 아니었다. 다만 무장한 레기온들 자체가 이 평화로운 시골 풍경과 어울리지 않아 그 이질감이 낯설었을 뿐.

그리고 굳은 표정으로 고갯짓을 하며 자신을 말없이 가리키는 어머니. 그 몸짓에 그 레기온들을 이끌고 온 듯한 잘 차려입은 남자가 나를 바라보더니 그대로 무릎을 꿇었다.

그 낯선 상황에 말없이 어머니만을 돌아봤던 것 같다.

어머니는 무슨 생각을 하는지 알 수 없는 얼굴로 나를 바라보다 고개를 숙였다. 그러고는 그대로 자신 앞에 무릎을 꿇은 남자에게로 시선을 돌렸었다.

후에 알았다.

그 남자가 남프레치아를 지배하던 수상이었다는 걸.

이 나라가 아그리젠트에 복속되었다는 걸 모르는 제국민은 없었다. 아무리 시골 마을이라고 해도 전쟁의 여파가 아예 없지는 않았으니까.

영지를 지배하던 귀족이 바뀌는 건 시골 영지 사람들에게도 아주 중요한 문제였다.

카이텔 황제가 이끄는 무자비한 아그리젠트군에 대한 이야기는 귀에 못이 박히도록 들었다. 또래의 사내아이들은 그 이야기를 할 때면 나중에 자라서 프레치아의 군인이 되어 카이텔의 군대를 한 방에 무찌를 거라고 흥분해서 말하고는 했다. 다른 녀석들은 그냥 아그리젠트 국민이 되었으니 그 군대에 들어가겠다는 말을 하기도 했다.

나는 아무 말도 하지 않았다.

"잊지 말거라, 하벨."

수상의 저택으로 떠나던 날.

어머니께서는 자신을 붙잡으며 당부했다.

"그 누구도 믿으면 안 돼."

그리고 그 말은 다 자란 지금까지도 내 일생의 지침이 되고 있었다.

그 누구도 믿지 마라.

어머니는 시녀였다. 프레치아의 황실에서 일하던 시녀임에도 불구하고 몰락한 집안의 딸인지라 눈에도 띄지 않았다 했다. 어쩌다가 황제의 승은을 입어 아이를 가지게 되었지만 그 소식은 그녀에게 전혀 좋을 것이 없는 일이었다.

그녀를 두렵게 했던 것은 견고한 권력을 쥔 황후.

질투심 많은 황후가 이 사실을 알았을 때였다.

그래서 궁을 떠나 멀리에서 그를 황제의 자식인지도 모르게 키우려고 했고, 실제로도 그 시도는 아주 훌륭하게 성공했다.

이 나라가 박살나지 않았더라면 계속 그렇게 자라 평범한 일상을 죽을 때까지 보냈으리라.

진상은 자세히 알지 못하지만 어쨌든 전쟁의 시작은 가벼운 모욕이었다고 했다.

펠레폰 황제가 카이텔 황제를 모욕했고, 때문에 카이텔 황제가 프레치아로 군대를 돌려 한동안 프레치아가 곤욕을 치렀다.

남프레치아의 수상과 북프레치아의 재상이 황제에게 이 사태를 빠른 시일 내에 해결할 것을 종용했고, 그 모욕의 대가로 펠레폰 황제가 치른 것은 자신의 두 딸아이를 카이텔 황제에게 보내는 것이었다.

눈에 넣어도 아프지 않다며, 애지중지 키운 제 딸을.

직접 보지 못해 모르겠지만 엄청나게 상심한 황제는 그대로 시름시름 앓아누웠다고 한다.

그러다가 얼마 지나지 않아 이차르타의 망자 군단이 카이텔 황제 손에 무너지고, 이차르타가 카이텔 황제 손에 떨어졌다. 그와 동시에 첫째 공주가 아그리젠트의 국법에 따라 처형당한다는 소식이 들려왔다고 했다.

아무도 짐작하지 못했다.

그것이 단지 시작일 뿐이었다는 것을.

결국 엄청나게 치욕스러운 기억만을 남긴 채 아그리젠트는 프레치아를 정복해 냈다. 그리고 프레치아의 모든 황족이 흘린 피가 이 나라를 물들였다.

*　*　*

성물로써 유지되는 나라.

애초에 프레치아의 모든 정치권력은 북부의 재상과 남부의 수장이 가져가지만 그래도 황실의 신성성과 정통성만큼은 누구도 넘볼 수 없는 부분이었다.

무려 신이 인정한 자만 오를 수 있는 황위가 아니던가.

하지만 프레치아의 모든 황족이 죽어 버렸다. 아그리젠트 황제의 잔악한 손아귀에서.

씨도 남기지 않고 말라 버린 황실 때문에 어떻게 해서든 그 방계라도 찾아보려고 귀족들은 분주히 움직였다.

만약 찾아내지 못한다면 그 말은 곧 프레치아라는 나라의 실질적인 멸망과도 같은 말이었으니까.

그리고 자신이 나타났다.

"잊지 마십시오. 아그리젠트는 적입니다. 우리 나라를 무참히 짓밟은 적. 당신의 아버지를 죽인 카이텔 황제를 절대로 잊으시면 안 됩니다."

어미의 품에서 떨어져 수상의 보호 아래 보냈던 시간은 지금 와서 생각해 보면 지옥 같은 나날이었다.

이 프레치아에 대한 모든 걸 가르치기 위해 수상은 이제 일곱 살이 된 아이를 혹사시키는 데 일말의 죄책감도 없었고, 주변에는 아이를 편 들어주는 사람이 한 명도 없었다.

자신은 그대로 그 모든 걸 해내는 수밖에는 방법이 없었다.

외로웠다.

몸이 괴로운 것은 둘째 치고 그 모든 것이 견뎌 내기 힘들었다. 프레치아건 뭐건 다 포기하고 싶었는데, 그럴 때마다 수상은 자신에게 그렇게 협박했다.

지금 이 상태로 내 존재가 밖에 알려지게 된다면 나는 분명 죽을 것이라고.

그 카이텔 황제의 손에.

그것이 얼마나 두려운 말이었는지 지금에 와서도 잊히지 않는다.

그렇게 내 여덟 살이 지나가는 줄 알았다.

"아그리젠트로 간다고?"

느닷없이 벌어진 일.

카이텔 황제의 탄신일을 축하하기 위해 가는 사신 행렬에 끼어 자신이 아그리젠트로 간다는 말에 일순 믿을 수 없었다. 망설이는 그에게 수상은 냉정하게 잘라 말했다.

"카이텔 황제에게 인사하러 가셔야 합니다."

"어째서……."

아무리 그래도 어릴 때부터 공포의 대명사라 불렸던 황제를 직접 마주하러 간다는 건 쉬운 결정이 아니었다.

자꾸 빼려는 자신을 붙잡고 수상은 단호하게 말했다.

"지금 이 나라의 귀족들은 전하의 존재를 알고 있습니다. 어디에서 새어 나간 건지는 알 수 없지만 이대로 숨어 있는 건 도리어 위험합니다. 가서 인사를 드리고 전하께서 유일한 프레치아의 적통이라는 걸 전 대륙에 알리셔야 합니다."

"……."

그 말에 설득된 것이냐 묻는다면 대답은 아니었다.

하지만 그 말에 얻은 것은 있었다. 가지 않는다고 해도 내 의견 따위는 소용이 없다는 걸.

* * *

아그리젠트의 수도, 지르젠토는 듣던 대로 굉장했다.

시골 영지에서 막 벗어나 프레치아의 수도에 왔을 때도 그런 생각이 들었지만 지르젠토는 전혀 다른 세계에 떨어진 것처럼 마냥 모든 것이 낯설고 신비로웠다.

무엇보다 기억에 남았던 건 정령들이 깃들기를 빌며 곳곳에다 걸어 놓은 유리공예 장식이었다.

하지만 신기한 것도 잠시.

막상 카이텔 황제를 알현할 기회를 얻게 되자 긴장으로 온몸이 떨려서 입조차 제대로 뗄 수 없었다.

아그리젠트의 황제, 카이텔.

아그리젠트의 역사뿐만이 아니라 중앙 대륙과 전 세계의 역사를 다시 쓰고 있다고 해도 과언이 아닐 정도로 영향력이 강성한 황제.

첫 인상은 과연 듣던 대로였다.

그리고 황제가 자신을 보고 희미하게 웃었을 땐 저도 모르게 이를 꽉 악물었던 것 같다.

"잘도 찾아냈군."

프레치아의 수상은 아무런 대꾸도 하지 않았다.

카이텔 황제는 그러거나 말거나 자신을 오만하게 내려다보며 홀로 중얼거렸다.

"아무것도 모르고 자라다 나라가 망하고 나니 추앙받는 꼴이 가엾기도 하지. 어차피 살아 봤자 망국의 왕자이거늘."

대체 그 말의 어디가 수상을 도발한 건지 모르겠다. 수상은 이를 꽉 물고 카이텔 황제를 노려보았다.

카이텔 황제는 그게 마음에 드는 건지 웃더니 그대로 자리에서 일어났다.

그것이 카이텔 황제와의 첫 만남이었다.

어찌 생각해 보면 그 말이 맞는 건지도 몰랐다. 그가 황족의 씨를 말리지 않았다면 자신을 찾으려고 귀족들이 안간힘을 쓰지도 않았을 테고, 자신은 평온하고 별거 없는 삶을 살고 있을지도 몰랐다.

아무에게도 기억되지 않은 채.

하지만 상황은 바뀌었고, 프레치아라는 나라를 지키고 이어 나갈 수 있는 건 이제 자신밖에 없었다.

그래, 오로지 나 하나밖에.

그냥 그 황궁에 있기 싫었던 듯하다.

카이텔 황제를 만나고서 그 생각은 더욱 심해졌다.

궁은 예뻤지만 그렇다고 살고 싶은 마음이 들진 않았다. 화려한 파티의 음악 소리도, 밝게 빛나는 샹들리에도, 그 무엇도 자신에게 이곳과는 어울리지 않는다고 소리를 높여 말하고 있는 듯했다.

수상은 어떻게 해서든 그 자리를 지키라고 했지만 이미 카이텔 황제를 만난 후에는 희미하게나마 남아 있던 자존심도 깨지고 난 뒤였다.

그대로 몰래 그 자리를 빠져나와 그냥 되는 대로 달렸던 것 같다.

정말 내 다리가 달릴 수 있는 대로.

그러다 어떻게 되었더라?

“악!”

“리아 님!”

그냥 달리고 있을 뿐이었는데, 풀 숲을 헤치고 나온 길목에 하필이면 사람이 있었다.

순간 아차 했지만 피하지도 못하고 결국 부딪혔다.

그러고선 정신을 차리니 벽과 대면을 하고 있었던 것 같다. 그제야 정신이 들었다. 그리고 바닥을 스친 자국이 전부인 손을 내려다보았다.

“아 씨, 뭐야?”

“그러는 넌 뭔데?”

자신과 부딪힌 건 또래의 한 여자아이였다.

머리에 작은 티아라를 쓴 화려한 드레스를 입고 있는 어린 여자아이.

하지만 그곳이 어디던가. 그 어디를 가도 이런 어마어마한 옷차림을 한 사람들이 널리고 깔린 곳이었다.

자신은 개의치 않고 그대로 그 여자아이를 빤히 쳐다보았다.

뭐랄까.

처음에 든 감정은 호기심이었다.

"일린, 데리고 와."

말 없는 자신을 데리고 궁으로 돌아가는 시녀의 뒤를 조용히 따라가면서도 제 자신조차 의문이었다. 자신이 왜 따라가고 있는 것인지.

하지만 그 이유는 그 아이를 다시 본 순간 알 수 있었다.

낯선 궁의 잘 정돈된 응접실에 앉아 멍하니 있으려니 갑자기 문이 열리며 그 아이가 들어왔다. 아까 부딪혀서 넘어졌던 여자아이가.

"야, 너."

어떻게 불러야 할지 몰라 아무렇게나 불렀는데 주변의 시녀들이 인상을 찌푸렸다.

그걸 보고 본능적으로 알 수 있었다. 이 조그마한 여자아이가 보통의 여자아이는 아니라는 것을.

"공주님."

하지만 다음 칭호엔 뜨끔하지 않을 수 없었다.

뭐, 공주?!

"너……. 너, 공주였냐?"

자신의 놀란 표정에 태연하게 소녀가 고개를 끄덕인다.

그 후에 자연스럽게 튀어나온 건 그동안 아그리젠트에 대해 배웠던 사실뿐이었다.

"프레치아의 원수!"

"응?"

자연스레 빼낸 검이 소녀를 겨눈다.

저도 모르게 떨고 있는 손 때문에 두 손으로 검을 잡고 있었지만 막상 그 검을 마주하는 여자아이의 표정은 평온했다. 바로 눈앞에 칼이 있는데도.

아무리 예식용 검이라도 이렇게 바로 코앞에서 보면 두려울 법도 한데, 전혀 그렇지 않은 모양새에 오히려 놀란 것은 이쪽이었다.

공주라고 해서 얌전하게 자라는 줄 알았는데.

하지만 그냥 넘어갈 수는 없었다.

무엇보다 통 영문을 모르겠다는 여자애의 표정에 울화가 치밀었다.

"네 아버지가 우리 조국에 한 짓을 모른다고 하진 않겠지?!"

그 말을 꺼내고 나서야 겨우 말길을 알아들은 건지 소녀가 고개를 끄덕인다. 하지만 다음에 튀어나온 것은 자신이 상상하던 그런 반응이 아니었다.

"네가 배가 불렀구나. 얌전히 앉아라?"

"뭐?"

미안해 하거나, 그게 뭐냐는 듯 되물을 줄 알았는데.

소녀는 전혀 다른 말을 내뱉었다.

너무 당황해서 순간 손에 힘이 빠졌던 듯하다. 그 틈을 놓치지 않고 공주의 수호 기사가 제 손에서 칼을 쳐 냈다.

기사가 자신에게 보내는 시선이 좋지 못했다. 마치 이런 것을 공주에게 보여 주게 되어 대단히 마음에 들지 않는 듯한 표정이었다.

처음 보는 얼굴.

하지만 이상하리만치 나는 그 남자가 누구인지 단번에 알아맞힐 수 있었다.

"검은 기사……."

프레치아를 멸망시킨 군대의 가장 최전선에 섰던 기사.

이 기사에게 죽어 간 프레치아의 장군들이 적어도 수십 명은 넘는다 하였다.

그런데 그런 대단한 기사가 왜 여기 있는 거지?

평소엔 황족을 수호하는 것이 임무인가.

노려보고 있지만 아무것도 하지 않는 기사에게서 풍겨 오는 살기에 저절로 몸이 떨렸다. 검술 훈련을 할 때보다 더 격한 반응이었다.

이게 진짜 전쟁터를 가면 맞이하게 되는 살기인 건가.

저절로 손이 떨렸다.

그걸 알아차린 건지 여자애가 자신과 검은 기사 사이에서 불쑥 튀어나왔다.

"야, 이거나 먹어. 너한텐 당분이 아주 절실하게 필요한 것 같다."

지금 누굴 놀리는 것인가.

"이게 목구멍으로 넘어갈 거 같으냐?"

"난 넘어가거든?"

첫 인상은 신기하다였다.

그리고 다음으로 받은 인상은 말이 통하지 않는구나였다.

이런 여자애가 그 무시무시한 카이텔 황제의 딸이라니. 잘 연결이 안 된다.

아그리젠트의 사람들은 모두 다 우리의 적이라는 수상의 말이 자꾸 머릿속을 맴돌았지만 적의를 세워 보려고 해도 이상하게 자꾸 풀어져 버렸다.

그건 정말 이상한 일이었다.

"나중에 먹고 싶다고 징징대지 말고 줄 때 먹어."

무슨 큰 아량을 베푼다는 듯 소녀가 말한다. 이까짓 초콜릿이라고 말하고 싶었지만 이상하게 소녀가 내미는 초콜릿은 다른 초콜릿과 뭔가 달라 보였다.

흔들리는 자신을 알아차린 건지 소녀가 빙그레 웃었다.

"먹어 보고 싶잖아?"

유혹에 졌다고 말하지는 않겠다.

그 말대로 그냥 먹어 보고 싶었기에 먹었다.

처음 접하는 초콜릿은 체력 단련을 위해 단백질만을 먹던 제 입맛에는 지나치도록 단 음식이었다.

하지만 맛있었다. 혀가 얼얼해질 정도로.

"이름이 뭐냐?"

한참을 먹어 치우고 있는데, 턱을 괸 채 쳐다보던 소녀가 작게 물었다. 웬만하면 대답하고 싶지 않았는데도 이상하게 자신의 입술은 멋대로 움직여서 대답을 하고 있었다.

"……하벨. 하벨 란츠후드 율토스."

"아하."

다 먹어 치우고 나니 초콜릿에 무슨 약이라도 탔던 건지 떨리던 손이 더 이상 떨리지 않았다.

소녀는 무언가를 알아차렸다는 듯 작게 미소를 지었다.

솔직히 말하자면 이제껏 봐 왔던 그 어떤 여자아이와도 비교하지 못할 정도로 예뻤다. 이렇게 생긴 여자애도 있구나 싶을 정도로.

하지만 절대로 친해질 수는 없었다.

원수의 딸이니까.

"넌 뭐냐!"

"이미 알지 않아? 아리아드나. 그냥 리아라고 불러."

이렇게 쉽게 대답할 줄은 몰랐는데.

멍하니 아리아드나라는 이름을 홀로 되뇌고 있는데, 그 모습을 가만히 지켜보던 아리아드나 공주가 빙그레 웃었다. 그러더니 제 앞에 있던 초콜릿까지 이쪽으로 쭉 내민다.

"맛있지? 이것도 먹어."

딱히 초콜릿을 좋아하는 것도 아니었는데, 그 초콜릿만은 이상하게도 자꾸 먹고 싶었던 것 같다. 그러고 나서 제가 머무는 곳으로 돌아와서도 한참이나 그 초콜릿이 생각이 났다.

그러면 안 된다는 걸 알면서도.

*　*　*

제 마음이 조금쯤은 풀렸다는 걸 스스로도 잘 알고 있었다. 그래서 수상이 그 사실을 알아차리면 무슨 큰일이라도 벌어질까 봐 두려워서 더 스스로를 몰아붙였다. 어떻게 해서든 잊지 않으려고.

이 나라는 나의 원수라는 걸.

하지만 가끔은 원수고 뭐고를 떠나서 있는 그 자체에 감탄하고 싶을 때가 있었다.

그중 하나는,

바로 우연히 보게 된 겨울나무였다.

아그리젠트의 신목. 겨울 정령이 잠들어 있다는 겨울나무.

태어나서 그렇게 하얀 나무는 처음이었다.

"너……."

대체 얼마나 그러고 있었던 건가.

기척에 고개를 돌리니 낯익은 한 소녀를 발견할 수 있었다. 아리아드나는 그를 본 것이 기쁘다는 듯 활짝 웃었다.

"우연이네?"

만나고 싶지 않았는데.

안 그래도 마음이 흔들려서 불안한데, 그런 와중에 이 소녀를 만나 버렸으니. 마음을 다잡기 위해 더욱더 검술 연습에 몰두했던 자신이 쓸모없는 일을 한 것처럼 느껴졌다.

자신이 무슨 생각을 하건 공주는 전혀 개의치 않는지 조금 더 가까이 그에게로 다가왔다.

"겨울나무 예쁘지?"

"어."

자신이 대답한 것이 좋은 건지 리아가 방긋방긋 웃었다.

"이 안에 정령이 잠들어 있대. 신기해."

정말 신기한지 반짝이는 두 눈이 순간 검을 놓칠 정도로 예뻤다.

이러면 안 되는데.

이상하게도 이 여자애만 곁에 오면 자꾸 자신의 정신이 해이해지는 기분이었다.

도대체 왜지?

"맨날 보고 살면서도 신기하냐?"

"그럼 신기한 걸 안 신기하다고 말해?"

"……."

처음 만났을 때부터 느낀 거지만 공주치고는 말하는 게 여느 남자아이 못지않았다.

"너, 미워."

"나도 너 미워."

할 말이 없어서 얌전히 입을 다물자 그럴 줄 알았다는 듯 아리아드나가 빙그레 웃는다. 그 웃음이 어떤 의미인지 몰라 불안하게 쳐다보니 별안간 소녀가 자신의 손을 붙잡았다.

"손, 왜 그래?"

낯선 손길에 놀라 쳐 냈지만 손에 닿은 말랑말랑한 감촉은 이상하게도 지워지지 않았다.

"만지지 마!"

"까칠하긴."

불만을 말하긴 했지만 거기서 더 무언가를 할 생각은 없는 듯했다.

공주가 물끄러미 자신을 쳐다본다.

그 시선에 어쩐지 민망해져서 헛기침을 했다. 생각해 보면 별거 아닌 거였는데.

"……검 연습해서 그래."

"검 연습을 손이 찢어지도록 해?"

놀랍다는 듯 소녀가 되묻는다.

이해할 수 없었다. 당연한 것이 아닌가.

무어라 대답해야 좋을지 몰라 입을 다물고 있는데, 리아는 바로 뒤에 그녀를 호위하는 기사를 돌아보며 물었다.

"아시시, 이게 말이 돼?"

"저도 그렇게 연습했습니다."

"……."

그렇구나. 이렇게 연습하는 게 맞는 거였구나.

하지만 어쩐지 리아는 이런 그들이 이해되지 않는 듯했다. 잔뜩 인상을 쓴 채 내 손을 노려본다.

"넌 검 한 번 안 잡아 봤지?"

"내가 그걸 왜 잡냐?"

그러더니 당당하게 옆에 있는 자신의 기사를 붙잡는다.

"여기 이렇게 날 지켜 주는 기사님이 있는데."

수호 기사는 뭐가 그리 부끄러운지 고개를 숙였다.

이해할 수 없는 관계였지만 나빠 보이진 않았다. 소녀가 덧붙인 말만 아니었다면.

"그리고 난 그 검 배워서 남의 거 뺏고 싶지 않아. 내 거만 지킬 수 있다면 그걸로도 충분해."

"네 아버지가 한 일은 잊었나 보지?"

그 피해자가 여기 서 있건만 어떻게 그런 말을 당당하게 할 수 있단 말인가.

불만 어린 말에 소녀는 잠시 입맛을 다시더니 다시 대꾸했다.

"아버지는 아버지고, 나는 나지. 나까지 그럴 필요는 없잖아?"

"네가 그런다고 네 아버지가 우리한테 한 짓이 사라지지는 않아."

"어, 알아."

응? 이렇게 쉽게 긍정해도 되는 거야?

당황하는 나를 보며 아리아드나가 빙그레 웃는다.

"우리 아빠 나쁜 놈이잖아. 진짜 나쁜 놈."

"그, 그렇게 말해도 돼?"

"그럼 나쁜 놈인데 착하다고 말하리?"

그런 말은 처음이었다.

무작정 자신의 아빠는 나쁘지 않다고 할 거라 생각했다.

어째서 그렇게 생각했냐고 묻는다면 이유는 없지만 그래도 이렇게 쉽게 납득할 거란 생각은 하지 못했다.

예상치 못한 상황에 당황하는 나를 보며 소녀가 빙그레 웃는다.

그러더니 머리에 감긴 파란색 리본 끈을 잡아당겼다. 묶여 있던 머리가 순식간에 풀어지고 찬란한 머리카락이 마치 폭포수가 떨어지듯 흘러내렸다.

"자, 받아."

제 손을 억지로 붙잡아 그 파란 리본 끈으로 자신의 손을 감는다.

상처가 난 빨간 손에 파란 리본 끈이 감겼다.

다 묶은 뒤 리본으로 마무리를 하는 걸 보면 천생 여자라는 생각이 들었으나 그걸 입 밖으로 내뱉지는 않았다. 가까이 다가오는 바람에 붉어진 얼굴을 가리기에 바빴으니까.

순식간에 거둬 가는 손이 서운할 법도 했을 텐데, 전혀 상관없다는 듯 리아는 그렇게 웃었다.

"선물이야. 잘 간직해."

* * *

"그래 놓고 까먹다니, 정말 괘씸하군."

프레치아로 돌아와 훈련이 힘들 때면 손에 감겼던 그 파란 리본을 보며 생각에 잠기고는 했다.

전쟁이 일어나고 내전을 종식시키기 위해 온갖 전쟁터를 구르던 때 역시 그러했다.

어째서인지 어디든지 챙겨서 다닌 파란 리본 끈만 바라보고 있노라면 이상하게도 온갖 고뇌가 씻겨 내려갔다.

그래서 한없이 멀거니 쳐다보고 있었던 듯했다.

도대체 어디서부터 생겨난 걸까?

그 마음이.

매 순간 되새기고 되새기던 기억 속의 그 미소.

그러나 막상 그 미소를 다시 마주했을 땐 도무지 반가워할 수 없었다.

"확인하러 왔다."

"뭘요?"

아무것도 모른다는 듯 리아가 두 눈을 동그랗게 뜬다.

순간.

밀려든 감정은 서운함—.

하지만 그보다 더 강렬하게 마음속을 채운 것은, 이 눈동자를 보고 싶었다는 깨달음이었다.

7. 체크메이트

7. 체크메이트

한 손엔 팔레트를 들고 한 손엔 붓을 들고 열심히 그림을 덧칠하다 문득 한숨을 내쉬었다.

그리던 그림은 얼추 완성되어 있었다. 아직 군데군데 칠이 덜 된 부분이 있었지만 조금만 더 손을 보면 금방 완성이 될 그림이었다.

그런데 어째서인지 그 그림을 그리고 앉아 있는 자신은 전혀 의욕이 없었다.

도대체 어떻게 해야 한담?

머릿속에 들어찬 고민은 오로지 그것뿐이다.

끙끙대며 한참을 고민을 해 봤지만 이렇다 할 뾰족한 해답이 떠오르지 않았다.

내가 아빠한테 살해 위협을 당했을 때도 이렇게까지 고민은 안 해 봤었던 것 같은데.

갑자기 닥친 제 인생의 최대 위기에 속절없이 휘말리고 있다. 결국 손에 들고 있던 붓이 내려왔다. 때마침 화방의 문을 열고 리비가 들어온다.

정말 기가 막힌 타이밍이었다.

"공주님, 그림 다 그리셨어요?"

"……아니."

우울한 얼굴로 고개를 떨구자 리비가 고개를 갸웃한다.

됐다.

아무리 너라도 말해 줄 수 없는 고민이란다. 결국 나오는 건 또 한숨이었다.

"그림이 잘 안 그려지세요?"

"아니."

"……?"

뺨을 감싸 쥔 채 끙끙거리니 리비가 고개를 갸우뚱한다. 머릿속은 이미 초토화가 되어 가고 있었다.

안 되겠다. 그만 그려야지.

그림 그리는 것도 이제 횟수로는 거의 이 년이 다 되어 가고 있었다.

처음엔 작은 꽃 하나 그리는 것도 쩔쩔맸었는데 하루 여섯 시간씩 그림만 미친 듯이 그려 대다 보니 지금은 어느 정도 사람을 그릴 수준까진 올라왔다.

꼭 그리고 싶었던 주제의 그림도 계속 그리고 있고, 그림을 시작하면서 몰랐던 예술에 대한 사랑도 일깨운 덕에 더 많은 일에 도움도 받고 있었다.

그래, 자신의 손으로 무언가를 만들어 낸다는 건 꽤나 근사한 일이었다.

조각은 도저히 공간지각 능력이 달려서 때려치웠지만.

그래도 그림만은 이상하게도 계속하고 있었다.

그래, 이쯤이면 다들 알겠지만 놀랍게도 그림이 이 고민의 원인은 아니었다.

"리비."

"예?"

"나 그냥 죽을까?"

내 진지한 고민에 리비가 잠시 두 눈을 동그랗게 뜨더니 무슨 일생일대의 가장 재미있는 농담을 들었다는 듯 목청껏 크게 웃어 댔다.

"네? 하하. 농담이시죠? 하하하."

……이게 일린을 닮아 가나.

분명 얌전함과 조신함의 대명사였던 리비였는데, 일린과 친해지더니 급속도로 일린에게 물들어 가고 있었다.

특히 이렇게 날 비웃는 점이.

“비웃지 마, 이 못된 시녀야.”

내가 발끈하니 리비가 빙그레 웃는다. 다 알고 있다는 그런 미소.

아……, 그러지 마라, 진짜.

“설마 아직도 그 일 가지고 신경 쓰고 계시는 거예요?”

“너라면 신경이 안 쓰이겠냐. 난 지금 죽겠다고.”

죽어 가는 내가 보이지도 않는지 리비가 툭 아무렇지 않게 내뱉는다.

“별거 아니었잖아요.”

“네가 내 상황이 되어 봐. 그게 별게 아닌지 겪어 보라고!”

접시 물에 코를 박고 그냥 콱 죽어 버리고 싶다. 말도 안 되는 생각이었지만 지금이라면 가능할 것 같았다.

하.

내가 우리 아빠가 막장의 끝발을 날리던 시기에도 자살 유혹은 피해 냈는데, 지금에 와서야 그 유혹에 넘어갈 위기에 처하다니. 세상 참 모르는 거였다.

내가 죽을까 말까를 고민하고 있는데, 리비는 뭐가 그렇게 좋은지 연신 콧노래를 흥얼거리며 나를 쳐다보았다.

고민하는 내가 귀엽다는 시선.

와, 나 진짜 독심술도 하네.

"왜 그런 눈으로 봐?"

얼떨떨해서 정색을 하며 물어보니 리비가 당연하다는 듯 고개를 끄덕이며 대꾸한다.

"공주님께서 정말 귀여우셔서요, 후후—."

이게 정말!

"나 이제 스무 살이거든. 귀엽다는 소리 듣기엔 너무 커 버리지 않았나?"

"네네. 그러니까 일어나셔서 준비하세요."

"뭘?"

대체 뭘 준비하라는 거야.

나는 억지로 일어나며 인상을 찌푸렸다. 내 미간을 검지로 꾹 누르며 리비가 상냥하게 대꾸한다.

"잊으셨어요? 오늘 저녁에 파티 있다는 거."

파티, 파티…….

파티?!

금시초문이라는 내 반응에 리비가 빙그레 웃는다. 그 회심의 미소에 나는 순간이지만 몸이 휘청했다.

아, 잠깐만.

지금 그게 문제가 아니잖아!

"그 파티에……."

"물론 아힌 예하도 오세요."

자상한 그 한마디에 나는 소리 없이 무너졌다.

아, 망했어요.

* * *

내 요새 최대의 고민은,

역시 앞으로의 인생 계획이었다.

하고자 하는 바는 주변의 도움을 받아 착실히 진행되고 있지만 아무리 고민해 봐도 내가 앞으로 어떻게 살아야 할지는 쉽게 답이 나오지 않았다.

페르델에게 물어봐도 그건 공주님 인생이니 스스로 해결하라는 대답만 돌아오고, 아시시한테 물어봐도 공주님이 원하는 대로 하라는 말만 나오고, 아빠한테는…….

물어보고 싶지도 않고. 아무튼 그런 상황에서 내게 한 줄기 빛이 되어 준 것은 바로 아힌이었다.

스스로 인생 개척이라니.

희대의 난제에 고뇌하고 있는 나에게 아힌은 일단 하고 싶지 않은 것부터 제외해 보라는 조언을 해 주었다.

그래서 며칠간 고민하며 나는 절대 무슨 일이 있어도 하고 싶지 않은 것의 리스트를 써 보았다.

일단 여황이 되는 건 싫었다.

일이 많은 건 둘째 치고, 내가 이 거대한 아그리젠트라는 나라를 제대로 다스릴 수 있을지 자신이 없었다.

그래서 여황이 되는 진로는 당연히 기각.

그다음에 남은 건 평생 혼자 살거나 아니면 누군가랑 결혼하는 것이었다.

당연히 그림은 계속 그릴 거고, 예술에 대한 후원은 계속해서 아끼지 않을 테지만 이상하게 내 미래, 내가 살 미래의 내 모습은 쉽게 그려 볼 수가 없었다.

그냥 지금의 이 생활이 계속되었으면 좋겠다는 생각만 들었다. 과연 결혼을 한다고 해도 이런 생활을 유지할 수 있을지, 그것이 제일 고민이었지만.

물론 결혼이 싫은 건 아니었다.

그런데 좀 뭐랄까. 나에게는 너무 먼 단어처럼 느껴진다고 해야 하나. 워낙 주변에 있는 사람들이 혼자가 많아서 그런가?

이상한 일이었다.

그러고 보니 우리 아빠도 솔로고, 아시시도 솔로고, 리비도 솔로고, 세르이라도 솔로고…….

아, 그레시토는 결혼을 했구나.

이제 막 한 아이의 아버지가 된 그레시토를 보며 괜히 심란해지는 건 도리어 나였다.

아니, 걘 왜 이렇게 결혼을 일찍 했어!!

하도 심란하니 괜히 주변 사람들을 건드려 보고 싶었고, 그래서 나도 모르게 툭 튀어나오고 말았다. 그 말이.

“아힌.”

“예.”

“우리 결혼할래?”

솔직히 말하자면 농담할 속셈이었다.

그냥 스쳐 지나가는 흔한 말처럼.

그런데 내 말에 두 눈을 크게 뜨며 놀라는 아힌을 보자 ‘잠깐만, 농담이었어.’ 라는 말이 입안으로 쏙 들어가 버렸다.

“네?”

“…….”

이걸 대체 어떻게 수습을 해야 한단 말인가.

저도 모르게 저질러 놓은 짓에 순간 할 말을 잃었다. 나는 대체 뭐 하는 인간이란 말인가.

왜 하필이면 농담을 해도 아힌한테 한 거지?

자기가 저질러 놓은 짓의 심각성을 깨닫자마자 머릿속이 순식간에 새하얘졌다.

"아니, 그러니까……."

"……."

말을 하다 말고 입을 다물었다.

놀란 표정으로 자신을 바라보는 아힌의 시선을 도무지 견뎌 낼 수가 없었다.

어떻게 여기서 농담이었다고 말을 할 수가 있어?! 결국 농담이었다는 말도 못하고 그대로 도망쳐 버렸다.

나 그냥 죽을까.

이게 대체 뭐 하는 짓이라지.

절망에 빠져 허우적거리는 나를 보며 리비가 빙그레 웃는다. 내 머리를 손질하면서도 뭐가 그리 신이 난 건지 잔뜩 들뜬 표정이었다.

"그런데 어째서 갑자기 청혼을 할 생각을 하셨어요?"

"청혼 아니야!"

"청혼이었잖아요."

"아니라니까!"

청혼 아니라고! 청혼한 거 아니라고!

하지만 아무리 부정해 봤자 이미 시녀들 사이에선 아주 파다하게 청혼을 한 걸로 도장 찍고, 결론까지 난 모양이었다. 아무도 믿지 않는다.

심지어 세르이라마저!

아니, 엄마. 엄마가 나한테 어떻게 이럴 수가 있어?

"아무튼!"

그놈의 청혼 이야기는 그만하고.

아주 진절머리가 난다.

나는 그 이야기는 단박에 묻어 버리고 내 고민에 대해 털어놨다.

내 시녀들이잖아! 내 고민에 좀 반응 좀 해 달라고!

이놈의 시녀들은 주인 놀려 댈 줄만 알지 진짜 아무짝에도 도움이 안 돼.

"아힌을 좀 놀려 보고 싶었어. 맨날 나만 놀림 당하는 것 같아서. 그런데 막상 아힌이 정말 놀라서 쳐다보니까 아무 말도 안 나오는 거 있지?"

두 뺨을 쥔 채 눌린 얼굴로 끙끙거리니, 시녀들이 다들 한마디씩 내뱉는다.

"사랑이네."

"사랑이구먼."

"풋풋해요, 공주님."

이 인간들이 진짜!

"아니라니까!"

대체 얘네들은 내가 어떻게 말을 해야 내 말이 인간의 말이라는 걸 알아듣게 되는 걸까.

아니, 분명 나의 언어 전달 장애는 어릴 적에 끝났다고 생각했는데?

근데 왜 말이 안 통하는 거지?

인간의 말을 하고 있는데, 서로 다른 말을 한다는 게 정말 놀라웠다.

아, 놀라워라.

그러거나 말거나 무슨 건수라도 생긴 듯 시녀들이 아주 떼거지로 나를 물어뜯는다.

"어떤 점에 반하셨어요?"

"어떤 매력에 푹 빠지신 걸까?"

"그럼 프레치아 황제는 이제 끝난 거예요?"

"어머, 가여워라."

가엾다면서 표정은 전혀 가엾다는 표정이 아니었다.

저건 놀리는 걸까, 아니면 진짜 불쌍하게 생각하는 걸까. 정말 헷갈리네.

"아무튼 오늘이 결전의 날이라 이거군요?"

"결전의 날?"

"어머, 그렇게 되는 건가!"

……대체 그 결전의 날이 뭔데?

대체 나에게 무슨 짓을 하려고 이러는 거냐는 의미로 시녀들을 지그시 쳐다보았지만 그녀들의 음흉한 시선은 쉽게 사라지지 않았다.

얘네 진짜 뭘 하려고?

불안했다. 정말 미친 듯이 불안했다.

아니야, 그게 뭐든 하지 말라고! 아무것도 할 필요 없어!

내가 소리 없는 아우성을 쳐 보았지만 이미 눈이 돌아간 시녀들에겐 통하지 않았다. 준비를 끝낸 시녀들이 나에게 벌 떼처럼 달라붙는다.

"자, 우리가 힘내서 공주님을 도와줘야 해."

"실력 발휘 좀 해 볼까."

나는 도망치고 싶었다. 정말로!

"누가 나 좀 살려 줘!"

* * *

딱히 의도한 건 아니었지만 아힌과 나는 어쩌다 보니 매달 십오 일쯤에 만나고 있었다.

그게 원래는 아그리젠트와 친선을 도모한다는 이유로 아힌이 매달 아그리젠트로 오는 걸 내가 환영한다는 의미에서 맞이하던 일정이었는데, 어째서인지 지금은 그냥 나랑만 만나는 걸로 굳어져 버렸다.

……뭔가 많이 이상한 것 같지만 그냥 넘어가.

어쨌든 중요한 건 그게 아니다.

그런 만남이었는데, 처음엔 신변잡기로 주변 이야기를 하다 점점 깊이 있는 토론으로 가더니. 어느새 매달 열리는 학술회 같은 느낌마저 들고 있었다.

어? 뭔가 이상한데.

아무튼 결론은 할 말이 없어서 별 잡다한 말이 다 나오고 있다는 소리였다.

그래도 그렇게 얼굴을 마주하니 이제는 좀 편해져서 아힌에게 반말을 할 수 있는 경지에는 이르렀는데.

문제는 그것이었다.

아힌이랑 가까워진 느낌은 드는데, 도무지 친해지는 느낌은 들지 않는다는 것.

그래, 아무리 가까이 있어도 뭔가 아힌이 여전히 묘하게 불편했다. 발르랑 산세하고 같이 있을 때는 그걸 더 확연히 느낄 수 있었다.

그런 걸 벽이라고 부르던가.

그래, 아힌과 내 사이엔 뭔가 넘을 수 없는 벽이 존재했다.

“아, 그게 문제인 게 아니지만.”

다시금 지난주가 떠오르자 자체 생성한 흑역사에 자다가도 발차기를 할 것만 같다.

아, 진짜 어떡하지? 진짜 어디 도망쳐 버릴까.

쥐구멍에라도 숨고 싶다는 그 표현을 나는 지금 와서야 이해했다. 진짜 쥐구멍에라도 숨고 싶다.

으으…….

아무튼 괴로워 하는 건 이쯤에서 그만두고, 이어서 말을 해 보자면 결론은 결국 그거였다.

어떻게 해서든 아힌과 내 사이에 있는 그 벽을 좀 없애 보고 싶었고, 왜 그런 생각이 들었는지는 모르겠지만 열심히 아힌과 친해지는 법을 내 나름대로 강구하고 있었다.

그래서 아마 원활한 인간관계를 위해 농담 한마디 해 보려고 했었던 건데, 다들 아시다시피 장렬히 실패했다.

그 후에는 보시다시피 난 이 지경 이 꼴이 되었고.

그러니까 결론은 농담은 결코 쉽게 하는 것이 아니다라는 점.

……응?

"공주님, 또 정신 놓고 계시죠?"

옆에서 리비가 옆구리를 쿡 찌른다.

정신이 번쩍 들어 인상을 찌푸리니 리비가 불만스러운 표정으로 나를 내려다보았다.

"오늘 파티의 주최자가 공주님이세요. 잊으셨어요?"

"……안 잊었거든."

그래서 귀족이랑 인사하고 웃고 떠들고 할 수 있는 거 다했단 말이야. 이제 좀 쉬려고 앉았는데 눈치를 주다니.

리비는 정말 못된 시녀였다. 흥흥.

"그나저나 예하께서 안 오시네요."

"……넌 그냥 나 놀리는 게 좋은 거지?"

슬그머니 흘겨보니 리비가 빙그레 웃는다. 그것도 없지 않아 있는 모양이었다.

진짜 못됐네, 얘.

그래도 헤헤 웃으면서 내 옆을 지키는 걸 보니 마냥 미워할 수가 없다.

무엇보다 나에게 음식을 가져다주는 게 리비인걸.

그래, 어서 저 뷔페의 맛난 음식을 마저 가져오도록 해라.

파티 준비한다고 제대로 식사도 못한 터라 배가 무척이나 고팠다.

아, 우리 아빠는 지금쯤 뭐하고 있을까.

요새 몸이 또 근질근질한지 카이텔이 사냥이라는 새로운 취미를 가지셨다. 딸이 그림 그린다고 놀아 주지 않으니 심심하다며 활을 잡으신 건데, 놀랍게도 사냥에 소질이 엄청나셔서 사냥해 오는 족족 찬사가 끊이질 않았다.

지금도 사냥을 나가 있는 참이었고.

근데 이젠 그것도 지겨운지 요새는 또 배틀 로얄을 구경하는 걸 또 다른 취미로 삼고 있었다.

무슨 소리냐고?

노예 백 명 뽑아다가 경기장에 가둬 놓고 살아남은 한 명에게 소원 한 가지를 들어주는 것이었다.

진짜 엄청 심심한 모양이었다. 그런 짓까지 하는 거 보니.

내가 한심하다는 듯 아빠를 쳐다봤지만 카이텔은 절대로 내가 권하는 평화로운 취미를 가지려고 하질 않았다.

그래, 직접 죽이러 다니지 않는 게 어디냐.

그 정도인 걸 위안으로 삼아야지.

그래도 아빠의 취미에서 일관된 개인의 취향이 느껴져서 큰일이었다.

대체 누굴 닮았는지. 왜 저렇게 피 튀기고 잔인한 걸 좋아하는 거람. 참 알다가도 모를 일이었다.

"공주님!"

"어, 이블린!"

또 아이를 가져서 볼록해진 배로 이블린이 활짝 웃으며 다가온다.

아니, 애를 또 가졌어.

알고는 있었지만 이렇게 만삭이 된 모습을 보니 여전히 낯설었다. 무엇보다 이블린이 나보다 어리다는 사실이 더 마음에 걸렸다.

"몸은 괜찮아? 여기까지 나와도 되는 거야?"

"어머, 그럼 누가 주최한 건데요. 우리 공주님께서는 일 년에 서너 번이나 파티 여실까 말까 하는데, 제가 어떻게 이 파티를 빠져요?"

씩씩한 이블린의 모습에 마냥 기특하기만 하다.

그래, 내가 애 하나는 제대로 키웠어. 이 언니는 네가 자랑스럽단다.

"딸은 어떡하고 혼자야?"

"음, 아마 그이가 보고 있지 않을까요?"

"……."

본격 육아까지 돕는 남편인 건가!

하긴 시토라면 그럴 것 같긴 했지만 그래도 막상 장가간 내 친구가 벤츠라고 불리는 유형의 남자라는 걸 알게 되는 건 참 묘한 기분이었다.

나도 저렇게 해 주는 남자를 만나서 결혼해야 하는데.

이블린이 힘겨워 하는 것 같아 의자를 가지고 오게 하니, 이블린이 감격에 차 두 손을 모았다.

"역시 공주님께서는 배려심도……!"

"찬양은 거기까지."

"헤헷."

나를 좋아하고 존경하는 이블린의 마음은 잘 알겠지만 찬양도 하도 들으면 질리는 법이었다. 적당히 하라는 내 고갯짓에 이블린이 빙그레 웃다가 생각났다는 듯 손뼉을 쳤다.

"아 참, 공주님, 그 소식은 들었어요. 아힌 예하께 청혼하셨다면서요?"

왓 더 헬. 대체 이게 무슨 소리란 말인가.

나는 놀라서 인상을 구겼다.

"언제…… 거기까지……."

"축하드려요. 저는 아힌 예하께서 정말 공주님과 어울린다고 생각해요. 찬성이랍니다."

"아니, 아직……."

아직 그런 게 아니라니까!

도대체 어디서 새어 나간 거야? 어디에서?!

내가 격하게 고뇌하는 것도 모른 채 이블린이 재잘재잘 잘도 떠든다.

"역시 공주님은 공주님을 좀 잘 외조하고, 잘 받아 줄 수 있는 남자랑 결혼하시는 게 맞는 것 같아요. 제 남편처럼 자상한 사람 말이에요."

그 와중에도 깨알 같은 남편 자랑.

어휴, 마음 같아선 커플 타도를 외치고 싶은데, 이블린이라 참았다. 그래, 그레시토가 좀 괜찮은 남자인 건 나도 인정하는 바이니까.

별로 수다를 떨지도 못한 기분인데, 시간이 좀 흐른 모양이었다. 어느새 내 곁으로 돌아온 리비가 나를 툭툭 친다.

얘는 자꾸 나를 왜 치는 거야?

순간 고개를 돌렸다가 하필 보이는 한 사람에 저절로 몸이 굳어졌다.

"예하……."

"제가 좀 많이 늦었나요?"

어째 아힌은 날이 갈수록 더 멋있어졌다.

원래 밑바탕도 잘생겼는데 날이 갈수록 멋있어진다니. 이건 반칙이잖아요. 세상 모든 남자들에 대한 반칙이라고!

"아니요. 제때 오셨습니다. 어서 오세요."

대체 이다음엔 무슨 말을 해야 하는 걸까.

그냥 죽어 버리고 싶은데 그건 불가능하고, 나는 속으로 엄청난 고뇌를 했다.

그냥 날씨 이야기를 할까?

아, 밤이라서 그건 좀 이상하려나.

그럼 지난 일주일 동안은 어떻게 지내셨나요?

아니야. 이걸 물어보면 분명 그 이야기가 빠지지 않고 나오리라.

아, 그럼 대체 뭐라고 물어보지?!

"그럼 전 이만."

내가 고뇌하는 와중에 눈치를 보던 이블린이 슬그머니 자리에서 일어났다. 우아하게 고개를 숙이고 가는 모습이야 흠 잡을 데가 없었지만 문제는 그다음이었다.

"공주님, 파이팅!"

작게 두 손을 불끈 쥐고 파이팅을 외치는 모습에 저도 모르게 울컥한다.

파이팅은 뭔 놈의 파이팅!

그러나 이것이 시작이었을 줄이야. 이블린이 가고 나자 나는 정말로 할 말이 없어서 죽을 것 같다는 게 어떤 심정인지 알 수 있었다.

와……. 이게 뭐여?

"오랜만에 뵙네요."

"……."

한참 만에 아힌이 먼저 운을 띄운다.

왠인지 저 말속에서 뼈가 느껴지는 건 나만의 착각은 아니겠지?

"네, 오랜만에……."

"불편하십니까?"

영혼 없이 대꾸하다 불쑥 들려온 아힌의 질문에 화들짝 놀랐다.

뭐라고?

"예? 아니요. 절대 아닌데요. 안 불편해요! 하나도!"

정말이냐는 듯 아힌이 미심쩍은 시선으로 나를 본다.

그런 시선은 처음이었다. 항상 지켜보는 듯한 시선이었는데. 무언가 서운한 듯한 시선이라니…….

저도 모르게 숙연해진다.

어떻게 해야 하지? 상처 받은 건가?

아, 진짜 왜 이렇게 일이 꼬이지? 이해할 수 없는 상황이었다. 아, 진짜 어째!

"저에게 하대하지 않고 존대를 하는데도?"

"그, 그건 공식적인 자리니까!"

"정말요?"

"끙."

예리한 놈. 정말 쉽게 넘어갈 수가 없다니까.

말이 막히니 쉽게 이 상황을 타계할 화제가 떠오르지 않는다. 이제 내가 왜 아힌에게 쩔쩔매는지 그 이유도 알고 있는데!

하지만 그렇다고 아힌에 대해 면역이 생기거나 그런 건 아니었다.

하, 내 인생이 뭐 그렇지.

"한 이 주간 아그리젠트에 머물 생각입니다."

내가 한참을 침묵하고 있자 이번에도 역시 아힌이 먼저 말을 꺼냈다. 나는 아힌의 말에 놀라 두 눈을 동그랗게 떴다.

이 주간 아그리젠트에 있겠다고?

순간 성황의 후계자가 이래도 되나 싶었는데, 꼼꼼히 생각해 보니 그 의문은 이미 옛날에 했어야 했다는 사실이 떠올랐다.

뭐, 괜찮은가 보지.

"어? 정말?"

"예. 그래서 본격적으로 고민 좀 해 보려고요."

아힌이 빙그레 웃었다.

"공주님한테 받은 청혼에 대해서요."

"……."

그림같이 그려진 듯한 미소는 정말 눈이 부시건만 어째 나는 그 미소가 전혀 달갑지 않았다.

흑흑, 다시 떠오르잖아, 그 흑역사의 날이!

"잊어 줄래?"

"싫은데."

와, 뭘 먹고 이렇게 단호하세요. 혹시 단호박이세요?

먹히지도 않을 개그는 둘째 치고 내 영혼은 또 내 몸을 떠나 저 멀리 은하계를 향해 달려가고 있었다.

아, 대체 이걸 어째!!

"그럼 내일 뵙겠습니다, 공주님."

"네……. 가세요, 예하."

가기 전에 아힌이 희미하게 웃었다.

어쩐지 그 미소에서 나는 오한이 느껴졌다. 윽.

* * *

오후의 정원.

오랜만에 맞는 평화로운 나날이었건만 내 머릿속은 여전히 전쟁 중이었다. 맛있는 홍차와 스콘을 먹고 있는데 어째서 내 머릿속은 전쟁터인가.

"표정이 왜 그래?"

"누나 심각하다. 건드리지 마라, 발토르타."

"……."

진지하게 경고를 날려 주었는데, 이놈의 비글 같은 놈이 꼭 나를 건드려 보고 싶은 건지 내 볼을 쿡 찔렀다.

아오!

"누가 누난데?"

"나."

"너?"

"죽을래? 까분다?"

경고를 줬는데도 발르가 헤헤 웃으면서 까불기를 멈추지 않는다.

그래, 이 비글아. 너에게 진지함을 바란 나의 잘못이다.

내 머리에 턱을 괸 채로 이리저리 흔들다가 그래도 내가 반응이 없자 심심한 건지 다시 옆으로 내려와 나를 쿡쿡 찔렀다.

"진짜 심각한가 봐?"

"진짜 심각하거든."

"왜 그리 심각한데?"

그걸 물어봤자 내가 대답해 줄 수 있는 것은 많지 않단다. 오히려 머리가 과부하가 되어서 터질 거 같았다.

아, 진짜 미치겠네!

"하지 말라니까."

"시쪄시쪄."

"……."

지금 이게 대체 뭐하는 거죠?

내가 정색을 하며 발르를 쳐다보자 발르가 새초롬하게 혀 짧은 소리를 냈다.

"발르, 이거 할 끄야!"

"그냥 죽어라, 에라이."

하마터면 들고 있던 찻잔을 던질 뻔했다. 다행히 빵을 다 먹고 비어 있는 작은 바구니가 있어서 그걸 대신 던졌지만 발토르타는 잽싸게 피해서 맞지도 않고 방실방실 웃으며 깐죽거렸다.

아오, 저 자식, 진짜!

"난 누나가 왜 그러는지 알아!"

얌전히 앉아서 차만 마시던 오데우르가 갑자기 소리를 친다. 자연스레 우리의 시선은 오디에게 갔다.

"내가 왜 그러는데?"

"아힌 형 때문에 그러는 거잖아!"

"……."

얘는 또 그걸 어떻게 알았대?
“연애가 싫어?”
“결혼이 싫은 거야?”
오디랑 하카가 번갈아 가며 묻는다.
연애가 싫냐고? 결혼이 싫냐고?
모르겠다.
그냥 한숨밖에 나오지 않았다. 내 마음인데, 왜 내가 모르는 걸까.
“몰라……. 좋은 건지 싫은 건지 구분이 안 가.”
“그럼 아힌 형이 싫어?”
하카가 천진난만하게 물었다.
마시던 우유를 마저 먹으라고 손짓하며 나는 단번에 고개를 가로저었다.
“아니.”
내 대답에 오디가 간단한 문제라는 듯 손뼉을 친다.
“뭐야, 그럼 해결됐네.”
“뭐가?”
“그냥 둘이 결혼하면 되잖아.”
그게 말처럼 쉽니, 이 어린이야.
결혼이라는 게 번갯불에 콩 구워 먹듯 할 수 있는 것도 아니고, 준비해야 하는 것도 많고. 무엇보다 아직 난 마음의 준비 자체가 되어 있지 않았다.

연애를 너무 오랫동안 안 해 봤나.

아닌데. 그렇다고 아힌이 싫은 것도 아니고…….

내가 잔뜩 인상을 쓰며 고민에 빠져 있으려니 그사이 스콘 하나를 다 먹어 치운 오디가 손가락을 치켜들며 마치 연설이라도 하듯 말을 했다.

"누나야, 아힌 형이 누나 보려고 매달 스헤르토헨보스에서 여기까지 와 주잖아. 솔직히 이 정도 정성이면 넘어가 줘야 하는 거 아니야?"

"그러게 말이야. 형이 불쌍해."

"……."

이것들이!

하카가 옆에서 정말 불쌍하다는 듯 고개를 가로젓는다.

결혼이 뭔지도 모르는 나이면서.

두 동생의 대화에 가만히 듣기만 하던 발르가 순간 그 사이에 끼어들었다.

"하카, 오데우르, 조용히 해. 그러다 산세 운다."

"어? 산세 형은 이미 탈락 아니었어?"

"……."

지켜 주지 못해서 미안해, 산세…….

아무튼 이놈의 요망한 비테르보 형제들.

어째 아래로 내려갈수록 더 요망해지는 것 같다? 특히 오데우르 저건 발르보다 더 심각한 놈이야.

그건 둘째 치고 진짜 이번 기회에 아힌에 대한 내 감정을 제대로 정리해 봐야겠다는 생각은 들었다. 언제까지 이렇게 질질 끌 수는 없는 거니까.

나도 내 마음을 잘 모르겠지만 그래도 한번 노력은 해 봐야겠다는 생각은 했다. 이 마음이 어떤 건지 가장 알고 싶은 건 무엇보다도 나였으니까.

나는 대체 아힌을 어떻게 생각하는 걸까.

아힌이랑 어쩌고 싶은 걸까.

"공주님."

"응?"

"예하께 연락이 왔어요. 오늘 못 오실 것 같으시대요."

"아……."

순간이지만 찰나 두 가지 감정이 교차했다.

안 봐도 된다는 안도감과 동시에 드는 아쉬움.

긴장이 풀림과 동시에 무언가 알 수 없는 이름의 감정들이 소용돌이친다.

대체 이 감정들은 뭐라고 이름을 붙여야 하는 걸까.

아, 혼란스럽네.

“그래도 다행이다, 누나.”

“응? 뭐가?”

하카의 알 수 없는 소리에 내가 고개를 갸웃하니 오디가 해맑게 웃었다. 물론 그 천진난만한 미소에 도리어 불안해진 건 나였다.

“누나가 아힌 형의 진면목을 모르니까.”

이건 또 무슨 소리래?

*　*　*

지난 이 년가량 꾸준히 마주친 결과.

내가 아힌에게서 알아낸 사실이 몇 가지 있었다.

일단 아힌은 자기 자신에게 주어진 의무를 외면하지도 싫어하지도 않았다. 문제는 좋아하는 것 같지도 않다는 거지만.

어쨌든 자신의 의무를 겸허하게 이행하고 있으니 완벽하다는 평가를 받는 데엔 이견이 없는 모양이었다.

너무 어린 나이에 성황의 후계자가 된 그는 그 무거운 수업을 군말 하나 없이 모두 받아들였다. 어린아이가 받기엔 지나칠 정도로 빽빽한 일정이었는데, 아힌은 그걸 전부 소화하고도 그 이상을 해냈다고 한다.

왜 페르델의 누나인 레이디 지블리테가 자신의 아들을 성황의 후계자로 주기 싫다고 아그리젠트로 도망쳐 왔는지 알 수 있는 대목이었다.

성황의 후계자란, 신의 대리인이자 스헤르토헨보스의 절대자.

그렇기에 누구보다 신에 가까운 자를 뽑으며, 완벽의 완벽에 가까운 교육을 전부 받아야만 그 자리를 이을 수 있는 자격이 생긴다고 한다.

"그렇게 애를 굴리는데 도망간 애는 없대?"

"있겠지. 형이 유별난 거지 전부 도망쳤다던데."

"……."

그래서였나, 자꾸 아힌이 안쓰러웠던 건.

뭐랄까.

항상 참는다는 느낌은 있었다. 참을 수 있는 건 그냥 전부 참아버리는 그런 느낌?

그래서 자꾸 아힌에게 말을 시키게 되는 건지도.

그래도 요 근래엔 좀 나아졌는데. 여전히 아힌이 습관처럼 짓는 메마른 미소는 신경이 쓰이긴 했다.

뭐라 해야 할까. 언젠간 참고 참은 그것이 폭발해 버릴 것 같은 그런 위태로움이라고 할까.

"근데 넌 왜 연습 안 가고 여기 있어?"

"구경하려고."

이건 또 무슨 소리래.

"대체 뭘?"

"아힌 형한테 쩔쩔매는 리아의 모습?"

"……."

이게 죽을라고.

꼭 이런 말을 하면 맞을 걸 알면서도 발르는 그만두지 않았다. 원하는 대로 발을 한번 꾹 밟아 준 다음 터져 나오는 비명을 음악 삼아 발르를 내쫓는다.

"가 버려, 이 못된 놈아!"

발르가 두 눈에 눈물을 글썽이며 움직였다.

"형한테 차여라, 이 못된 마녀!"

"저게 진짜!"

어휴, 저놈은 진짜 언제쯤 철이 들까.

정말 세기의 미스터리였다. 그래도 몇 달 전엔 저 지경까지는 아니었는데. 하루가 다르게 상태가 심각해지는 발르를 보며 나는 괜히 고민에 빠졌다.

쟤는 진짜 누가 데려갈지 모르겠다.

누가 데려가건 데려가는 사람은 둘 중 하나였다. 성녀거나 발르 못지않은 비글이거나.

"뭐하십니까?"

"아, 아힌."

드디어 왔구나.

나도 모르게 반가워서 더 활짝 웃어 버렸다.

내 지나친 환대에 아힌이 놀란 듯하더니 곧 웃는다. 내가 좋아하는 그런 미소였다.

하, 마음이 다 훈훈해지는구나.

"어서 와. 기다리고 있었어."

"그것참 영광인데요."

"진짠데."

"알아요."

그래도 어제와는 다른 부드러운 대화가 이어진다.

하, 이제 좀 숨통이 트이는 것 같군. 어제는 어색해서 죽을 것 같았는데. 오늘은 좀 달랐다.

헷, 그래, 이렇게 하면 되는 거였어!

때마침 세르이라가 맛있는 디저트를 가지고 온다.

깔끔하고 담백한 레몬 피낭시에와 허브차, 그리고 과일차였다. 물론 내 것이 산딸기 과일차였고, 아힌의 것은 루이보스 허브차였지만.

"와, 맛있겠다!"

피낭시에를 보자마자 나는 바로 스푼을 들고 달려들었다. 일단 한입 먹고, 그 상큼함에 온몸을 부르르 떤다.

와, 진짜 맛있어.

"아힌도 빨리 먹어 봐. 진짜 맛있다."

역시 우리 파티셰가 한 실력한단 말이지.

호두 타르트도 뒤이어서 나왔다.

바삭바삭한 게 역시 호두 타르트는 이 맛이지.

맛있는 디저트에 한참 희희낙락하다 나는 문득 아힌의 시선이 계속 내게 머물러 있다는 사실을 알아차렸다.

뭐지?

턱을 괸 채 나를 바라보는 그 시선이 너무 열렬해서 나는 쉽게 무시할 수가 없었다.

"왜 그렇게 봐?"

사람 먹는 거 처음 보나.

너무 빤히 쳐다보니까 먹는 것도 눈치 보인다. 설마 내가 맛있는 부위만 먹어 치우는 걸 들킨 걸까.

"예뻐서."

"……."

예상치 못한 대답에 나도 모르게 할 말을 잃는다. 저절로 달아오른 뺨 때문에 어찌할 바를 몰랐다.

아힌이 빙그레 웃는다. 그 미소가 눈부셔서 나도 모르게 반할 것 같았다.

아, 그래, 인정한다.

내가 아힌을 정말정말 좋아하고 있다는 걸.

이렇게 좋은데 어떻게 숨기겠어?

"저기, 있잖아."

우물쭈물 꺼낸 내 질문에 아힌이 말해 보라는 듯 가만히 응시했다.

"내 청혼 말인데, 그거."

"안 물러 줄 건데요."

"……."

이럴 줄 알았어. 내 이럴 줄 알았다고!

하지만 뭐라고 할 수 없는 게 아힌은 한 번 이렇다고 정한 건 좀처럼 바꿔 주지 않기 때문이었다.

저 인간, 체스 게임에서도 물러 주지 않는단 말이야.

무엇보다 무려 이 년 동안이나 나를 기다려 줬다는 걸 나도 잘 알고 있기 때문에 더 그랬다.

후, 이를 어찌한다.

"근데 나 아직 결, 결혼할 마음의 준비가 덜됐단 말이야!"

"일단 결혼은 한다는 거지, 그럼?"

아, 아? 순간이지만 멍해졌다.

말이 그렇게 되는 건가.

내가 입을 딱 조개처럼 다물자 아힌이 낄낄거리며 웃는다. 이렇게 소리를 내서 웃는 아힌은 참 보기 드물었다. 평소라면 흐뭇했을 테지만.

그치만 지금은 좋지 않다.

웃지 말라고, 이 나쁜 놈아!

"그만 웃어!"

"아, 나도 모르게."

처음 만났을 땐 아힌이 이렇게 크게 웃는지도 몰랐다. 아힌이 이렇게 처음 웃었을 때도 놀라서 한동안 두 눈을 동그랗게 뜨고 아힌이 웃는 것만 쳐다보았던 기억이 아직도 생생하다.

뭐가 그리 웃긴 건지 아힌이 폭소하는 건 진짜 엄청 희귀한 장면이니까. 물론 내 앞에서만 흐트러지는 건 좋지만…….

"비웃지 마, 이 나쁜 놈아."

내 구박에 아힌이 끅끅거리며 웃음을 참는다. 그래도 신사라고 금세 웃는 걸 그만두었다.

물론 싱글벙글한 표정은 여전했지만.

나, 아힌 처음 만났을 때만 해도 아힌의 이런 모습은 상상도 못 했는데…….

"아힌은 언제부터 내가 좋아지기 시작한 거야?"

"비밀인데."

"……."

이 인간, 이렇게 얍삽한 인간이었단 말인가.

어디 한번 말해 주면 덧나나.

내가 입술을 삐죽이는데도 아힌이 안 통한다는 듯 시선을 다른 곳에다 준다.

아, 진짜 듣고 싶었는데!

그때였다. 갑자기 아힌이 입을 연 것은.

"너를 처음 본 날부터 좋았어."

처음 듣는다.

근데 날 처음 본 날부터 좋았다고? 우리가 처음 본 날이 언제더라?

정확히 떠오르지 않는 기억에 내가 인상을 찌푸리자 구겨진 내 미간을 아힌이 문지른다. 인상 쓰지 말라는 뜻이었다.

그래, 인상 안 쓸게.

"내가 열 살 때, 네가 일곱 살 때 일이야."

"와, 엄청 어릴 때다."

"그래."

"근데 내 어떤 모습이 좋았던 거야?"

왜 그런 걸 물어보냐는 듯 아힌이 쳐다본다.

아니, 그래도 난 궁금하다고.

알려 달라고 아힌의 팔을 붙잡고 흔들자 그 조르기가 통한 건지 아힌이 피식 웃었다.

"넌 기억 안 나겠지만 난 그때 성황의 후계자는 아니었어. 후계자로 내정되어 있었을 때였지. 그때 한참 고민하고 있었어. 어머니께선 내가 성황의 후계자가 되는 걸 원치 않으셨고, 주변 사람들은 모두가 그걸 원했지. 어머님의 말씀에 따라야 하나, 나를 원하는 자리에 가야 하나. 모두가 내가 원하는 대로 하라고 했지. 하지만 그래서 더 어떻게 해야 할지 감도 잡지 못하고 있을 때, 네가 나타났어."

"내가 뭘 했어?"

"응."

정말?

믿기지 않는다는 듯 내가 쳐다보니 아힌이 웃는다. 아힌은 손을 뻗어 내 머리를 쓰다듬었다.

"어린 나이인데 공주로서 훌륭하게 처신하고, 우아했지. 동시에 아이다운 네 모습도 그대로였어."

나지막한 속삭임.

아마 그건 내가 공주여서라기보다 다른 이유가 있었기 때문이라는 걸 나는 알고 있지만 그걸 굳이 말해 주고 싶은 생각은 들지 않았다.

아힌의 시선이 나를 향한다.

이렇게 간절한 시선을 마주한 적이 있던가.

"너를 닮고 싶었어."

근데 왜 이렇게 뺨이 달아오르는 거람.

저절로 고개가 숙여진다. 아힌은 그걸 보려고 시선을 내렸다.

으아.

"보지 마. 부끄러워서 죽을 거 같단 말이야."

어떻게 해서든 빨갛게 되어 버린 내 얼굴을 감추려고 했는데, 결국 실패했다. 귀까지 달아오른 나를 보며 아힌이 웃는다. 뭐가 그리 웃긴 건지 웃음이 아주 끊이지를 않았다.

"참을게."

어?

아힌이 참을 수 있다는 듯 고개를 끄덕인다. 어쩐지 그건 싫어서 나도 모르게 대꾸해 버렸다.

"참지 마."

"정말?"

……아니, 근데 이건 또 이거 나름대로 문제인 듯한데.

"감당할 수 있겠어?"

"아니, 그건…… 자신 없지만……."

띄엄띄엄 말하는 나를 보며 아힌이 내 손을 꽉 잡는다.

"체크메이트. 무르기는 없습니다."

"……."

이거 체스 아닌데.

내 표정을 읽은 건지 아힌이 웃으며 고개를 끄덕인다. 안다는 의미였다.

아, 이제 내 속마음도 읽으시나요?

"저기 나, 근데 진짜 마음의 준비가 덜됐어."

"기다려 줄게."

아힌이 그 정도는 할 수 있다는 듯 가볍게 대꾸한다.

"참는 거 하나는 자신 있으니까."

하지만 그 말에 나도 모르게 중얼거리게 되는 건, 정말 어쩔 수가 없었다.

"……안 참아도 된다니까."

8. 당신의 그늘에서

8. 당신의 그늘에서

그 일이 벌어진 건 스헤르토헨보스에서 청혼장이 날라온 때부터였다.

카이텔은 그 청혼장을 보자마자 당장에 갈기갈기 찢어 버렸고, 리아는 그럴 줄 알았다는 듯 미리 받아 놓았던 새로운 청혼장을 그대로 제 아버지에게 보여 주었다.

그렇게 일 점 동요도 없이 자신에게 청혼장을 내미는 리아를 보며 카이텔은 할 말을 잃었다고 한다.

지켜보던 시녀와 시종들은 황제가 칼이라도 휘두르는 게 아닌가 엄청난 두려움에 덜덜 떨었다고 했다.

물론 그들이 상상했던 그런 일은 벌어지지 않았지만.

유일하게 딸 하나 있는데, 그 딸이 시집을 가 버린다니!

상상할 수 없는 일이었는데, 그것이 현실이 되어 버렸습니다.

아마 카이텔의 마음속에는 이런 말들이 둥실거리고 있었을 터였다. 카이텔은 애써 현실을 부정해 보려고 했지만 그의 의사는 어찌 되었건 페르델과 아시시를 제외한 황궁의 모든 사람들이 리아의 결혼 소식을 엄청나게 환영하며 축하해 주었다.

그래, 비록 그들의 주인은 똥 씹은 표정으로 인상을 쓰건 말건 말이지.

물론 황궁에서 카이텔은 원래 항상 조심해서 모셔야 하는 인물이었으므로 시녀와 시종들의 행동에서 딱히 달라진 점은 없었다고 한다.

* * *

"공주님, 이건 어떠세요?"

"어, 그거 너무 수수하지 않을까? 그래도 결혼식에 입을 건데."

"그럼 이런 건요?"

세르이라를 필두로 시르비아, 일린, 이블린까지 모두 다 이번 일을 환영하며 물심양면으로 도와주겠다고 두 팔을 걷어붙이고 나섰다. 물론 어머니 없이 리아 혼자서 결혼을 준비해야 되는 입장에서는 그 어떤 도움이든 반가운 것은 사실.

특히 제일 신이 난 건 세르이라와 시르비아였다.

마치 이날만을 기다렸다는 듯 수없이 쏟아 내는 웨딩드레스의 디자인과 문양과 액세서리를 보며, 리아는 자신이 결혼을 하지 않았으면 이 두 여자가 어떤 반응을 보였을까 그게 더 궁금하다고 생각했다.

물론 처음부터 이렇게 결혼식 준비를 물 흐르듯 매끄럽게 할 수 있었던 건 아니었다.

리아가 청혼서를 보여 주자마자 카이텔은 당연하다는 듯 찢어 버렸고, 절대로 결혼시키지 않을 거라며 그런 놈팡이랑은 헤어지는 게 좋다고 당부했다.

하지만 인생사가 제 뜻대로만 된다면 얼마나 좋을까.

카이텔은 곧 그의 인생에 닥친 최대의 위기를 맞이하게 되었다.

"나 또 가출할 거야."

굳은 표정으로 리아가 한 말에 카이텔은 일단 표정이 흔들렸다. 금세 무표정을 되찾기는 했지만 이미 리아에게는 모두 들킨 후였다.

하지만 평정을 잃지 않고 그 정도로는 어림도 없다는 듯 카이텔이 단호하게 고개를 가로저었다.

"안 돼."

"아빠 다신 안 볼 거야."

이 말이 나왔을 때, 카이텔은 잠깐이지만 몸을 움찔했다.

아무리 그래도 다시 안 보겠다니. 그게 얼마나 어마어마한 일이란 말인가.

비록 대놓고 딸을 찾아다니지는 않지만 무려 아침, 점심, 저녁, 이렇게 기본적으로 세 번을 보지 못하면 그날은 솔레이 궁이 그냥 무덤이라고 생각하면 됐다. 어떻게 해서든 무사히 살아남는 것이 시종과 시녀들의 일일 미션이 되리라.

어쨌든 그동안은 착한 우리 공주님 덕분에 그런 일은 없었지만 이번만큼은 사안이 사안인지라 많이 달랐다.

카이텔은 굳건히 버티고 있었다.

리아는 이래도 카이텔이 허락해 주지 않자 결국 마지막 승부수를 띄웠다.

"아빠 없이 결혼할 거야!"

천하에 어떻게 이 아빠도 없이 결혼을 한다고 말할 수 있단 말인가!

딸아이 예쁘게 키워 봤자 소용없다더니.

이 말에 카이텔은 무너질 수밖에 없었다.

어쩔 수 없이 결혼을 허락하고, 아시시를 데리고 술을 마시러 페르델이 있는 영지까지 내려갔다. 페르델은 영문도 모른 채 황제랑 공주의 수호 기사를 맞이해서 술 파티를 벌였고, 그날 세 사람이 딴 술통만 마흔 통이 넘어갔다고 전해진다.

하지만 어쩌겠는가!

딸이 자기가 없어도 결혼을 하겠다는데.

그 굳은 의지에 카이텔은 어찌할 바를 모르고 그냥 끌려갈 수밖에 없었다.

천하의 카이텔이 이런 모습을 보이는 때가 올 줄이야.

모두가 이 장면을 보고 놀라워했지만 정작 이런 기적을 일으킨 리아만큼은 당연한 일이라는 듯 유유자적했다.

과연 딸. 무엇보다 딸.

누가 말했던가. 딸바보의 끝에는 결국 이런 쓰디쓴 패배라는 결말만이 기다린다는 것을.

카이텔 역시 그 패배를 맛보고 있었다.

딸에게는 질 수밖에 없는 패배를!

"괜찮아, 카이텔! 누구나 한 번씩 다 겪는 거다!"

"꺼져."

그래서 결국 아리아드나 공주의 결혼은 거국적으로 진행되기 시작했다.

*　*　*

느닷없는 결혼식 소식에 온 나라가 들썩였다.

심지어 제국민들마저 이 국혼을 반겼다. 워낙 다방면으로 사랑을 받고 있는 아리아드나 공주인지라 더욱 그 환영의 규모는 어마어마했다.

하지만 마지막까지 포기가 안 되는 한 사람이 있었으니.

인사차 정식으로 리아에게 청혼을 하러 아힌이 아그리젠트로 방문을 했을 때, 카이텔의 분노는 하늘을 찔렀다.

감히 제 딸을 채 가다니.

리아와 함께 있을 때는 어쩔 수 없었지만 둘이 남은 시점에서는 거리낄 게 없었다.

카이텔은 당장에 이 결혼을 무효로 만들고 싶었지만 일단 참았다. 그리고 조용히 낮은 목소리로 협박했다.

"첩 들여도 사형, 내 딸 울려도 사형, 내 딸 아프게 해도 사형, 손에 물 묻혀도 사형, 내 딸 구박해도 사형이다."

"……!"

아힌은 할 말을 잃은 표정으로 카이텔을 쳐다보았다.

카이텔은 아직 그 정도로는 어림도 없다는 듯 다시 덧붙여 말했다.

"그리고 만약 내가 말한 것 중에서 하나라도 실제로 벌어질 시 생지옥이 뭔지를 보여 주마. 물론 스헤르토헨보스도 프레치아의 전처를 밟게 될 것이라는 점만은 명심해 두도록."

"……."

그 와중에 아힌이 손을 든다.

궁금한 것이 있다는 태도에 카이텔이 인상을 찌푸리긴 했지만 질문하는 걸 허락했다.

"질문이 하나 있습니다."

"뭔데?"

"그래도 애는 씻겨야 할 것 아닙니까?"

아마 손에 물을 묻히면 사형이라는 대목을 가지고 묻는 모양이었다. 카이텔이 잠깐 고민해 보더니 고개를 끄덕였다.

"그래, 씻을 때 물이 닿는 건 인정해 주마."

장인과 사위가 처음으로 진지하게 대면하는 자리에서 이런 쓸데없는 협상이 오고 간다는 걸 리아는 알고 있는 걸까.

어찌 되었든 결론이 사형으로 끝나는 카이텔의 협박은 그 후로도 한동안 끝나지 않았다. 그 세세한 협박의 목록을 적어 본다면 족히 오십 장 정도는 가뿐히 넘으리라.

이제 딸아이 부부가 될 둘을 내려다보며 카이텔은 연신 인상만 쓰고 있었다. 뭘 해도 마음에 차지 않는 듯한 반응이었다.

그러거나 말거나 리아는 신경도 쓰지 않았지만.

"아빠, 너무 서운해 하지 마. 내가 자주 보러 올게. 응?"

카이텔이 너무 서운해 하니 한 말이었는데, 그 말에 귀가 번쩍 뜨이기라도 한 듯 카이텔이 바로 되물었다.

"언제?"

"응?"

"언제?"

"어……."

"언제?"

"……."

"언제?"

"……."

빈말이었는데.

리아는 차마 그 말을 입 밖에 낼 수가 없어서 망설였다.

"어, 언젠가……?"

아니, 보통 이럴 때 하는 이런 말은 다 빈말이 아니던가. 길거리에서 오랜만에 만난 사람한테 나중에 밥 한 끼 같이 먹자고 던지는 말이랑 같은 의미였다.

하지만 카이텔은 기정사실로 만들어 확답을 받아 내려는 듯 거침없이 되물었다.

"정확히 언제?"

아니, 그걸 지금 여기에서 정해야 하는 거야?

"어……, 그러니까."

리아가 망설이자 카이텔이 인상을 찌푸린다.

리아의 시선은 자연스레 옆에 있는 아힌에게로 향했다. 하지만 아힌은 자신은 모른다는 듯 싹 고개를 돌려 외면했다.

썩을.

리아는 결국 다시 고민에 빠지고 말았다.

"그러니까 결혼하고 한 한두 달 후쯤?"

"늦어."

"그럼 일주일 후?"

"늦어."

"그럼 한 사흘 정도 후?"

"늦어."

"……."

대체 어쩌라고?

리아가 인상을 찌푸린다.

하지만 카이텔은 리아가 어떤 말을 해도 늦다고 생각되는 모양이었다. 하긴 하루도 제 품에서 떼어 놓지 않았던 딸이니 더 그럴 수밖에.

“그럼 한 이틀 뒤에 한번 들를게.”

“늦어.”

아니, 이틀 뒤도 늦다고 하면 어쩌라는 건가. 리아가 인상을 쓰며 카이텔에게 되물었다

“그럼 아빠가 원하는 날은 언젠데?”

“그다음 날.”

이 인간이?

그다음 날에 오는 건 실질적으로 무리다. 어떻게 해도 무리다.

아힌을 돌아보니 어쩔 수 없다는 듯 한숨을 내쉰다.

아니, 그럼 결혼을 해서 스헤르토헨보스에 갔다가 바로 되돌아오라는 소리인가? 아무리 그래도 시댁 식구들이랑 얼굴 익힐 시간은 필요한 법인데 말이지.

“안 돼. 사흘 뒤쯤 아니면 다신 안 온다.”

“…….”

단호한 리아의 말에 울며 겨자 먹기로 카이텔이 수긍한다.

그러나 당연하다면 당연하게도 카이텔의 집요함은 거기서 끝나지 않았다.

“언제까지 머물다 갈 건데?”

이 질문 하나에 리아의 고민은 다시 시작되었다.

어느 정도의 기간을 불러야 이놈의 아버지가 마음에 들어 하실까, 으음.

"한 일주일쯤?"

"짧아."

카이텔의 반응은 바로 튀어나왔다.

일주일이 짧다니. 방금은 일주일쯤 뒤에 본다니까 늦는다고 뭐라고 해 놓고선.

속에서는 온갖 불만이 튀어나왔지만 리아는 최대한 아빠의 서운함을 달래 주기 위해 애를 썼다.

"그럼 한 달?"

"너무 짧아."

한 달이 짧다고?

"어……. 그럼 한 이 개월?"

"눈 깜빡하면 지나가겠네."

"……."

저절로 한숨이 나온다.

리아는 결국 자신에게 영접하려 하는 깊은 빡 침을 내버려 두고 일단 인내심부터 찾았다. 호흡을 충분히 고른 뒤, 카이텔에게 묻는다.

"그럼 얼마 정도를 원하는 거야, 아빠?"

리아의 질문에 카이텔은 망설임 없이 대꾸했다.

"삼십 년."

……그래, 겁나 짧네요.

리아는 할 말을 잃었다. 그건 그 옆에 앉아 있던 아힌도 마찬가지였다.

삼십 년에 비한다면 두 달도, 일주일도 짧은 건 당연한 일이었다. 하지만 그렇다고 삼십 년을 머물러 줄 수는 없는 노릇.

리아는 먼저 빙그레 웃었다.

"그래, 한 삼십 일 정도 있을게."

"아, 안 돼."

카이텔이 인상을 찌푸린다.

딸을 상대로는 도무지 자신이 원하는 대로 되지 않자 카이텔이 향한 것은 바로 아힌이었다.

"야, 너, 리아를 두고 너 혼자 돌아가라."

이제 막 결혼할 새신랑에게 그게 과연 할 말이던가. 당연히 아힌은 고개를 가로저었다.

"싫은데요, 장인어른."

"네가 지금 개기냐?"

"아빠!"

"……."

가만히 대화를 듣고 있던 리아가 중간에 끼어든다. 카이텔은 순식간에 입을 다물었다.

"우리 남편 협박하지 마. 알았어, 몰랐어?"

아직 결혼도 안 했는데, 벌써부터 우리 남편이라니.

카이텔은 통탄을 금치 못했다.

"딸 키워 봤자 소용없어."

* * *

가장 큰일이었던 상견례를 마치고 리아는 결혼식 준비를 하고 있었다.

별거 없을 거라고 생각했는데, 막상 준비를 하려고 보니 이것저것 준비해야 하는 것이 너무 많았다. 일단 살 집부터 시작해서 혼수나 이것저것.

그냥 귀족끼리 결혼하는 것도 음악이나 하다못해 식기의 수까지 결정을 하는데, 이번 혼사는 무려 국혼이었다. 그냥 넘어갈 수 없는 것이 자명한 일.

세르이라와 시르비아의 전폭적인 도움을 받고 있기는 하지만 그래도 리아 혼자서 감당해 내야 하는 것도 상당히 많았다. 황실에 어른이 계시지 않는다는 게 이럴 때는 불편하다는 걸 리아는 이번 기회로 깨달았다.

그래, 그동안은 깨달을 기회도 없었는데 말이지.

한참 후원 테이블에 딸린 의자에 앉아 자신이 무엇을 준비해야 하고, 무엇을 준비했고, 앞으로는 어떤 걸 또 준비해야 하는지 목록을 적고 있을 때였다.

살랑살랑 불어오는 바람결에서 느껴지는 기척에 고개를 드니 멀거니 서 있는 카이텔의 모습이 리아의 시야에 들어온다.

리아가 고개를 갸웃했다.

"어?"

리아의 목소리에 카이텔이 좀 더 가까이 다가온다.

"아빠가 여긴 웬일이야?"

"산책 나왔어."

"……."

나지막한 대답.

그러나 그 대답을 듣고 리아는 할 말을 잃었다.

아무리 내가 둔하다지만 그건 좀 아닌 것 같습니다, 아버지. 그 변명은 진짜 아니야.

어찌 되었건 자신을 보고 싶어서 나온 거라는 사실쯤은 알 수 있었다.

리아가 목록을 적다 말고 카이텔을 바라본다. 카이텔은 리아가 하는 양을 가만히 응시하고 있었다. 그 모습이 짠했던 것인가. 리아가 자리를 박차고 일어났다.

"아빠, 우리 데이트할래?"

웃으며 제안하는 딸의 말에 카이텔이 되묻는다.

"데이트?"

"응."

리아가 고개를 끄덕이자 카이텔이 내키지 않는지 잠시 생각에 잠긴다. 그러건 말건 리아는 자리에서 일어나 바로 카이텔의 손을 잡아 버렸다.

오랜만에 맞잡은 손에 카이텔의 시선이 두 사람의 손으로 내려간다.

리아가 방긋 웃었다.

"자, 산책 갑시다!"

그리고 향한 곳은 둘이 항상 같이 돌곤 했던 산책길이었다.

리아가 아장아장 걸을 무렵부터 돌기 시작했던 산책길.

아기였을 때 한 번 겨울에 산책을 했다가 감기에 걸려 리아가 고생한 이후로는 절대 겨울에는 얇은 옷차림으로 산책을 가지 않았지만 그때만 제외하고는 거의 매일 이 길을 걸었다.

그래서일까. 익숙한 장소에서 느껴지는 낯선 기분에 리아가 빙그레 웃었다.

"날씨 좋다. 그치, 아빠?"

날씨가 이렇게 좋은데, 카이텔의 시선은 리아에게만 꽂혀 있었다.

자꾸 뭐가 그리 아까운지 눈조차 떼지를 못한다.

그 사실을 알고 있는 리아는 그저 가만히 웃는 것밖에 할 수 있는 게 없었다.

"아빠."

나지막한 부름.

카이텔은 답 없이 리아를 쳐다보았다.

"결혼한다고 해서 영원히 가는 건 아니야."

자꾸 영원히 헤어지는 사람처럼 구는 카이텔 때문에 더 심란한 건 리아였다.

결혼해 본 경험이 있었다면 좋았을걸.

이럴 때면 그런 생각이 들기도 한다.

자신에게도 처음이고, 카이텔에게도 생전 처음 있는 일. 과연 딸을 가진 아빠는 다 이렇게 되어 버리는 것일까.

리아가 가만히 카이텔의 손을 꼭 잡는다. 손에서 전해지는 온기는 항상 같은 것이었다.

"난 언제까지나 아빠 딸이니까."

시집간다고 해도 그 사실이 변하는 건 아니다.

하지만 카이텔도 머리로는 알고 있지만 막상 납득하기가 어려운 모양이었다.

잔뜩 찌푸린 카이텔의 얼굴을 보며 리아가 먼저 웃는다.

"진짜 자주 올 거야. 약속할게."

그것도 잠시.

뒤이어 나온 카이텔의 질문에는 리아도 할 말을 잃었다.

"몇 월, 몇 시, 몇 분, 몇 초에 오는 건데?"

"……."

아, 이 징한 인간.

아무튼 별나다니까.

9. 아침에 내리는 햇살처럼

9. 아침에 내리는 햇살처럼

특정한 누군가와 매일 함께 같이 잠에 들고,

아침에 같이 눈을 뜬다는 건,

자신의 인생에 평생 없을 일이라 생각했다.

누군가가 옆에 있으면 잠도 자지 못하는 예민한 신경 때문도 있었지만 애초에 누군가를 옆에 둔다는 걸 상상조차 하지 못했기 때문에 더 그러했다.

그건 황제가 되어서도 똑같았다.

"카이텔, 잠 좀 자지그래?"

잠이 부족해 잔뜩 저기압인 자신을 보며, 페르델이 인상을 찌푸렸다.

"신경 꺼."

단칼에 잘라내는 한 마디.

페르델은 늘 입버릇처럼 네가 성격이 더러운 건 다 잠이 부족해서라는 요지의 일장연설을 늘어놓곤 했다.

그럴 때마다 귀찮다는 듯 인상을 쓰곤 했지만 그 영향이 아예 없진 않으리라 본인 역시 생각했다. 충분한 수면이 누구에게나 필요한 것이라는 사실은 안다.

하지만 그런다 해도 쉽게 잠들 수는 없었다.

전쟁터에서 구르던 버릇이 몸에 배어서 조금도 깊은 잠을 스스로에게 허락하지 않았다.

드란스테가 멋대로 살려 놓은 그날 이후.

눈만 감으면 불타오르는 제 궁에 혼자 남겨진 꿈만 나왔다. 그 악몽에 지쳐 눈을 뜨면 아직도 밤. 다시 그 꿈을 꾸고 싶지 않아서 뜬눈으로 밤을 샜다.

드란스테, 그 자식이 장난처럼 전쟁터에 던져 놓고 갔을 때에도 쉽게 잠을 청할 수 없었다. 그땐 그냥 정신이 깨어 있었다. 몸을 한계 끝까지 혹사시키고 나서 기절하듯 잠들 때에도 얼마 못 가 깨어나곤 했다.

그건 항상 자신의 꿈을 훔쳐보는 드란스테 때문에 더 그랬다. 멋대로 남의 꿈에 들어와 한참 헤집어 놓고 이렇다 할 사과도 하지 않는 악마 새끼 때문에 하루에 네 시간 정도의 얕은 잠만 자고도 일상생활이 유지될 정도였으니까.

그 시절은 지옥이었다.

하루하루 살아남는 것조차 하나의 기적처럼 그렇게 살아남았다. 어떻게든 살아남겠다는 필사적인 의지가 없었다면 그냥 죽었으리라.

열네 살부터 시작된 떠돌이 생활.

주로 하는 일은 돈을 받고 사람을 죽이는 일이었다. 그것도 사방이 탁 트인 전쟁터에서. 그걸 용병이라 부르던가.

모르겠다. 어찌 되었던 그런 일을 하며 살아남았다.

열아홉이 될 때까지.

어떤 특별한 계기가 있었던 것은 아니었다. 드란스테가 던져놓은 전쟁터에서 살아남다 보니 그곳은 외국이었고, 어느새 아그리젠트로 돌아왔을 뿐이었다.

약 육 년 만의 귀환이었다.

하지만 돌아온 조국에서는 희미한 감상을 느낄 여력조차 남아있지 않았다.

"아시시도 그렇고, 둘 다 수면 부족이야. 왜 그렇게 잠을 못 자고 그래?"

"……."

굳이 대답할 필요성을 느끼지 못해 입을 다문다.

헛소리 말고 하던 거나 하라는 시선에 페르델은 잔뜩 불만인 표정으로 서류를 넘겼다.

“예이, 예이, 황제 폐하. 원하시는 대로 합죠.”

투덜거리면서도 움직이는 손은 누구도 흉내 낼 수 없는 깔끔한 일 처리를 보여 주었다. 좀 짜증나긴 해도 페르델은 최고의 파트너였다.

그가 재상으로 있어 주지 않았다면 자신이 벌인 그 모든 전쟁을 이 나라가 감당하지 못했을 수도 있었다.

“널 황제로 만들어 주면 나한테 돌아오는 게 뭔데?”

날 도와 황제로 만들어 달라 청했을 때, 페르델은 올곧은 눈동자로 그렇게 물었다.

그때 뭐라 대답했었더라.

“네가 원하는 것 전부.”

그래, 그랬었다.

페르델은 그 말에 한참을 고민하다 긍정인지 부정인지 모를 대답을 했었다.

그러나 페르델은 자신을 황제로 만들어 주었다.

그 시절엔 자신을 벼랑 끝으로 내몬 전부를 죽일 생각밖에 하지 않았다. 그 가장 쉬운 방법이 황제가 되는 것이었다. 그렇게 저주하고 저주했던 적통이라는 정통성을 무기 삼아.

하지만 자신에겐 정말 그것밖엔 남아 있지 않았기에 도와줄 사람이 필요했다.

그리고 그게 페르델이었다.

도와줄 이유가 없다는 건 알고 있었다. 그런데도 굳이 자신을 도울 것이라는 사실도 자신은 알고 있었다.

그건 당연하고도 어쩔 수 없는 선택과 같은 것이었으니까.

애초에 페르델이 자신의 제안을 거절할 리가 없었다. 자신에게 미미하게 남아 있는 죄책감, 6황자가 황제가 된다면 이 아그리젠트는 그대로일 거라는 확신, 그리고 뿌리까지 썩은 이 나라에 대한 염증.

무엇보다 시르비아와 아시시에 대한 애정.

그래, 애정이라고 부를 수도 없는 집착.

페르델과 자신은 가장 극과 극에 있는 존재이면서 그와 동시에 서로에 대해 너무나 잘 파악하고 있는 관계였다. 애초에 서로가 서로를 그다지 마음에 들어 하지 않는다는 건 서로 충분히 알고 있는 사실이었다.

얼핏 제 맘대로 하는 것 같지만 페르델은 지극히 이성적인 놈이다. 페르델이 하는 모든 행동엔 지극히 납득이 가는 이유가 존재했다.

그랬기에 페르델을 신뢰했다.

비록 좋아하진 않지만.

페르델 역시 자신을 좋아하지 않으니 그걸로 된 거겠지.

하지만 그래도 역시 깊이 잠들 수는 없었다.

"6황자, 이놈은 대체 어디로 도망을 친 걸까. 온 나라를 다 뒤집어 놓고 저를 지지하던 귀족들까지 깡그리 죽였는데도 안 나오네. 신기하다, 그치?"

페르델이 깐죽거린다.

미미하게 인상을 찌푸려 봤지만 그건 오히려 페르델의 흥미를 돋우는 행동일 뿐이었다.

이제야 눈치챈 거지만 6황자가 도망치는 걸 페르델은 미리 알고 있었을 거란 생각이 들었다. 그땐 6황자가 도망쳤다는 그 사실 자체에 분노해서 어떻게 해서든 잡아들이려고 온 나라를 뒤집어 놨지만 화가 어느 정도 식은 지금은 페르델이 막으려면 얼마든지 막을 수 있었다는 걸 알 수 있었다.

막지 않았겠지만.

저 교활한 놈, 그러니까 6황자가 유일하게 집착하는 그놈의 어미를 붙잡고 어디에다 숨겨 놓았던 거겠지.

일단은 놔두었다. 하고 싶은 대로 하라고.

하지만 그게 도를 넘는 순간 목덜미를 잡아챌 생각이었다.

"왜 다들 그놈을 감싸려 드는 걸까."

6황자만 죽이면 모든 게 끝이 나는데, 정작 6황자는 도망쳤다.

마치 한 움큼 손에 쥔 모래알이 빠져나간 허탈한 감각. 6황자가 도망치고. 6황자를 잡기 위해 그를 도왔던 전부를 죽였다.

그자들이 나중에 제 목을 칠 거란 두려움에서 비롯된 것은 아니었다. 그냥 어차피 죽이려고 했으니까. 살려 둘 생각 따위는 애초에 존재하지도 않았다. 그건 자신이 황제가 된 순간부터 정해진 것이었다.

이유가 없었다면 이유를 붙여서라도 죽였으리라.

나라의 공신들이 거의 다 죽어 나가고, 나라의 기둥이라 떠받들어지던 아그리젠트의 고혈을 빼먹던 귀족들이 모두 다 죽고 재산을 몰수당했다. 이반 황제가 나라를 방치한 만큼 귀족들의 부富는 상상을 초월했다.

외국으로 망명한 귀족들도 대다수였으나 카이텔은 거기서 멈추지 않았다. 6황자파와 벌어진 내전에서 승리한 뒤 그 사태를 지켜보고 있던 주변국 전부에게 공문을 보냈다.

6황자 시오른을 수배하니 협조 바란다고.

말이 협조였지, 실상은 6황자를 잡으러 갈 테니 내놓으라는 협박이었다.

물론 주변국에서 돌아온 화답은 원하는 대로 쓰여 있지 않았다. 나중에 벨베르 회담에서 프레치아 황제가 비웃었던 대로 그들에게 자신은 아직 어린 애송이 왕이었다.

“어쩔 수 없지. 전부 쓸어버리는 수밖에.”

열세 살.

아늑했던 그의 궁이 불타올랐을 때부터 자신의 집이 된 것은 수많은 시체들이 언덕처럼 쌓여 가는 전쟁터였다.

그땐 그곳에서 살아남으려고 애를 썼지만 지금은 달랐다. 황궁에 있는 것 자체가 견딜 수 없어서 전쟁터로 나간다.

생각이라는 걸 할 수 없을 정도로 몸을 굴리고 나서야 제 머리를 혼란스럽게 했던 모든 것이 사라졌다. 그리고 그럴수록 더욱 강해지는 건 어떻게 해서든 6황자를 잡아서 죽여야 한다는 결심뿐이었다.

설마 전쟁을 벌일 줄은 꿈에도 몰랐겠지.

이미 아그리젠트 자체가 내전으로 폐허가 되어 있었기에 그런 확신은 더 강했을 것이다.

하지만 카이텔은 자신의 요청을 거절한 나라 전부를 쳐들어갔다. 처음엔 저놈이 미쳤나 하던 주변국들도 제일 처음 쳐들어간

셀리눈테가 약 육 개월 만에 속수무책으로 점령당하자 그제야 정신을 차렸다.

그러나 그땐 이미 늦은 후였다.

“쓸어버리긴 뭘 쓸어버려. 이미 다 쓸었잖아.”

“아직 남았어.”

페르델이 한숨을 내쉰다.

조용히 ‘저 전쟁에 미친놈’이라는 소리가 들렸지만 가만히 놔두었다.

평화에 물들어 있던 주변국들은 카이텔에겐 큰 상대가 되지 않았다. 거의 십 년간을 온갖 전쟁터에 있었다.

영지끼리 치르는 작은 규모의 전투도 많았지만 나라 대 나라가 치르는 전쟁도 꽤나 있었다.

졸병으로, 용병으로, 그냥 지나가던 나그네로 참여하게 되었던 전쟁이었지만 하나의 전쟁이 끝나면 얻어 가는 것이 꼭 하나씩은 있었다.

그렇게 쌓인 것들을 마치 지금을 위한 것이라는 듯 착실하고 요긴하게 써먹고 있었다.

“솔직히 말해 봐. 망명해 나간 6황자파 귀족들을 죽이려고 전쟁하는 거지?”

“…….”

페르델이 다 안다는 듯 묻는다.

자신은 그저 침묵했다.

물론 그 이유도 없진 않았다. 가장 큰 이유는 6황자를 도왔다는 거지만.

침묵을 긍정으로 받아들인 건지 페르델이 길고 긴 한숨을 내쉰다.

"그래서 이거 언제까지 할 건데?"

"6황자 새끼가 죽는 날까지."

"……."

끝나지 않겠구먼.

작게 중얼거리는 소리가 여기까지 들려왔다.

그놈을 죽이면 그땐 잠이라는 걸 제대로 잘 수 있는 걸까?

그런 의문이 들었지만 답은 쉽게 낼 수 없었다. 어찌 되었건 간에 중요한 건 잠을 자지 못하는 날들이 대부분이라는 사실이었다.

그건 한창 전쟁에 미쳐 있을 때도 그랬다.

예민했기 때문에 잔뜩 날이 서 있었고, 그랬기 때문에 그 무수히 많은 전쟁을 승리로 이끌 수 있었다.

굳이 이기고자 한 건 아니었으면서도 꼭 죽이겠다고 생각한 그 누군가를 죽이고 나면 그 전쟁은 승리로 끝나 있었다. 그런 나날이었다.

그냥 전부 죽여 버리고 싶었다.

자신을 이렇게 만들어 버린 놈들을.

가만히, 조용히 숨죽이고 있었는데도 자신을 가만히 놔두지 않은 놈들을.

"우리 아시시는 밥은 잘 챙겨 먹고 있는 걸까."

"다 큰 놈을 걱정하다니, 그 시간에 네가 들고 있는 거나 처리하지."

매정한 대꾸에 페르델이 인상을 구긴다.

"어휴, 넌 네 기사가 걱정되지도 않냐, 이 매정한 주군 놈아!"

걱정이 안 되는 건 아니다. 하지만 그건 페르델의 걱정과는 다른 의미.

자신이 걱정하는 건 아시시가 스스로 목숨을 끊는 것이었다. 아직도 절망에 빠져 숨조차 제대로 쉬지 못하던 아시시의 모습이 또렷했다.

그의 아비가 죽고, 어미가 죽었던 그날.

자신을 죽이려던 아버지의 칼을 피하지 않고 맞으려고 했던 아시시의 모습이.

그리고 그날은.

자신이 황제가 되었던 날이기도 했다.

* * *

"폐하의 기사가 되겠습니다. 제 두 부모가 이 땅에 저지른 죄를 제가 대신 갚겠습니다. 폐하께서 살려 준 목숨이니 폐하께서 쓰십시오."

살아가라고, 죽지 말라고 살려 놓았다.

그러나 아시시가 내뱉은 말은 자신이 생각했던 것과는 전혀 다른 말이었다.

아들을 죽이려 했던 아버지, 황제의 정부로 이 나라를 주물럭거린 어머니, 그 속에서 고립된 자신과 주위의 시선. 그를 괴롭히던 그 모든 굴레에 분노하기보다 아시시는 슬퍼했다.

그를 그 지경으로 만들어 놓았는데, 그렇게 괴롭혔는데도 아시시는 그런 것 따위는 상관없다는 듯 너무나 간단히 용서해 버렸다.

아시시를 더 괴롭게 했던 것은,

결국 사랑받지 못했다는 그 사실 하나.

그보다 더한 지옥은 없다는 듯 숨조차 제대로 쉬지 못한 채 허우적거리던 아시시의 눈동자가 뇌리에서 지워지지 않았다.

대체 어떻게 그럴 수 있단 말인가.

그렇게 고통스러웠으면서, 그렇게 슬펐으면서 아시시는 결국 끝까지 자신의 탓이라며 모든 걸 끌어안고 무너졌다.

그런 아비와 어미의 어디가 잘났다고.

"그리하여 제가 제 죗값을 달게 받으면……."

무릎을 꿇고 고하던 아시시의 한 마디.

"저를 죽여 주십시오."

그때만큼은 그 무엇도 생각나지 않았다.

아시시를 살려야 한다는 생각조차 하지 않았다. 그저 이대로 아시시를 외면하면 당장이라도 죽을 것이라는 그 생각밖에 들지 않았다.

그것만큼은 처음 만난 그날과 똑같았다.

아시시와의 첫 만남.

무엇이 그리 서글픈지 숨죽여 울던 소년을 만났다.

상관하지도, 관여하지도 않았지만 그저 조용히 자신의 곁을 내주었던 것 같다.

여기 있어도 된다고,

원하는 대로 있어도 된다고.

고작 그런 것에 안식을 찾았던 것인가. 아시시는 끊임없이 되는 대로 자신의 곁을 찾아왔다. 그의 곁엔 이미 아시시라면 뭐든 해 줄 수 있는 친구가 있었는데도.

같은 처지의 인간이라 그러했던가.

그럴 수도 있었다. 존경할 만한 부모 밑에서 부족한 것 없이 사랑을 받고 자란 그 친구는 제 자신과 비교해서 너무나 찬란해서 감히 곁에 있는 것조차 힘들었을 테니까.

사랑받지 못했다는 것이 같다.

그래서 위로가 되었던 것인가.

스스로도 아시시의 존재에 위로받지 못했다고 말할 수는 없었다. 자신과 같은 처지에 있는 아이가 한 명 있다는 사실만으로도 이 세상에 자신만 그런 것은 아니라는 위안 아닌 위안을 받을 수 있었으니까.

단지 아시시는—.

그럼에도 사랑받고 싶어 했다.

자신의 부모에게.

"……허튼 생각은 하지 않아야 할 텐데."

그냥 내버려 두면 스스로 메말라 갈 것을 걱정했다. 아시시라면 얼마든지 그럴 수 있었으니까.

그래서 부러 더 내보냈다. 살아남는 것밖에 생각하지 못하도록.

그러나 그 수많은 전쟁터를 누비며 간신히 살아남으면서도 아시시는 마치 죽은 사람처럼 행동했다. 부모가 죽던 날 생긴 그늘은 시간이 흐를수록 더 크고, 깊어졌고, 가끔은 아예 살 생각이 없는 사람처럼 보이기도 했다.

그럴 수는 없었다.

정말, 그것만큼은 용서할 수 없었다.

그래도 미련하게 착한 자신의 기사는 주군이 죽여 줄 그날만을 기다리며 살아남았다.

죽일 생각 자체가 없다는 걸 알았다면 배신감을 느꼈으려나. 아니, 애초에 알고 있을 거라 생각한다. 처음부터 죽일 생각 자체가 없었다는 걸.

아마 어렴풋이 알고 있으리라. 자신이 영원히 죽일 생각조차 하지 않고 있었다는 걸. 스스로 걸어들어가는 처참한 전쟁터의 피바람 속에서도 아시시는 그대로였다. 살아남겠다는 생각도 살아야 한다는 의무도 없이 그저 자신이 명령한 대로 따를 뿐이었다.

죽이고 살아 돌아오라는 그 명령을.

"도대체 이 지옥은 언제 끝나는 걸까."

하루하루 숨 쉬는 것조차 무의미한 날들.

살아 있기 때문에 사는 날들.

살아 있긴 하지만 지금 당장 죽는다고 해도 딱히 상관은 없었다. 아니, 한 가지. 6황자를 죽이지 못한 일은 이가 갈릴 정도로 억울하지만.

그렇다고 해도 제 삶에 염증이 느껴지지 않는 건 아니었다. 특히 지독하게 밀려오는 이 회의감.

이렇게밖에 살지 못하는 것인가.

고작 이렇게 살려고 살아남은 것인가.

그런 생각이 들 때면 그런 자신에게 굽실거리는 사람들조차 웃겼다. 속으로는 그를 어떻게 생각하고 있는지 뻔히 보이는데, 그래도 살아남겠다고 사람들은 열심히 고개를 숙였다. 자존심까지 버리고.

그걸 알고 있어서였나. 일부러 더 조롱하곤 했었다.

어디 얼마만큼 길 수 있나 보자. 어디까지 내려갈 수 있는지 봐주마.

목숨이 달린 문제이니 절박해진 사람들을 그렇게 바닥까지 끌어내렸다.

뭐, 나중에 그 모든 행동이 자신에게 부메랑이 되어 돌아올 거라는 사실은 자신도 알고 있었다. 알고 있었지만 상관없다고 생각했다.

정말 상관없었으니까.

그래서였을까, 망나니처럼 굴었던 건.

하지만 역시 쉬이 잠들 순 없었다.

그 아이가 제게 오기 전까진.

* * *

어떤 특별한 이유가 있었던 것은 아니었다.

단지 어린아이라는 것 자체를 처음 접해 보았다. 그 전에도 본 적은 있지만 깊게 관심을 가진 적은 없었다.

관심이 간 적도 없었다.

대부분의 아기는 그를 보면 울기 바빴고, 그 울음소리가 그저 거슬렸었다.

하지만 그 아이는 달랐다.

자신의 딸, 아리아드나는.

"바바바."

"뭐라는지 모르겠군."

의미 없이 내뱉은 말.

뺨을 건드리자 간지러운지 아이가 웃는다. 방긋방긋 웃는 얼굴이 싫지는 않았다.

어미조차 없는 홀로 남은 공주.

자신이 아버지라 하지만 그것이 오히려 이 아이에겐 저주와도 같았다. 살려 줄 생각도, 키울 생각도 없었던 것 같은데, 그 아이는 어느새 자신의 딸로 공고히 제 자리를 다져 나갔다.

마치 아침 햇살이 스며들듯, 그렇게 소리 없이.

그저 아기라는 생물을 그렇게 가까이서 본 적이 없어서 신기했던 것 같다. 자신을 보고 울지 않는 것도 관심을 끌었고, 무엇보다 제대로 움직이지도 못하면서 의사표현을 한다는 게 제일 신기했다.

무슨 뜻인지 모를 그 의사표현에 유모가 다 알아듣고 움직이는 면도 신기했지만 그래도 역시 제일 신기한 건 그것이었다.

자신이 아빠라는 걸 알아본다는 것.

마치 개가 주인을 알아보듯 별로 얼굴을 비추지 않았는데도 아이가 자신을 알아보았다.

그것에 어떤 특별한 의미가 있었던 것은 아니었다. 하지만 알아보는 것 자체가 신기해서 자주 찾아갔었던 것 같았다.

그냥 신기함의 그 자체였다.

시선과 생각이 아이에게 매여 있었다. 그리고 어느새, 애정이라 부를 만한 것도 생겼던 것 같다.

그쯤이었다.

지치지 않아도 잠에 들 수 있었던 것이.

아이를 가만히 지켜보고 있노라면 전혀 심심하지 않았다. 전쟁터에서 하루 종일 구르고 나서야 간신히 잠이 쏟아지던 몸이 온몸의 긴장이 풀린 듯 흐물흐물해졌다.

아이를 곁에 두고 싶다는 생각을 한 것도 그때였다.

그래서 곁에 두었다.

특정한 누군가와 매일 함께 같이 잠에 들고, 아침에 눈을 뜬다는 것. 자신의 일생에, 평생에 없던 일이라 생각했는데, 그걸 이 조그마한 아이가 하게 만들었다는 사실이 그냥 놀라웠다.

하지만 가장 놀라운 건 이 아이 옆에서 편안하게 잠이 드는 자신이었다.

제대로 된 잠이라는 걸 자 본 것은 그때가 유일했다.

물론 몸에 배인 습관이라는 것이 무서운 게 얼마 안 가 깨곤 했지만 단 몇 시간만이라도 깊은 잠에 들 수 있다는 건 자신에겐 마치 기적과도 같은 일이었다.

그래서였을까. 단순히 며칠만 침실에 두려 했던 것이 그렇게 몇 년이 되도록 이어진 것은.

"아, 졸려."

"자."

기지도 못했던 것이 어느새 걸어 다닌다.

무언가를 잡아야 간신히 일어나던 아이가 이젠 제대로 된 말을 할 수가 있다.

며칠이 가건 몇 달이 지나건.

매 순간이 의미 없는 나날이었는데, 아이를 키운다는 건 하루 단위로 매일이 달라지는 일이었다.

침대 위로 쪼르르 올라가서 이불을 머리끝까지 끌어당긴 리아가 고개를 빼꼼하게 내밀고 자신을 바라본다. 낯익은 붉은색 눈동자가 투명하게 빛났다.

"아빠는 안 자?"

"잘 거야."

잠시 서류를 보느라 썼던 안경을 벗으니 리아가 빙그레 웃는다. 자신의 행동 하나하나에 이렇듯 세세하게 반응하는 것도 이 아이가 유일했다.

침대 곁으로 다가가니 마치 그의 자리라는 듯 리아가 빈 자신의 옆자리를 팡팡 친다.

그 자리에 들어가며 살짝 기묘한 기분이 들었다.

"요새 아시시는 잘 지내던가?"

딸의 수호 기사로 내준 뒤 아시시를 만나는 횟수는 늘었지만 정작 대화를 하는 일은 줄어들었다.

자신의 질문에 리아가 잠시 떠올리는 듯 말이 없었다.

"어, 음……. 잘 지낼걸?"

"뭐지, 그 애매한 대답은?"

"헤헷."

혼자 힘이었다면 이 아이가 이렇듯 사랑스럽게 자라날 수 있었을까.

간혹 그런 생각을 하곤 한다.

말이 없는 자신이 의아한 건지 리아가 그의 팔을 붙잡았다. 자신을 올려다보는 시선을 보며 이것 하나만은 바뀌지 않았다고 생각한다.

"넌 내 딸이지만 딸이 아니야."

"아들이야?"

"……."

리아가 고개를 갸웃했다.

"나 아들 아닌데."

말을 말자. 이 아이를 데리고 무슨 말을 할 수 있겠는가.

단념하면서도 슬며시 웃음이 스며 나온다.

"아 참, 아시시 말이야. 아빠, 원래 아시시가 그렇게 눈물이 많아?"

"모르겠는데."

"아빠가 모르면 누가 알아?"

"……."

리아가 걱정이라는 듯 뺨을 쥔다. 정말로 걱정인지 입술을 삐죽이는 모습이 심상치 않았다.

그래도 나아진 것 같던데.

죽기만을 기다리던 그때보단 지금의 아시시가 훨씬 나았다. 물론 상상할 수 없는 검은 기사의 모습이라며 기함을 하는 놈들이 있긴 했지만.

"지금은 좋다고 말을 하던가."

"어? 누가?"

누구에 대해서 물은 건지 모르겠다는 듯 멍한 표정으로 자신을 쳐다보던 리아가 곧 아시시에 대한 질문임을 깨닫고 고민에 빠졌다.

"아, 음……."

쉽게 답을 낼 수 없는 건지 리아가 끙끙거린다.

"모르겠어."

그러더니 자신 없이 답한다.

또 다른 질문 대신 아이의 머리를 쓰다듬었다. 익숙한 손길에 아이가 배시시 웃는다.

싫으면서 싫다는 말도 하지 못하는 녀석이었다.

좋은 것 역시 그러했지.

원하는 것이 있어도 원한다고 소리 내서 말하지 않았다. 마치 그 모든 걸 누군가에게 드러내기라도 하면 무슨 큰일이라도 벌어지는 것처럼 자기 자신을 꼭꼭 숨기고 모든 걸 마음속에 꾹꾹 눌러 참았다.

그래 봤자 달라지는 건 없는데.

그래서 처음으로 제가 원하는 것이 생겼다고 말했을 때, 내심 다행이라 생각했다.

"달라진 게 없나?"

"없어."

리아가 단호하게 고개를 끄덕인다.

제가 보기엔 아시시가 많이 달라졌다고 생각했는데, 리아의 입장에선 아닌 모양이었다.

리아가 빤히 쳐다보더니 냉큼 물었다.

"아빠도 좋으면 좋다고 말해?"

"……."

뭐라 말을 해야 하는 걸까.

예상치 못한 공격에 쉽게 대답을 할 수 없었다. 결국 나오는 것은 애매한 말뿐.

"글쎄."

그리고 마치 그런 곤란한 질문을 한 벌이라는 듯 리아의 볼을 꼬집었다. 얇은 살이 잡히자 쉽게 붉은 자국이 남는다.

"아야!"

리아가 아픈지 인상을 썼다.

웬만해선 이렇게까지 격하게 반응을 하지 않는데, 정말 아팠나 보군.

하지만 딸을 울리고 싶은 철없는 아빠인지라 개의치 않았다. 오히려 이때다 싶어 놀렸을 뿐.

"울 거야?"

"안 울어!"

"이미 눈에는 눈물이 그렁그렁한데."

그러자 리아가 손등으로 눈물을 닦더니 고개를 세차게 가로젓는다.

"안 울 거야, 그래도."

너무 눈물을 참으면 안 좋은데.

불현듯 항상 참기만 하는 누군가가 떠올라서 괜히 신경이 쓰였다.

"울어도 돼."

나지막한 그 말에 리아가 눈물이 그렁그렁한 눈으로 자신을 올려다본다.

"혼내지 않을 테니까."

그럼에도 반신반의한 건지 리아가 조심스레 다시 확인하듯 되물었다.

"정말?"

"그래."

"진짜로?"

"응."

확실하게 대답하자 우는 대신 리아는 방긋 웃었다.

숨을 잇는 것조차 힘겨워 하던 녀석이 너를 보며 웃는 법을 배운다.

그걸 지켜보는 입장인 나는 좋은 건지 싫은 건지 모르겠다.

동류를 잃는 것 같아 슬프고, 아시시가 나아지는 것 같아 좋고. 모든 것이 뒤엉켜 무엇이 좋은지, 무엇이 싫은 건지 제 자신도 모르는 그런 복잡한 혼돈 속에서 오롯이 천진하게 웃는 그 미소만이 시선을 사로잡았다.

가만히.

10. 하얀 나비의 서곡

10. 하얀 나비의 서곡

눈을 떴을 때 가장 먼저 보였던 것은 어둠이었다.

시간조차 부재한 듯 사방에 가득한 고요함 속에서 눈을 떴다는 사실조차 알 수 없었다. 그저 멀거니 보이는 어둠을 지그시 응시하고 있을 뿐.

어둠이 제 자신마저 삼켜 버려 자신이 무엇인지도 모르고, 왜 그러고 있는지도 모른 채 그로부터 한참 동안을 누워 있었다.

미동조차 없이.

인간이었다면 불가능했겠지만 자신에게는 가능한 일이었다. 배가 고프다는 감각도, 졸리다는 감각도, 그 어떤 욕구도 없었기에 가능한 일이었다.

왜 그랬느냐고 묻는다면 글쎄…….

그냥 제 자신이 존재한다는 사실조차 잊어버렸다고 대답하면 그게 맞는 답이려나?

사실은 잘 모르겠다. 자신도 왜 그랬는지는.

어둠만이 존재하는 허공을 응시하며 망부석처럼 누워 있었다. 숨 같은 건 쉬지 않으니, 더 그랬었던 것 같다.

어쩌면 그냥 단순히, 자신이 움직일 수 있다는 사실을 스스로 인지하는 데에 오랜 시간이 걸렸었던 것도 같다.

어쩌면 그냥 그대로 파묻히고 싶었던 건지도 몰랐다.

그때였다.

무언가가 날아든 건—.

하얀빛의 줄기가 하늘에서 떨어졌다. 그리고 그 한 줄기 빛으로 하얀 나비가 날갯짓을 하며 날아들었다.

무언가 시선을 잡아끄는 것이 있다는 건 상상한 것 이상으로 아름다웠다.

온통 하얀 나비가 이런 척박한 곳에 무슨 볼일이 있었던 건지 이유는 모른다. 단지 중요한 건 그 나비를 보고 잡고 싶다는 생각을 했다는 것이었다.

그리고 깨달았다. 제 자신이 움직일 수 있다는 사실을.

폐허 속에 드러누워 있다는 사실도, 자신의 주변이 처참하게 변해 있다는 사실도, 그리고 시간이 흐른다는 사실도. 너무 한꺼번에 많은 사실들이 내 안에 흘러 들어와 혼란스러웠다.

뭐가 뭔지 알 수 없어 헷갈리는 와중에 나비가 날아와 제 손 위에 앉았다. 저 위에서부터 쏟아진 빛은 어느새 넓게 퍼져 자신을 비추었다.

마치 이곳 위에 또 다른 세상이 있다는 걸 알려 주기라도 하듯.

"……나비?"

처음 보는데 그것의 이름을 어찌 알고 있는지는 나 자신도 설명해 낼 수 없었다.

나비라 생각한 그것은 밝게 빛나며 다시 날아갔다. 온 곳으로 되돌아가겠다는 듯 힘차게 날아오르는 나비의 날갯짓을 보고 문득 그런 생각을 했다.

나도 나비가 가는 곳으로 가고 싶다는, 그런 생각.

그래서 나왔다.

그 새카만 어둠에서.

어떻게 나올 수 있었던 건지는 생각나지 않았다. 그저 나오고 싶어서 나왔는데 나오게 되었다는 사실뿐.

그리고 나오고 나서야 깨달았다. 자신이 있었던 곳이 어느 이름 모를 동굴이라는 걸.

그곳을 떠나자마자 나를 이끌었던 나비를 만날 수 있었다.

사뿐히 포개어진, 잘게 쪼개진 두 개의 칼날 조각.

분명 나비였는데, 그 나비는 어느새 두 개의 칼날 조각이 되어 내 앞에 나타났다. 마치 날 동굴에서 꺼내려고 잠시 나비가 되었다는 듯.

어째서 그게 나비라고 확신할 수 있냐고 묻는다면 오로지 그럴 것이라는 생각이 들어서라는 대답밖에 할 수 없다.

하지만 그건 확신을 넘어선 진실이었다.

그렇지 않았다면 그 동굴로 다시 들어갔을 테니.

그때 알았다. 자신을 부르는 다른 누군가가 있다는 걸.

그 누군가가 누구인지는 모르겠지만.

손을 움직여 나비를 가만히 쥔다. 손을 움직인다는 감각 또한 생소했는데 무언가를 손에 쥔다는 느낌은 더욱더 생소했다.

차갑고 시린 감각. 자신이 인간이었다면 칼날에 손이 베였겠지만 희미한 빛을 내던 칼날은 그대로 내 안으로 들어왔다. 원래 나와 하나였다는 듯.

그 벅찬 감각을 어찌 설명해 낼 수 있으리.

—잊지 마.

—사라지려고 하지 마.

—기억해 내야 해.

누군가의 목소리.

아주 여리고 가느다란 목소리였다. 마치 귀가 트인 듯한 느낌이었다. 남자의 목소리 같기도 하고, 여자의 목소리인 것 같기도 했으나 딱히 누군가의 목소리도 아닌 것 같았다.

머릿속에서 속삭이는 목소리가 사라지자마자 마치 기다렸다는 듯 자신에게 돌아온 두 조각에 담긴 기억들이 흘러 들어왔다.

"미안하다. 너에게 이런 일을 하게 해서."

흐릿하고 희미한 기억.

그 기억 속에 담긴 낮고 굵은 목소리.

하지만 본능적으로 알 수 있었다. 자신이 이 목소리를 알고 있다는 사실을. 자신이 이 목소리를 찾고 있었다는 사실을.

폐허가 된 하늘과 땅.

검게 가려진 누군가.

그리고 익숙한 목소리.

텅 빈 자신이라는 공백에 아주 작은 두 조각이 꿰어 맞춰졌다. 그리고 그 던져진 작은 퍼즐 조각들이 자신에게 잃어버린 기억이 있다는 사실을 알려 주었다.

잃어버린 기억. 듣고 싶던 목소리.

처음으로 목적이라는 게 생겼다. 그 기억을 전부 찾고 싶다는 그런 바람.

전부 찾을 수 있을지 확신할 순 없었다. 자신의 기억을 어떻게 해야 완성시킬 수 있는지도 몰랐다. 단지 불시에 날아든 나비가 자신을 어둠 속에서 꺼내었듯 그렇게 나섰을 뿐이었다.

그 목소리의 주인공을 찾기 위해서.

본능적이라고 해야 할까. 다행히도 기억을 찾는 방법은 알고 있었다.

* * *

'넌 네 자신이 무엇인지 알아?'

자신이 검이었다는 사실을 알아차리는 데엔 오래 걸리지 않았다.

그렇게 떠난 여행길.

아주 우연찮게 또 다른 자신의 조각을 찾게 되었다.

그 조각은 자신에게 오는 걸 거부했다. 어째서인지는 알 수 없었지만 한참의 실랑이 끝에 그 조각을 되찾을 수 있었다. 그리고 그 조각이 알려 주었다.

자신은 사실, 검이었다는 걸.

검인 주제에 어떻게 자아를 가지고 육체를 가지고 움직일 수 있는 건지는 알 수 없었다. 그건 지금까지 어떤 기억도 가르쳐 주지 않았으니까. 하지만 희미하게 찾아가는 기억들 속의 지식으로 어렴풋이 짐작할 수는 있었다.

가장 처음 찾은 기억 속의 그 남자가 실은 자신의 주인이었다는 것도.

'외면하지 마.'

진실을 목도하며 숨죽이는 자신에게 부러진 조각이 말했다.

자신이자 또 다른 자신.

그제야 조각을 찾는 진정한 의미를 깨달았다.

단순히 기억을 찾는 게 아니었다. 단순히 힘을 찾는 것 또한 아니었다. 산산이 흩어져 버린 자신을 찾는 것이었다.

그렇게 단순한 일이 아니었다.

'내 주인은 어떤 사람이었지?'

내가 좋아했나? 싫어했나?

모르겠다.

그에 관한 기억은 너무나도 까마득하고 희미했다. 그게 무엇이든 하나만이라도 알 수 있다면 정말 좋겠는데, 그 어떤 조각을 찾아내도 그에 관한 기억은 조금도 남아 있지 않았다.

마치 누군가가 일부로 지워 버리기라도 한 듯.

까맣게 도려내진 주인의 기억 외에 다른 기억들은 기가 막히게 자신의 안에 차곡차곡 쌓여 형체를 이루어 내었다.

자신이 알고 있던 지식. 자신이 쓸 수 있는 힘.

불완전하지만 미미한 힘도 제게 돌아왔다. 그걸로 무얼 할 수 있을지는 모르겠지만 그때쯤 자신의 모습을 숨기는 법도 깨달았다.

형체 없이 돌아다니는 건 재미있었다.

그리고 다시 생각났다. 나를 꺼내 준 하얀 나비가.

'왜 내게로 돌아왔나?'

맨 처음 자신을 찾아온 조각에게 물어봐도 답은 알 수 없었다. 하얀 나비로 자신에게 왔던 조각들은 평범한 칼 조각으로 남아 있을 뿐이었다.

그리고 생각했다.

자신과 같은 검이 혹시 또 어딘가에 있지 않을까 하는 생각이. 다른 검에 관심을 가지기 시작한 게 그때였다.

자신과 비슷한 검.

의지를 가지고 스스로의 힘을 가지고 있는 검.

하지만 대부분 인간들이 쓰는 검은 의지가 없었고, 좀 특별한 검이 있을라치면 검 자체의 의지가 아닌 욕망에 물들어 버린, 다른 무언가가 쓰인 검이었다.

다른 것이 들어간 검에는 관심이 없었다. 자신은 봉인된 의지가 아니었으니까.

그걸 어떻게 알았느냐는 간단했다.

검 자체가 자아를 가지게 되었을 때, 그 모습은 자신이 섬기는 주인과 비슷해지기 때문이었다.

이것 역시 또 다른 조각이 알려 준 사실.

그래서 거울에 비추어 본 자신은 무척이나 생소한 생김새를 하고 있었다.

인간과 비슷하게 생겼으나 인간이라 할 수 없는 모습.

하지만 그게 무엇인지는 알 수 없었다. 그저 인간이 아니라는 것만 알았을 뿐.

인간과 비슷하단 점에서 그다음부터 인간들에게 시선이 간 건 어쩔 수 없는 수순이었는지도 모른다. 어차피 곧 죽을 목숨들이라는 생각에 깊게 관심을 가지진 않았지만.

"살려만 주십시오."

"살려 주세요!"

자신을 마주한 인간들은 거의 그런 반응이 대부분이었다. 갑자기 나타나 모든 것을 휩쓰는 존재가 두렵고 무서운지 모두가 무릎을 꿇었다.

도와줄 생각도, 죽일 생각도 없었지만 그런 반응은 무언가 거슬렸다. 하지만 자신의 조각들이 인간의 손에 있는 경우가 많아서 어쩔 수 없이 그들과 부딪혀야만 했다.

자신의 조각들은 아주 넓고, 멀리, 그리고 자잘하게 흩어져 있었다.

여러 세상에 걸쳐 한 조각씩 흩뿌려진 자신의 조각들.

누군가가 일부러 그런 건지 한 장소에 여러 개의 조각이 있는 건 아주 드문 일이었다.

생고생을 해서 조각을 찾는다고 해도 돌아오는 기억엔 한계가 있었다.

아주 흐릿하고 희미한 기억 한 조각만이 돌아왔을 뿐.

그것마저 소중했지만 아예 바스러져 가루가 된 쓸모없는 조각들도 있었다. 그런 가루들에 남아 있는 기억은 없었다. 힘은 있었어도.

가끔 조각들이 또 다른 주인을 가지는 경우도 있었다.

이렇다 할 자아는 없어도 검이었던 기억이 자신의 주인을 지키고자 하는 의지를 갖는 거라 예상할 뿐이었지만 어느 쪽이든 신기한 일이었다.

그런 조각을 찾을 때면 이루 말할 수 없는 난감함에 봉착하곤 했다. 그런 조각은 쉽게 자신에게 넘어오지 않기 때문이었다. 그 조각을 가지고 있던 주인이 죽거나, 아니면 자신이 그에 상응하는 무언가를 해 줘야 넘어온다.

보통 주인을 죽이고 데려오는 경우가 허다했으나 그 짓도 얼마 안 가 그만둬야 했다. 자신에게 넘어온 조각이 그 어떤 기억도 넘겨주지 않았기 때문이었다.

억지로 흡수를 한다고 해도 절대로 넘겨주지 않는 기억 때문에 꽤나 고생을 한 뒤로는 절대 그러지 않았다.

그리고 그때.

흩어진 조각이 처음 자신을 불러냈다—.

'이리로 와.'

그게 단순히 때가 되었기 때문인지는 알지 못한다.

단지 그 부름에 정신없이 그곳으로 향했던 기억만이 강렬하게 남아 있다.

겨우 찾아간 자신의 조각이 있는 곳.

그곳은 어느 불타오르는 건물 안이었다. 자신의 조각이 희미하게 빛났던 광경만이 뇌리에 남아 있다.

* * *

조각을 쥔 어린 소년은 자신이 우는지도 모른 채 울고 있었다. 그 밑에 쓰러진 어느 여인은 이미 숨이 끊어졌다.

누가 주인이었는지 알 수 없는 상황.

조각은 울고 있었다.

자신의 또 다른 분신이자, 자신의 일부가.

조각은 자신이 섬기던 주인이 죽은 걸 슬퍼하고 있었다. 더불어 그 주인이 죽어 가면서 지키려고 한 소년을 살리고 싶어 했다. 그러나 조각의 힘으로는 이뤄 낼 수 없기에 본체이자 완전한 자신을 불러낸 것이었다.

불타는 건물은 무너지려 하고 있었다.

조각이 보내는 소리에 머리가 윙윙대며 울리고, 어지럽게 흐려지는 광경 속에 대체 무슨 생각을 한 건진 모르겠다.

정신을 차렸을 땐 이미 세상을 다 산 듯한 얼굴을 한 소년에게 말을 걸고 있었다.

"내게 네 영혼을 바친다면 이곳에서 살려 주지."

당연히 수락할 거라 생각했다.

하지만 온 희망을 잃은 듯 까맣게 죽은 눈빛을 한 소년은 단칼에 자신의 제안을 거절했다.

"네게 줄 영혼 따위 내겐 없어."

무슨 생각이었는지 모르겠다.

기억이 돌아왔을 땐 이미 그 소년을 데리고 다른 곳으로 온 뒤였다. 그 소년의 손에 쥐어진 조각이 또 자신을 거부할까 봐 그랬다고 하기엔 무척이나 의아한 일인지라 그 뒤로 한동안을 대체 왜 살렸는지 스스로에게 계속해서 되묻고는 했다.

어쨌든 살렸고, 그다음이 문제였다.

자신은 인간을 돌보는 법을 몰랐다.

먹을 걸 가져다주고, 입을 것도, 씻을 것도 가져다줬지만 소년은 아무것도 하지 않았다. 그 어떤 것도 거들떠보지 않았다.

자신이 누구인지조차 궁금해 하지 않았다.

그게 제 흥미를 끌었던 것도 같다.

절망에 떨어진 인간이라는 건 어떻게 해야 정신을 차리는지 알 수 없었다. 일단 살려 놓긴 했지만 그다음을 어째야겠다는 계획이 없었기에 더 난감했다.

그런 와중에 아무것도 할 의지가 없는 소년이 짐처럼 느껴지기도 했다.

"그냥 죽을래?"

어차피 죽을 운명이었으니 상관은 없었다. 조각을 찾은 이상 그 소년에게 남은 볼일도 없었으니.

그래도 제 손에 죽이는 건 좀 그랬다.

그래서 소년을 데려다가 인간들이 싸우는 전쟁터에 아무렇게나 던져 놓았다. 그곳에서 주운 검을 하나 던져 주고 그렇게 가버리려고 했다.

그런데 놀랍게도 그 전쟁터에서 소년은 싸웠다. 그리고 다치긴 했지만 살아남았다.

결국 자신은 또 어느새 그 소년을 거둬들이고 있었다.

"내게 검을 가르쳐 줘."

"널 살리고 먹이고 재워 주고 있는데, 검까지 가르쳐 달라고?"

"언젠가 꼭 갚지."

굳게 다문 입술이 어떻게 제 마음을 움직인 건지는 알 수 없었다. 단지 조금 기세가 수그러든 소년을 보며 인심 한번 써 주고 싶었던 것 같기도 했다.

사실 혼자는 심심했다.

누군가와 함께하는 날들이 귀찮기도 했지만 또한 재미있었다는 사실을 부정할 수 없었다.

"좋아. 계약을 수락하지."

어차피 조각을 찾아 떠도는 몸. 마냥 소년에게 묶여 있을 수는 없었다.

그렇다고 버리고 갈 수도 없는 노릇.

그동안은 소년이 쥐고 내놓지 않은 조각 때문에 다시 찾을 수 있었지만 언제까지나 그럴 수는 없었다. 소년이 어디에 있는지 알아내려면 소년이 자신의 조각을 지니고 있어야 했다.

액세서리로 몸에 지니게 하는 것보다 더 효과적인 방법을 선택했다. 어차피 검을 배우려면 검이 필요한 법.

언제까지나 길거리에서 주운 검을 쓰게 할 수는 없었다.

조각이라고 해도 검의 조각이다. 조각 하나뿐이라고 해도 웬만한 검은 이길 수 있었다.

그 조각을 심장에 박아 넣었다.

언제라도 검을 원하면 손에 쥘 수 있도록.

"계약의 증표다. 네 이름이 뭐지?"

"카이텔."

카이텔이 물었다.

"널 뭐라 부르면 되지?"

"글쎄."

애매한 대답에 카이텔이 말한다.

"이름도 없는 건가."

"있다면 있겠지만 난 내 이름을 모르거든."

사실상 그걸 찾기 위한 여정이기도 했다.

희미한 미소가 지어진다. 이 세상의 모든 것을 알 것 같은데 정작 자신과 관련된 건 하나도 쉽게 알 수 없었다.

자신의 주인이 누구인지.

자신이 왜 그곳에 있었는지.

자신이 왜 조각났는지.

자신이 누구인지조차.

"드란스테."

이름이 없다는 말에 카이텔이 문득 말을 했다.

"드란스테라 부르지."

어린 소년이라 생각했는데, 그때만큼은 소년처럼 느껴지지 않았다.

무슨 생각이 들었던 걸까.

어떤 기시감이 자신에게 찾아왔던 걸까.

그 어린 소년의 모습에서 본 적도 없던 누군가의 모습이 겹쳐졌다. 심지어 제 기억에도 없는 그 누군가가.

"그거 마음에 드는데?"

그때는 상상도 하지 못했다. 그 소년과 틈만 나면 마주치게 될 줄은.

카이텔이 힘들고 외롭게 자란 것도, 황자였던 것도, 황제가 된 것도 자신과는 전혀 상관이 없었다. 그게 전쟁터이든 황궁이든 심지어 여자 옆이든 자신에겐 그저 카이텔이 있는 곳일 뿐이었으니까.

애초에 검이어서 그런지 도덕관념도, 선악의 구분도, 그 무엇도 제겐 의미 없었다. 그게 어쩌면 카이텔을 편안하게 만들었던 것인지도.

어찌 되었건 카이텔은 제가 원하는 모든 걸 얻었고, 누렸고, 마음껏 농락했다.

그게 나쁘다는 생각도, 좋다는 생각도 아무것도 들지 않았다. 그냥 그렇구나, 했을 뿐.

그즈음이었다.

카이텔에게 딸이 하나 생긴 것은.

*　*　*

“넌 꼭 이런 시간에 오더라.”

툴툴거리면서도 어린 소녀가 자신을 맞이해 준다.

카이텔의 딸.

아리아드나라는 이름을 가진 작은 소녀. 아무도 볼 수 없는 자신을 볼 수 있는 단 한 사람.

“기다린 거야?”

“기다렸겠어?”

툴툴거리긴 하지만 항상 밀어내진 않았다. 밀어내는 듯하면서도 받아 준다.

카이텔도 이런 기분을 느끼고 있는 건가.

짐작할 수는 없지만 어떤 기분인지는 이해할 수 있었다. 아무리 수많은 조각을 찾아도 결국 돌아오게 된다.

이 아이 옆으로. 마치 보고라도 하듯.

이 궁의 다른 사람들에게도 특별하겠지만 자신에게도 이 어린 소녀는 특별했다. 태어난 순간부터 아이가 자라나는 걸 지켜본다는 건 생각보다 아주 기이한 애착을 품게 했다.

"또 찾으러 다녀온 거야?"

"응."

"많이 찾았어?"

"아니."

빙그레 웃으니 리아가 이마를 찡그린다. 마음에 들지 않는다는 뜻이었다.

그러더니 조그만 제 손을 모아 자신을 올려다보았다.

저를 올려다보는 모습이 예뻐 보인다니, 이런 낯선 감각을 이 아이는 자주 불러일으키곤 했다.

말도 못하는 아기일 적부터 지켜보았다. 태어나는 건 보지 못했지만 제대로 몸을 뒤집는 것조차 못하던 작은 몸이 언제 이렇게 큰 건지 볼 때마다 신기한 기분이 들곤 했다.

물론 그때나 지금이나 이런 대화를 이어 가며 지냈지만.

리아가 말을 할 수 있게 되고, 자신의 비밀을 알게 된 지금도 그런 상황들은 바뀌지 않았다. 어디까지나 이 세계와 자신에게 거리가 있듯, 이 소녀와 자신에게도 거리가 있었다.

언제 끊어져도 이상하지 않을 관계.

하지만 아직도 이 보잘것없이 얇은 끈이 끊어지지 않는다.

온 세상을 통틀어 유일하게 자신의 비밀을 알고 있는 한 소녀. 카이텔 때와는 아주 많이 다른 기분이었다.

"언젠가 네 몸을 다 찾으면 그럼 다시 완전한 검이 될 수 있을까?"

"아닐걸."

어째서 부러졌는지는 알 수 없지만 이건 확실히 알 수 있었다.

"내 검으로서의 생은 이미 끝난 거나 마찬가지니까."

검이 부러졌다는 데엔 여러 가지 의미가 있다. 그것도 특별한 힘이 깃든 검이 부러질 때엔 더 특별한 의미가 존재하기 마련이었다.

아마 누군가가 제 자신을 부러뜨린 건 아닐 거라는 생각이 들었다. 스스로 부러진 것 같다는 그런 예감이 요즘 들어 자꾸 들었다.

아마 다른 주인을 섬기고 싶지 않을 만큼 절실했던 거겠지.

전 주인에 대한 마음이.

"한 번 부러진 검이 다시 되살아나는 건 제 소명을 다하기 위해서일 때밖에 없어."

하지만 자신에게 그런 소명 같은 게 있을 리 없다고 단언할 수 있었다. 그런 게 있었다면 애초에 부러지지도 않았을 테니.

자신의 얼굴을 살펴보던 리아가 제 자신이 더 심각해져서 묻는다.

"슬퍼?"

"글쎄."

이것을 슬프다고 말해야 할까.

사실은 잘 모르겠다. 그냥 알 수 없었다.

"슬프진 않아. 이미 검으로서의 기억은 전부 잃어버렸던 것이니."

가끔 곤란한 건 지금 새로 생긴 기억들이었다. 이 기억들을 대체 무어라 말해야 할지 알 수 없었다.

자신은 여전히 검이었으나 검으로서의 의무도, 사고도, 그 무엇도 남아 있지 않았다. 검인지 검이 아닌지조차 말할 수 없다. 자신이 무엇인지, 어떤 존재인지도 모른다.

그런데도 기억이 생기고 감정이라고 부를 만한 것들도 서서히 생겨나고 있었다.

"단지……."

그리고 자신의 가장 깊은 곳에 박힌 의문.

"왜 아직도 내가 살아 있을 수 있는지가 궁금할 뿐이야."

존재할 리가 없다. 부러진 검에 깃든 영혼이라니.

그런 자아라니.

그런 게 있을 리가 없었다. 수억, 수만 년의 시간을 보내며 여러 세상을 떠돌아 봤지만 자신과 비슷한 처지를 한 검은 그 어디에도 없었다.

자신이 특별하다고 생각하지는 않는다. 그저 이런 이단이 갑자기 어디에서 나타난 건지 의문일뿐. 누군가가 부러 살려 둔 것이라면 왜 그런 것인지. 그런 의문들이 꼬리에 꼬리를 물며 돌고 돌았다.

이런 심각한 분위기가 싫은지 리아가 애써 밝게 웃으며 말한다.

"살아서 나 보려고?"

"고작 그런 이유로?"

"이씨."

뚱하게 인상을 찡그리는 리아를 보며 자연스레 나오는 웃음을 어찌할 수 없다. 누군가 자신의 이야기를 들어줄 사람이 있다는 건 생각보다 훨씬 근사했다.

"살아 있으면."

붉은 눈동자가 자신을 본다.

자신이 살려 준 눈동자도 같은 색이었지만 이 눈동자는 더욱 더 깨끗했다.

"계속 이대로 살아 있으면 언젠가는 알게 될까."

"뭘?"

"내가 왜 그런 곳에서 눈을 뜨게 된 건지."

실은 아직도 모르겠다.

그렇게 찾아 헤맸으면서도 모르겠다. 왜 하필 그곳에 자신이 있었던 건지. 왜.

한 번 다시 그곳을 찾아가 본 적이 있었다.

하지만 기억 속의 그곳이라고 생각할 수 없을 정도로 그곳은 전혀 다른 장소가 되어 있었다.

시간이 흘렀기 때문인지, 누군가가 다녀갔기 때문인지, 이유는 알 수 없다. 하지만 중요한 건 자신이 갇혀 있던 어둠은 어디에서도 찾아볼 수 없었다는 점이었다.

"네가 알고자 노력한다면 언젠가는 알게 되지 않을까?"

맑은 눈동자가 순수하게 말했다.

"견딜 수 있겠어?"

우려 섞인 시선에 저도 모르게 이를 악물게 된다.

"진실이 뭐가 되었건."

그래, 그것이 무엇이건.

"이미 지나간 일이니까."

존재할 리가 없는 감정인데도 자꾸 기묘한 기분이 드는 건 단지 인간들 틈에서 너무 많은 시간을 보냈기 때문인가?

모르겠다.

하지만 중요한 건.

자신에게 날아들었던 그 나비는 꿈이 아니었다는 사실.

어쩌면 자신은 다른 그 무엇보다 그 나비를 보낸 누군가를 찾아 헤매는 걸지도 몰랐다.

자신을 다시 움직이게 만든 그 누군가를.

—잊지 마.

—사라지려고 하지 마.

—기억해 내야 해.

가끔은 이대로 모든 걸 끝내고 싶을 때.

그 목소리가 간간이 들려오곤 한다.

아주 멀리서 메아리쳐 작게 울리는 목소리일 뿐이지만, 그 목소리가 들릴 때만은 꺾인 의지가 고개를 들었다.

어떻게 해서든 찾아내야겠다는 생각이 다시 들었다.

그래, 그 결과가 어떻게 되던지.

한참 인상을 쓴 채 입을 다물고 있어서인가, 문득 고개를 드니 리아가 잔뜩 울상인 표정으로 자신을 쳐다보고 있었다.

"표정이 왜 그래?"

"그냥."

그냥이라니. 그렇게 말한다고 바로 넘어갈 줄 아는 건가.

"내가 불쌍한가?"

"안 불쌍하거든!"

하지만 불쌍하다는 시선인데.

동정이라 말하는 감정인지, 연민이라 칭하는 감정인지 그것까진 알 수 없었지만 대충 그런 종류의 감정을 담은 눈빛이라는 것은 알 수 있었다.

무슨 생각이 든 건지, 어린 리아가 훌쩍 침대에서 뛰어내려 자신에게 다가온다.

창가에 기댄 자신에게 다가온 리아가 손을 뻗었다. 자신보다 훨씬 큰 손을 두 손으로 부여잡으며 리아가 가만히 올려다본다.

문득 그 시선이 예쁘다는 생각이 들었다.

"나는 여기서 기다리고 있을게."

작고 가늘게 이어지는 목소리.

"네가 어디를 헤매고 다니건, 나는 항상 여기 있을게."

항상 어디를 그렇게 다니냐고 불평하던 입이 이제는 다른 말을 하고 있다.

다른 감정이, 이제껏 느껴 보지 못한 감정이 제 안에서 휘몰아친다.

이게 어떤 감정인지 설명해 낼 수는 없다. 중요한 건 이런 감정을 불러일으키는 건 눈앞에 있는 이 아이밖에 없다는 사실이었다.

"그러니까 다시 돌아와. 네가 지금까지 그랬던 것처럼."

소녀가 웃었다.

늘 그랬듯.

"……그래."

11. 은방울꽃 야상곡

11. 은방울꽃 야상곡

비테르보 후작 가문.

대대로 붉은 갈기를 가진 사자를 가문의 인장으로 쓰며, 많은 명장을 배출해 내기로 유명한 걸출한 무가武家.

아그리젠트라는 나라가 세워질 때부터 황실의 기사로서 대대로 그 자리를 충실히 지켜 왔고, 비테르보의 가주들은 원수부 출신이라는 전통이 은연중에 세워질 정도로 기사로서의 능력을 만천하에 보여 주었다. 비테르보 출신으로 명성을 떨친 유명한 사람들은 전부 검을 잡은 기사들이었고, 그래서 페르델이 태어났을 때 모두가 그를 가문의 돌연변이로 취급했다.

*　*　*

천생 무가 집안.

비테르보는 그래서 태어나자마자 검을 잡고, 기어 다니면서 활을 당기고, 걸음을 뗄 때쯤에는 아이에게 갑옷을 입힌다는 농담이 실제로 일어나는 흉흉한 집안이었다.

당연히 그런 가풍에서 여자로 태어났다고 무엇이 다를쏘냐. 비테르보의 여인들은 대체로 좋게 말하면 당차고 나쁘게 말하면 드셌다.

그래, 정말 드셌다.

"으하하! 이거 봐라! 내가 잘랐다?!"

"뭐야, 언니? 약하네. 적어도 이 정도는 해야지!"

검을 들고 노는 다섯 살짜리 여자애들이라니.

그게 어디 상상이나 가는 풍경이란 말인가. 하지만 그것이 비테르보에선 실제로 일어났다.

"누, 누나, 살살 좀 해 주지?"

"어머, 페르, 이게 뭐가 무섭다고 그래?"

"그래, 이 정도는 껌이지!"

태어난 지 얼마 되지도 않은 것 같은데, 페르델은 누나들의 괴롭힘에 목숨의 위협이라는 것이 무엇인지를 너무 어린 나이에 일찍 알아 버렸다.

게다가 실제로 몇 번이나 죽을 위기도 넘겼다.

크게 다친 페르델이 아프다고 엉엉 울었지만 역시 비테르보는 비범했다. 아이들이 놀다 그럴 수도 있는 거라며, 허허 웃는 부모님 덕에 페르델은 깨달았다.

이 세상은 냉혹하다는 걸!

스스로 헤쳐 나가지 않으면 도태되어 죽게 된다는 사실을!

애초에 비테르보 핏줄이 어디 가 버린 건지, 아니면 어릴 때 하도 검에 치여 살아서 그런 건지 이유는 모르겠지만 페르델은 검을 싫어했다.

검을 잡는 것도 싫어했고, 닿는 것도 싫어했고, 심지어는 보는 것도 싫어했다. 그런 상황이 되자 검을 좋아하는 형제들 사이에서 혼자만 외톨이가 되어 갔다.

결국 페르델은 유별난 아이가 되어 버렸다.

그냥 검이 싫을 뿐인데.

"내가 평생 검을 잡고 사나 봐라!"

다른 형제들이 자연스럽게 저택을 뒤집어 놓으며 검을 가지고 놀 동안 페르델은 혼자 있을 장소를 찾아 헤맸다.

저택에서 가장 안전한 장소.

아무도 오지 않는 자신만의 장소.

과연 그런 곳이 있을까 싶었지만 그렇게 몇 날 며칠을 헤맨 끝에 페르델은 기어코 찾아내고야 말았다.

형제들 그 누구도 오지 않는 장소를.

그곳은 바로 도서관이었다.

책장에는 빼곡히 두꺼운 책들이 꽂혀 일렬로 서 있고, 고개를 들어 올려다봐도 까마득한 천장까지 책들이 빽빽하게 들어차 있었다.

후작이 특별히 책을 좋아한 건 아니지만 검을 잡았기에 무식하다는 소리를 들으면 절대 안 된다는 가문의 지침대로 비테르보 가문이 소유한 장서는 나름 독보적이었다. 물론 그 책을 다 읽은 가주들이 역대 존재하는지는 의문이었지만.

어찌 되었든 어린 페르델에게 도서관이라는 세계는 새로운 신세계임에 틀림없었다.

처음엔 그 조용함에 반해 매일 그곳을 드나들었지만 차츰 책에 관심을 가지기 시작했다. 처음엔 쉬워 보이는 그림 많은 책부터 시작했다. 그러다가 재미있어 보이는 책으로, 그 이후엔 관심이 생긴 분야의 책을, 나중엔 그냥 심심해서 아무 책이나 읽었다.

매일 스물네 시간 중 밥 먹고 잠을 자는 시간을 제외하면 네 살짜리 꼬맹이가 도서실에 처박혀서 책만 읽어 댔다.

부모님은 기특하다며 페르델의 행동을 제지하지 않았고, 다른 형제들은 책이라는 소리에 질색을 하며 도서실엔 더더욱 발을 들이지 않았다.

결국 원하던 평화를 쟁취하고 덕분에 페르델은 책의 세계를 탐독할 수 있었다.

아마 그날이 오지 않았다면.

그 평화는 지금까지 계속되지 않았을까.

* * *

밥만 먹고 잠만 자고 하루의 대부분을 책 읽는 데 사용했다. 거기다 책을 한 번씩 읽는 것도 힘든데 페르델은 최대한 책 한 권을 깊게 이해하고 싶어 읽고 또 읽었다.

원체 느리던 독서 속도는 점점 빨라져서 두꺼운 책 600페이지 한 권을 두 시간에 다 읽어 내리는 경이적인 기록을 세웠고, 그렇게 산 지 사 년쯤이 지나자 도서관의 장서는 거의 한 번씩은 건드려 보고 무려 반 이상을 읽어 치우는 기록적인 결과를 내 버렸다.

부모님은 그냥 페르델이 책을 좋아하나 보다 하고 넘겼지만 그건 책을 좋아하는 것 이상의 결과였다.

그런 와중에 그날이 다가오고야 말았다.

바로 페르델이 검을 처음으로 사사받게 되는 날이었다.

"싫어!"

이미 페르델보다 어린 동생들도 검을 자유자재로 휘두르며 가지고 노는 경지에 이르렀는데, 비테르보 형제자매 중 페르델만이 유일하게 검을 제대로 다루지 못했다.

후작은 이 사실을 통탄하며 페르델에게 검술 선생을 붙여 주었다.

페르델은 좌절했다.

게다가 그 검술 선생이 무작정 검을 쥐어 주며 이 검을 들고 저택을 오십 바퀴 돌라고 했을 때, 그 좌절은 정점을 찍었다.

실제로 그 고문을 다 끝마치고 잘 일어나지도 못한 채로 방에 들어가 누웠을 때, 페르델은 진짜 이 무식한 검술 선생이 자길 죽이려고 드는 게 아닌가 깊은 고민에 빠졌다.

처음엔 이 현실을 믿을 수가 없었다.

아니, 내 나이가 몇 살이더라?

이건 군사를 훈련시키는 방법이 아닌가.

페르델은 책에서 얻은 지식 덕에 자기가 받는 훈련의 골자가 신입 병사들이 군대에 처음 들어갔을 때 상병들이 굴리는 방법이라는 걸 이미 알고 있었다.

깊은 회의감이 들었다.

아침에 일어나자마자 훈련장에 또 끌려 나왔을 때, 그 회의감은 이미 바닥을 뚫고 저 지하세계로 내려간 후였다. 겨우 이틀이었지만, 다시는 겪고 싶지 않은 혼란과 공포를 겪은 페르델은 더 이상 이러고 살 수는 없다고 생각했다.

몸은 만신창이에 조금만 움직여도 비명이 나올 정도였지만 페르델은 굴하지 않았다.

그는 책상에 앉아 드디어 펜을 잡았다.

하얀 종이를 옆에다 통째로 쌓아 놓고 페르델은 훌륭한 서두로 시작해서 구구절절한 중반부, 절정으로 치달아 눈물 없이는 읽을 수 없는 결론까지 검술 선생에 대한 장황한 항의문을 작성하기 시작했다.

왜 자신이 이런 무식한 훈련을 받고 있어야 하는가,

이 훈련이 인류 사회와 우리들의 장밋빛 미래에 과연 어떠한 도움이 되는 것인가,

왜 검은 이렇게 무거운가,

무거운 검은 뭐 특별히 좋은 기능이라도 있나,

훈련 방식은 또 왜 이런가,

이것이 과연 최선의 훈련인가!

장장 50페이지에 걸친 길고 긴 항의문을 완성하고 밤을 꼴딱 샌 페르델은 아침 일찍 출근한 검술 선생에게 그 항의문을 건네주었다.

처음엔 이것은 무엇인가 의아해 하며 종이 뭉치를 받아 들었던 검술 선생. 하지만 페이지는 두 페이지도 넘어가지 않았다.

검술 선생 역시 글을 보면 정신이 혼미해지는 병이 있었기 때문이었다.

비테르보 사람들은 모두가 가지고 있다는 그 병!

검을 쓰는 사람이라면 누구나 가지고 있다는 그 난독증!

불치의 난치병이라는 바로 그 병이었다.

"뭐라는지는 알겠는데, 너무 길어서 못 읽겠다."

"그거 제가 밤새 쓴 건데요."

"그냥 내가 검술 선생을 그만둘게."

밤새 자신의 훈련 방식과 그 훈련 방식이 악영향을 끼치게 될 인류 사회의 미래에 대해 새로 생긴 제자가 진지하게 고찰한 길고 긴 50페이지의 항의문을 가지고 검술 선생은 바로 비테르보 후작에게 면담을 신청했다.

그 자리. 댁의 아드님이 이러 이러 이러한 글을 써서 제게 넘겼는데 두 페이지도 못 읽겠다며 그냥 검술 선생을 그만두겠노라 선언하는 기사를 보며, 후작은 자기 아들의 재능을 깨달았다.

그때부터였던 것인가.

갑자기 페르델의 인생이 뒤바뀐 건.

*　*　*

일곱 살짜리가 쓴 항의문에 기사가 검술 스승을 그만두었다는 소문은 정말 순식간에 제도에 퍼졌다.

비테르보 가문의 특성상 명망 높은 기사들에게 자녀들의 검술 스승을 맡기는 일이 대부분이었는데, 이 경우엔 그 덕분에 소문이 더 빨리 퍼지게 된 것이었다. 페르델은 정말 원치도 않았던 유명세를 톡톡히 얻고야 말았다.

무려 밤새서 쓴 50페이지에 달하는 항의문이 폐하의 손에 들어가질 않나, 이름만 들어도 알 수 있는 학자들 손에 들어가질 않나.

이쯤하면 그만 식을 때도 되었다고 생각했는데, 후작은 자기 아들의 뜻밖의 재능에 허허 웃으며 그 소문을 부풀리는 데에 가세를 했고. 결국 페르델은 수도에서 제일가는 유명 인사가 되어버렸다.

그냥 그쯤에서 끝났다면 한때 유명했던 소년 정도로 기억될 수 있었다.

한데 하필 연이어 그런 사건이 벌어질 건 또 뭐람.

그건 바로 페르델이 제일 존경하는 학자와 페르델이 만나게 된 일에서 촉발되었다.

"정말 세스쿨로 백작님을 만날 수 있는 거예요?"

유명한 기사이면서 동시에 명망 높은 학자로 이름이 드높은 세스쿨로 백작. 비록 검은 꺾은 지 오래였지만 그 이후에 집필한 수많은 책의 저자이기도 하며, 동시에 아그리젠트에서 역사 관련에는 가장 조예가 깊은 분이었다.

"그래. 이번에 만날 일이 생겼는데, 네 소문을 듣고 너를 한번 만나 보고 싶다는구나."

맨날 그 사람이 썼다는 책만 읽다가 직접 본인을 만난다는 생각에 페르델은 자신이 소문을 피해 칩거 중이었다는 사실도 잊고 졸랑졸랑 아버님의 뒤를 따라나섰다.

오히려 그 순간에는 잠깐 이 유명세를 탄 것이 다행이라고 생각하기까지 했다.

직접 마주한 세스쿨로 백작은 과연 예상했던 대로의 사람이었다. 페르델이 읽은 그 수많은 책에서 생생한 필치로 논했던 그의 역사적 지식과 견해.

존경스러웠고, 존경할 만했고, 존경했다.

당대의 석학이라고 불리는 사람과 전혀 밀리지 않고 대화를 이어 나가는 자신이 주위에서는 더 놀라워 보인다는 사실도 모른 채 페르델은 열심히 주장하고 싶었던 논리나 물어보고 싶었던 의문들을 꺼내 놓았고, 결국 그 덕에 진정으로 돌이킬 수 없는 강을 건너고 말았다.

천재 소년!

그 긴 세월이 지나고 나서도 지금 떠올려 봐도 부끄러운 그 호칭을 기어코 달고야 만 것이었다.

페르델은 그 소문을 들었을 때, 진짜 죽고 싶었다.

왜? 부끄러워서.

"어이, 천재 소년."

"오빠, 천재 소년이라면서?"

"어, 저기 천재 소년 간다!"

"진짜 다들 죽을래?!"

형제들이 페르델을 놀릴 때마다 정말 접시 물에 코를 박고 싶은 심정이었다. 간신히 검의 그늘에서 벗어났건만 이건 또 무슨 당치도 않은 수난이란 말인가.

그렇게 우울과 고뇌에 빠진 페르델에게 두 살 누나인 지블리테가 다가와 어깨를 툭툭 치며 위로를 했다.

"괜찮아. 힘내렴, 페르."

"지블 누나……."

가끔 무식해 보인다고 속으로 생각했던 게 미안해질 정도로 다정한 격려였다.

그러나 페르델이 막 감동에 부풀어서 두 손을 그러모은 순간.

"넌 천재 소년이잖아!"

"……."

그러면 그렇지. 퉤!

세상엔 역시 믿을 사람 하나 없었다.

그 사건이 페르델에게 대체 어떤 깨달음을 준 건지는 아무도 자세하게는 알 수 없었다. 다만 페르델은 더욱더 도서실에 파묻혔다.

책만 읽는 페르델을 보며 후작은 슬슬 걱정을 하기 시작했다. 일명 천재 소년이라고 떠받들어지는 바람에 더더욱 책만 읽어 대며 형제들을 무시하고, 사람을 경시한다는 걱정이었는데…….

페르델이 듣는다면 머리 위에 물음표를 세 개쯤 띄울 소리였다.

아니, 애초에 이런 남매들 사이에서 뭘 하라고!

페르델은 당당하게 말할 수 있었다. 이런 집안에서 태어나지만 않았다면 이렇게 되지도 않았을 거라고.

안타깝게도 페르델은 그 말을 할 수 있는 기회를 얻지 못했다.

어찌 되었든 비테르보 후작은 페르델이 오만해졌다고 생각했고, 또래 친구를 만들어 주면 나아질 거라는 세스쿨로 백작의 조언을 금과옥조로 삼아 열심히 또래의 아이들과 아들을 만나게 해 주었다.

"안녕, 네가 그 유명한 천재 소년이구나?!"

"우와, 천재 소년이래! 신기하다!"

"……."

그 무슨 말을 할 수 있으리오.

페르델은 상대가 천재 소년의 '천' 자만 꺼내도 입을 열기 싫었다. 하지만 후작은 이런 광경을 보고 더더욱 깊은 오해를 하고 있었다.

페르델이 이제 평범한 아이들이랑은 말도 섞기 싫어하는구나!

페르델이 알았다면 아버님에 대한 존경까지 와르르 깨질 깊고 깊은 오해였다.

어찌 되었든 후작은 더더욱 필사적으로 페르델에게 또래 친구를 만들어 주려고 애를 썼다. 그리고 드디어 페르델은 제 또래의 한 남자아이를 만나게 된다.

그 아이의 이름은 아시시였다.

*　*　*

"안녕?"

"……."

인사가 낯선 건지 한참 만에 소년이 고개를 숙이며 대꾸한다.

"안녕."

페르델은 살면서 그렇게 말이 없는 애는 처음 만나 보았다. 다들 페르델이 먼저 떠들기 전에 떠들어 댔고, 페르델이 먼저 이야기를 하기 전에 자신들의 이야기로 넘어갔다.

그런 사람을 만날 때는 그도 딱히 입을 열 필요성을 느끼지 못했기에 말을 하지 않았었다.

하지만 아시시는 달랐다.

무엇이 달랐느냐 묻는다면 그냥 모든 것이 달랐다고밖에 말할 수 없었다. 눈빛부터 말하는 것까지 아시시는 모든 게 달랐다.

그래서였을까.

아시시한테 흥미를 보인 건.

일주일에 한 번, 자바이칼 저택에 가면 아시시는 항상 같은 방에서 그를 기다리고 있었다.

처음엔 아시시가 자신을 싫어하는 건가 싶었지만 페르델이 하는 이야기를 주의 깊게 들어주는 모습에 그건 아니라는 걸 알았다. 아시시는 그냥 모든 것이 조심스러운 것뿐이었다.

“너도 검 배우는 거야?”

“응.”

“우리 형제들도 검 배우는데.”

아시시가 잡는 검은 형제들이 잡는 검과 별반 다를 게 없었다. 대체 이렇게 무식하게 무거운 검이 왜 필요한 것인가.

다시금 그런 의혹이 샘솟을 때 아시시가 물었다.

“페르델, 넌 안 배워?”

“응? 응.”

페르델은 당연하다는 듯 대꾸했다.

“난 검 잡는 거 싫어.”

보통 이렇게 말하면 돌아오는 반응은 ‘이상하다’였다. 형제들은 죄다 검을 좋아하는 골수 검 성애자들이라, 이런 페르델의 말을 이해하지 못했다.

하지만 아시시는.

“그렇구나.”

짧은 말만 남기고 고개를 끄덕여 주었다. 그런 반응조차도 무척이나 신선해서 페르델은 아시시가 좋았다.

이렇게 사람을 좋아하게 되어도 괜찮은 건가 싶을 정도로.

차라리 아시시와 형제였다면 좋았을 텐데…….

그런 생각도 두어 번 할 정도로 페르델은 아시시를 정말로 좋아했다.

하지만 페르델과 달리 페르델의 주변에 있는 사람들은 아시시 이야기만 꺼내도 싫은 기색을 보이곤 했다. 꺼려 하는 이유를 알지 못하는 페르델은 그냥 주변 사람들이 이상하다고만 생각했었다.

어리석게도.

"너 정말 모르는 거야?"

"뭘?"

"아시시인가, 뭔가 걔 폐하의 정부인 레이디 시첼리아의 아들이잖아. 그래서 사람들이 피하는 건데, 정말 몰랐어?"

지블리테 누나는 그것도 모르냐는 듯 어깨를 으쓱였다. 충격을 받은 동생은 보이지도 않는 건지 매정한 누나는 제 할만 덧붙였다.

"폐하의 사생아일지도 모른다는 소문도 있어."

그러면서 자기는 절대 결혼 안 할 거라느니, 남편이 바람피우면 죽여 버릴 거라느니, 그런 쓸데없는 소리를 중얼거리며 잔뜩 이를 갈았다.

뭐라고 혼자 나불거리는 누나는 놔두고 페르델은 자신을 충격으로 몰아넣은 소식에 어떻게 해서든 평정을 되찾으려고 애를 썼다. 물론 겉으로는 멀쩡해 보였지만 속에서는 온갖 폭풍이 몰아치고 있었다.

그도 그럴 것이 그 레이디 시첼리아의 아들이라니.

무언가가 있을 거라고 생각하긴 했지만 자바이칼 여백작, 레이디 시첼리아의 아들이었다니, 정말 큰 충격이었다. 레이디 시첼리아가 워낙 제 이름만으로 유명해서 그 본인의 성姓이자 가문의 이름인 자바이칼 여백작이라는 사실이 묻히는 감이 있었던 탓일 것이다.

하지만 그래도 그 여인과 아시시라니.

페르델은 레이디 시첼리아를 딱 한 번 가까이서 본 적이 있었다. 천재 소년이라며 황제에게 불려 갔을 때, 황제의 옆자리에 황후처럼 앉아 있던 여인이 그 유명한 레이디 시첼리아였기 때문이었다.

아그리젠트의 모든 권력을 주무르고, 황제를 제 맘대로 움직인다는 여인. 이반 황제의 여자는 많았지만 레이디 시첼리아는 황제의 여자 그 이상의 존재였다.

대관식만 치르지 않은 아그리젠트의 여왕.

하지만 아시시가 누구의 아들이건 그게 무슨 상관이겠는가.

페르델은 신경 쓰지 않으려고 했다. 아시시가 누구의 아들이었건 간에 페르델에겐 하나밖에 없는 친구였고, 소중한 사람이었으니까.

그 무렵이었나.

아시시가 갑자기 황궁 출입이 잦았던 것은.

그리고 페르델은 만났다. 일생일대에 가장 싫어한다고 만천하에 공언할 수 있는 놈을.

* * *

"페르델, 인사해. 카이텔 전하셔."

페르델은 그때 아시시 못지않게 말이 없는 놈이 이 세상에 한 명 더 있다는 어마어마한 사실을 발견했다.

그건 정말 대단한 발견이었다.

하지만 아시시와는 달리 카이텔은 재수 없었다. 머리부터 발끝까지. 그냥 존재하는 것 자체가 재수가 없었던 것 같다.

그러면서도 절대 둘이 노는 건 놔둘 수 없어서 매일매일 카이텔의 궁으로 쫓아갔다.

막상 하는 것도 없으면서.

"넌 왜 왔냐?"

"아시시 보러!"

"여긴 내 궁인데."

윽.

페르델은 구차하지만 그래도 우겼다.

"그래도 아시시가 여기 있잖아!"

"……맘대로 해라."

다행히 카이텔은 자신의 궁에 어떤 놈팡이가 와도 딱히 상관하지 않았다. 처음 봤을 때도 페르델이 인사도 하기 전에 눈으로 쓱 한 번 보더니 제 궁으로 들어가 버렸다.

아시시를 놔두고서.

아니, 어째서 아시시는 저런 놈이 좋다고 매번 여기 와 있는 거지?

페르델은 정말 이해할 수 없었다. 저놈보단 자신이 백배는 더 재미있게 놀아 줄 수 있는데!

물론 자신은 없었다.

"근데 둘이 뭐하고 있었어?"

"……."

사방에서 쏟아지는 침묵.

따지고 보면 셋 다 또래 친구들과 놀아 봤던 기억이나 추억은 눈을 씻고 찾아봐도 찾아볼 수 없는 인간들이라 당연한 일이었다. 카이텔은 원체 아무것도 하지 않았고, 아시시는 검밖에 할 줄

아는 게 없었으며, 페르델 또한 책만 볼 줄 알았지 그 외엔 영 젬병이었다.

뭐 이런 애들만 모인 거지?

이렇게 모아 놓기도 힘들 텐데, 정말 신기한 조합이었다.

"체스라도 둘래? 나 할 줄 아는데."

"그런 거 여기 없어."

"……."

칼 같은 카이텔의 대꾸에 페르델은 입을 다물었다.

그럼 뭘 하자고 하지?

두 사람은 뭘 할 생각도, 뭘 할 의욕도 없어 보였지만 페르델은 어떻게 해서든 무엇이라도 해야 한다고 생각했다.

왜냐?

이렇게 조금이라도 더 있다간 숨이 막힐 것 같으니까!

"그럼 우리 책이라도 읽을래?"

필사적으로 고민해 봐도 딱히 할 수 있는 게 없었다. 결국 포기하는 심정으로 페르델은 입을 열었다.

놀라운 건. 두 사람 다 그 제안은 거절하지 않았다는 사실이었다.

속으로 놀라면서 늘 들고 다니는 책 중 쉬운 책을 건네주고 자기도 읽던 책을 펴 들며 페르델은 생각했다.

이렇게 건전한 모임이 있다니, 어른들이 보면 놀랄 거라고.

책을 싫어하는 또래 애들과 달리 아시시와 카이텔은 책을 곧잘 읽곤 했다. 덕분에 페르델이 읽었던 책은 두 사람도 곧 읽게 되는 상황까지 오고 말았다.

워낙 페르델이 편식하지 않는 독서 취향인지라 조금 난해한 장르도 많았을 텐데, 두 사람은 그게 무슨 책이든지 쥐어 주면 읽었다.

페르델은 그게 정말 신기했다.

"너무 책만 읽어서 좀 찌부등한걸?"

"……나도."

아시시가 책을 읽다 말고 고개를 끄덕인다.

페르델은 카이텔을 돌아보았다. 카이텔은 별말은 하지 않았지만 책을 놓고 두 사람을 쳐다보고 있었다.

페르델은 조금 고민하다 자리에서 일어났다.

"산책이라도 가자. 희사원까진 아니라도 황궁의 외곽 길도 좀 예쁘던데."

두 사람은 긍정의 말도 없이 그냥 일어섰다.

그때도 느낀 거지만 카이텔이랑 아시시는 닮은 점이 꽤나 많았다. 형제라고 해도 믿을 정도로. 물론 페르델에게 있어서 아시시는 한없이 좋고 아끼는 친구인 반면 카이텔은 얄밉고 짜증나는 황자에 불과했지만.

그 둘이 어떻게 만난 것인지 페르델도 몰랐다.

그건 두 사람 다 말해 주지 않았기 때문에 아마 앞으로도 모를 일이었다.

카이텔은 상관없지만 아시시에겐 조금 서운하긴 했다. 아무리 그래도 자신에게는 말해 줄 거라 생각했는데.

뭐, 그래도 큰 상관은 없었지만.

일단 페르델에게 중요한 건 이 관계가 깨지지 않고 오래가고 있다는 사실이었다.

그건 본인에게도 무척이나 신기한 일이었다.

"우와, 꽃이다."

시종들이 다니는 황궁 외곽 길은 희사원이나 돌담길처럼 예쁘지는 않았다. 하지만 황궁의 높은 담을 따라 만들어진 수수하면서도 자연스러운 멋이 있었다.

페르델은 그런 아름다움도 볼만하다고 생각했다.

"은방울꽃이네."

"은방울꽃?"

"응."

꽃 이야기가 나오니 아시시가 빙그레 웃었다.

그런 모습은 처음이라 페르델은 잠시 할 말을 잃었다.

아시시가 꽃을 좋아한다는 건 알고 있었다. 어색한 조합이었지만 속으로는 무척이나 어울린다고 생각하곤 했으니까.

레이디 시첼리아가 꽃을 좋아한다는 건 황궁에 드나드는 사람이라면 누구나 아는 이야기였다. 꽃에 대한 조예도 깊고, 원예 자체에 워낙 애정이 깊어서 희사원을 화려하게 꾸미는 데에 그녀의 안목이 한몫했다는 걸 모르는 사람이 없었다.

아마 아시시도 그런 어머니의 영향을 받은 것이리라.

"틀림없이 행복해집니다……."

은방울꽃을 보며 아시시가 작게 속삭인다.

그것이 은방울꽃의 꽃말이라는 건 웬만한 눈치만 있으면 알 수 있는 일이었다. 아시시가 저렇게 소망하듯 작은 목소리로 읊조리지 않아도.

그래서였다.

페르델이 그답지 않은 짓을 저지른 것은.

페르델은 길가에 핀 은방울꽃을 여러 줄기 꺾어 아시시에게 건넸다.

아시시가 두 눈을 동그랗게 뜨며 쳐다본다.

"틀림없이 행복해진다며? 하나쯤은 가지고 있으면 좋잖아."

얼떨결에 받아 들며 아시시가 자신의 손아귀에 쥐어진 은방울꽃을 가만히 내려다보았다. 무슨 생각을 하는 건지 알 수는 없었지만 곧 아시시가 그 꽃다발에서 한 송이를 떼어 내어 페르델에게 준다.

페르델은 그걸 받아 들며 기묘한 기분을 맛봤다.

아시시는 이번에는 또 다른 한 송이를 떼어 카이텔에게 건넸다.

카이텔은 망설였지만 거절하진 않았다.

"이러면 전부 틀림없이 행복해질 거야. 그치, 페르델?"

잠시 멈칫했지만 페르델은 그냥 웃으며 고개를 끄덕였다.

아시시가 카이텔을 돌아본다. 여전히 무표정으로 카이텔은 자신에게 건네진 은방울꽃을 감정 없는 시선으로 내려다보았다.

"그렇죠, 전하?"

아시시의 질문.

카이텔은 무슨 의미인지 모를 표정으로 아시시와 은방울꽃을 번갈아 쳐다보았다.

그리고 나지막이 나온 대답.

"그래."

* * *

틀림없이 행복해집니다.

그것이 언제가 되더라도.

Arca Ⅴ

나에겐 세 명의 아버지가 있다.

나를 올바르게 이끌어 준 아버지와 나를 지켜 준 아버지, 그리고 나와 함께 성장한 아버지.

—아리아드나 공주의 자서전에서 발췌.

- 황궁의 여록담 완결 -

BLACK LABEL CLUB 004
황궁의 여록담(황제의 외동딸 외전)

1판 1쇄 발행 2014년 5월 30일
1판 11쇄 발행 2019년 2월 25일

지은이 윤슬
펴낸이 신현호
편집부장 예숙영
편집 박상희
편집디자인 한방울
마케팅 · 관리 김민원 조인희
물류 이순우 최준혁 박찬수

펴낸곳 ㈜디앤씨미디어
출판등록 2002년 5월 1일 제117-90-51792호
주소 서울시 구로구 디지털로 26길 111 JnK디지털타워 503호
대표전화 (02)333-2513 **팩스** (02)333-2514
전자우편 dncbooks@dncmedia.co.kr
디앤씨북스 블로그 http://blog.naver.com/dncbooks

ISBN 978-89-267-6232-5 (04810)
ISBN 978-89-267-6140-3 (SET)